漢文の読み方

宮本　徹・松江　崇

漢文の読み方（'19）

装丁・ブックデザイン：畑中　猛

s-53

はじめに

本書では「漢文」を古典中国語の意味で用いています。

古典中国語はアジア漢字文化圏のリンガ・フランカ(共通語)として、この地域の社会と文化に長期にわたって深甚なる影響を及ぼしてきました。もちろん日本もその例外でないことは、皆さんご存じの通りです。

ではどうして古典中国語が、中国語(漢語)とは異なる系統に属する言語が話される周辺の地域にまで広まったのでしょうか。それは周辺の諸民族が中国で編まれた書物を受け入れ、それを自らの文化の一部に取り込んだからに他なりません。書物を通した文化の受容が、それを記す文字である漢字を、そしてそこに記された言語である古典中国語を周辺地域にまで押し広げたのです。

古典中国語は「文言」とも呼ばれます。文言は「白話」に対置される概念で、白話が近世以降の話しことばに基づく書きことばであるのに対し、文言は先秦時代の話しことばに淵源を持つ書きことばです。書きことば、つまり書面語は、そこに何らかの規範意識が備わると同時に、固定化へと向かいます。その一方で、話しことば(口語)は、大規模な人口移動を含む社会の変動を一つの契機としつつ、次々とその姿を変えていきます。ここに書面語と口語との乖離が生じるのです。大まかにいって、漢代以降においては文言は書物の中に存在していた言語と考えてよいでしょう。

古典中国語の規範性は、もちろんそれによって書かれた先秦時代の古典群と切り離して考えることはできません。儒家をはじめとする諸学派の文献、歴史書、文学作品、法律・行政文書等々、後の中国社会、ひいては東アジア世界の歴史的方向性を規定するような文化の基盤がこの時代に書物として残されました。古典中国語の規範性とは、そのような古典群によって形作られる文化の規範性と不離一体のものと考えることができます。

日本人は歴史上、長きにわたって古典中国語と向き合ってきました。各地の図書館には現在に至るまで大量の漢文古典籍が収蔵されており、また日本人が古典中国語を用いて著した書物は枚挙にいとまありません。そのような伝統は間違いなく現在の日本文化の一部を構成しています。私たちが古典中国語、つまり漢文を学ぶ一つの理由がここにあります。

漢文を学ぶもう一つの理由は、古典そのものに向き合う重要性です。

一般に、古典と呼ばれる書物は多くの人々の手を経て今日まで伝えられています。ことばを発した人、それを書き留めた人、書物として編集した人、注釈を書き加えた人、別の書物に再編集した人…、そしてそれを受け止める読者。それぞれの段階で、それぞれの人が自らの心と照らし合わせてその書物と向き合うのです。そのような営みの結果としての古典が、長い時間を経て今日にまで伝えられているという事実そのものに、私たちは敬意と謙虚さをもってこれに相対するべきではないでしょうか。

本書は前半（第1〜8章）が古典中国語とその主要な文法規則についての概説、後半（第9〜14章）が講読の実際で、思想・文学・歴史の各分野にそれぞれ二章を割り当てています。そして終章では漢字文化圏における古典中国語の展開と日本漢文について取り上げます。

本書が漢文と中国古典に興味を持つ皆さんの学習の一助になることを祈念して。

二〇一九年三月　　宮本　徹

目次

191

203

216

228

15 漢文の座標　松江　崇　240

1　漢文とは何か

宮本　徹

第一節　古代中国における書記言語の成立

古代中国、特にその文明の中心であった黄河中流域――いわゆる中原――で話されていた言語がいかなるものであったかについて、現在のところ確たることは言えない。これに関して西田龍雄氏は、①非シナ・チベット系言語である商（殷《いん》）語が、広範囲に及ぶ殷の支配地域において一種の共通語として成立していた、②いわゆる殷周革命によって殷を倒した周も書きことばとしての金文を受け入れるなど、文化的には殷文化圏の一員であった、③それ故に、起源的にはシナ・チベット系言語と考えられる周語は商語との間に密接な交渉が生じ、その混合体が後の漢語の母体となる、との見取り図を示している（西田龍雄『東アジア諸言語の研究Ⅰ　巨大言語群――シナ・チベット語族の展望』）。その説の当否についてはいましばらく措いておくとして、西田氏が殷代の話しことばと書きことばの関係について次のように指摘していることは注意すべきである。

当時の話しことばにおける通達が、いったいどのような形態をとっていたかは、いまでは知るよしもないが、甲骨文や金文によって記録された形態とはかけ離れていたであろうことは、容易に想像することができる。言い換えると、商民族の書きことばが、一定の整った文章語として、紀元前十数世紀に、すでにできあがったと見なしうるのである（17－18頁）。

さて、言語による何らかの記録や言辞などが一つのまとまりを持つ作品として意識され、そこにある程度開かれた集合としての読者が想定されるとき、それらの著作物は「書物」となる。中国における早期の文献、即ち先秦時代の文献のほとんどは、一時期一著者による著述ではなく、比較的長期にわたって複数の手からなる編纂の過程を経て書物化していったが、そこに記される言語は一般的には純粋な話しことばではあり得ない。この言わば書物に〝閉じ込められた〟言語とは、果たしてどのようなものなのだろうか。

漢字によって書き写される中国語が、原理的に書きことばと話しことばを乖離《かいり》させる言語であることを指摘したのは彼の魯迅であるが、書物化ということを考える際には、純粋な口頭語としての話しことばと、書写メディアの上に写し取られた言語としての書きことばとの間に、もう一つの言語の存在を想定する必要がある。それが頼惟勤《らいつとむ》氏のいう「口頭言語」である（頼惟勤「中国における文献学の成立」）。

周知のように中国における最初期の書写メディアの中で、今日我々が目にすることができるものは甲骨と青銅器である。それらのメディアに書き写された文字（あるいは文章）をそれぞれ甲骨文、金文と呼ぶが、今日の我々の目から見た場合、甲骨文や周代初期までの金文が、そのままの形で直接書物として「定着」し、後世に伝えられたということはなさそうである。しかし、時代が下り西周後期になると、例えば『書経』文侯之命篇が内容・形式とも毛公鼎銘文と「相似する点が多い」など、「或いは當時の金文が、もとの青銅器から別の材質のものに寫し取られて文獻化し、それが後世に傳わったのではないかと思われる例が現れる」ことになる（27頁）。

一方、周王室の力が衰え諸侯が覇を競った春秋・戦国時代は分裂の時代とされる。特に戦国時代（前5世紀半ば～同221年）は漢字の歴史上、「字体や書体のみならず、地域、使用者、用途、書写メディアなど、様々な点において革命的な変化が生じた」時代であった。その「革命的な変化」とは一言で言えば漢字が「多様性」を獲得したということであるが、そこでは書写メディアの多様化も重要な役割を果たしている。それまでは甲骨や青銅器、あるいは簡冊《かんさく》を主たる書写メディアとしていた漢字は、この時期に至って従来の祭祀用の青銅礼器に加え、実用的青銅器、碑文（刻石文）、璽印《じいん》、貨幣、陶文、漆器・木器文字、玉器・石器、竹簡・帛書《はくしょ》・盟書など一気に多様なメディアの上に書き写されることになる（大西克也等『アジアと漢字文化』第4章）。

では、これら様々なメディアの上に書き写された「ことば」と、後世に伝えられた書物との間には、どのような関係が成り立ちうるのか。あるいは、「書物化」されるべき「ことば」とは、いかなる来源を持つものなのか。これについて頼氏は、「文字言語」が簡冊や帛書に書写されるに至って書物が成立したとする。ここで言われている「文字言語」は本稿でいう書きことばに相当するものであるが、そのような簡冊・帛書に書写された文字言語を頼氏はその由来に基づいて次のように分類する（31頁）。

(1) 当初から文字言語を書写したもの

① 甲骨・金文に由来するもの
② 直接簡冊に書写されたもの
(2) 口頭言語に由来するもの

ここで言われている「口頭言語」とは、「文字に書写され、文献として定着した言語に對し、口頭で言われた言語を指して言う。これは必ずしも、所謂《いわゆる》「話しことば」ではない。むしろ、積極的に、口頭で言われた「文語」の存在を念頭に置いての用語である」とされるものであり、具体的には「口誦の散文と詩歌」がこれに含まれる(29頁)。

ではここで頼氏が「口誦の散文」の一つであると指摘する「武王伐紂《ばっちゅう》」物語の書物化を例として、古代中国における書物化の一端を眺めることにする(以下の「武王伐紂」に関する記述は頼氏前掲論文30頁に基づくが、適宜資料を追加した)。

歴史上名高い牧野の戦は、周の武王が殷の紂王をその都・朝歌の南七十里(『漢書』地理志)の牧野で破り、殷王朝を滅亡に追いやった戦いである。この「武王伐紂」の物語は多くの伝世文献中にその記事が見えるが、これらはいずれも事件発生から長時間経過した後に「書物化」したものと考えられる。

その中からまずは『書経』周書の冒頭に置かれる牧誓篇を見てみよう。

時甲子昧爽、王朝至于商郊牧野、乃誓。王左杖黄鉞、右秉白旄、以麾、曰、「逖矣、西土之人。」王曰、「嗟、我友邦冢君、御事司徒・司馬・司空・亜・旅・師氏、千夫長・百夫長、及庸・蜀・羌・髳・微・盧・彭・濮人、称爾戈、比爾干、立爾矛。予其誓。」

王曰、「古人有言、曰、「牝鶏無晨。牝鶏之晨、惟家之索。」今商王受、惟婦言是用、昏棄厥肆祀、弗答。昏棄厥遺王父母弟、不迪。乃惟四方之多罪逋逃、是崇是長、是信是使、是以為大夫卿士、俾暴虐于百姓、以姦宄于商邑。」

「今予発、惟恭行天之罰。今日之事、不愆于六歩七歩、乃止斉焉。夫子勗哉。不愆于四伐五伐六伐七伐、乃止斉焉。勗哉夫子。尚桓桓如虎如貔、如熊如羆。于商郊、弗迓克奔、以役西土。勗哉夫子。爾所弗勗、其于爾躬有戮。」

時《こ》れ甲子昧爽、王 商の郊 牧野に朝至し、乃ち誓う。王は左に黄鉞を杖《つえつ》き、右に白旄を秉り、以て麾《さしまね》きて、曰く、「逖《とお》し、西土の人。」と。王 曰く、「嗟《ああ》、我が友邦の冢君、御事の司徒・司馬・司空・亜・旅・師氏、千夫の長・百夫の長、及び庸・蜀・羌・髳・微・盧・彭・濮の人、爾《なんじ》の戈を称《あ》げ、爾《なんじ》の干《たて》を比《なら》べ、爾《なんじ》の矛を立てよ。予《われ》 其《まさ》に誓わんとす。」と。

王 曰く、「古人 言える有り、曰く、「牝鶏は 晨《あした》すること無し。牝鶏 之《も》し晨すれば、惟《こ》れ家 之れ索《つ》きん。」と。今 商王 受、惟れ婦言を是《こ》れ用い、厥《そ》の祀る肆《ところ》を昏棄して、答《こた》えず。厥の遺《のこ》れる王父母弟を昏棄して、迪《もち》いず。乃ち惟れ四方の多罪・逋逃を、是れ崇び是れ長じ、是れ信じ是れ使い、是《ここ》を以て大夫・卿士と為して、百姓を暴虐し、以て商邑に姦宄《かんき》せしむ。」

「今 予《われ》 発は、惟れ天の罰を恭行す。今日の事、六歩・七歩に愆《す》ぎずして、乃《すなわ》ち止《とどま》り斉えよ。夫子 勗《つと》めんかな。四伐・五伐・六伐・七伐に愆《す》ぎずして、乃ち止り斉えよ。勗めんか

な 夫子。尚《ねがわ》くは桓桓たること虎の如く貔《ひ》の如く、熊の如く羆《ひ》の如くあれ。商郊に于《ゆ》きて、迓《とど》まらずして克《よ》く奔《ふる》い、以て西土に役せよ。勗めんかな 夫子。爾 所《も》し勗めざれば、其《まさ》に爾の躬《み》に戮《りく》有らんとす。」と。

「書序」には「武王が戦車三百両と勇壮な兵士三百人をもって紂と牧野で戦い、「牧誓」を作った」と述べ、唐・孔穎達《くようだつ》の『尚書正義』には、「まさに戦いが始まろうとする時、王は将兵に誓いのことばを述べた。史官がそれを記録にとって、「牧誓」を作った」と述べる。まさしく臨場感溢れる建国の叙事詩である。なお、文中の「受」は殷の紂王、「発」は周の武王を指す。

ただし、牧誓篇は周の建国から遥かに下る戦国期のものとする見方が有力であり、この牧誓篇として書物化される建国の叙事詩が、当初からこのような形を備えていたと考えることはできない。

これに対し一九七六年に陝西省臨潼県で出土した利簋《りき》の銘文は、事件直後の言わば生の記録であり、きわめて貴重である。

珷（武）征商、隹甲子朝、歳鼎（丁）。克䎽（昏）殅（夙）又（有）商。辛未、王才（在）[illegible]（闌）𠂤（師）、易（賜）又（有）事（司）利金、用乍（作）旜（檀）公宝尊彝。

武王が商（殷）を征伐したのは、甲子《きのえね》の日の早朝で、歳星（木星）がしかるべき方角に位置していた。一晩で商（の都・朝歌）を占領した。（七日後の）辛未《かのとひつじ》の日に、王は闌《らん》師《し》に駐屯し、褒美として有司（職名）の「利」に銅を賜ったので、よって先世の檀公を讃える宝器を制作した。

先ほど見た牧誓篇をはじめとする伝世の文献には、牧野の戦いが「甲子」の日に行われたことを記載するが、本器の出土によりはじめてそれが裏付けられた。

また、『漢書』律暦志の「世経」に『書経』武成篇の残文3条計82字が引かれているが、これらは『逸周書』世俘《せいふ》解と合わせ、「簡策に書かれたような感じの文献」（頼氏前掲論文30頁）らしく思われる。

『漢書』律暦志所引武成篇残文
『周書』武成篇、「惟一月壬辰、旁死霸、若翌日癸巳、武王乃朝歩自周、于征伐紂。」
武成篇曰、「粵若来三月、既死霸、粵五日甲子、咸劉商王紂。」
故武成篇曰、「惟四月既旁生霸、粵六日庚戌、武王燎于周廟。翌日辛亥、祀于天位。粵五日乙卯、乃以庶国祀馘于周廟。」

『周書』武成篇、「惟れ一月壬辰《みずのえたつ》、旁死霸《ほうしはく》、翌日癸巳《みずのとみ》に若《およ》び、武王乃ち朝《ひがし》に周自《よ》り歩し、于《ゆ》きて紂を征伐す。」
武成篇曰、「来たる三月に粵若《およ》んで、既死霸、五日甲子《きのえね》に粵《およ》んで、咸《ことごと》く商王紂を劉《ころ》す。」
故武成篇曰、「惟れ四月既旁生霸、六日庚戌《かのえいぬ》に粵んで、武王周廟に燎す。翌日辛亥《かのとい》、天位を祀る。五日乙卯《きのとう》に粤んで、乃ち庶国を以て周廟に祀馘《しかく》す。」

即ち利簋の銘文を含め繁簡の違いはあるものの、これらは「武王伐紂」という歴史的事実を「当初からの文字言語」で書き写したものと見なしてよいであろう。

先に口頭言語には「口誦の散文と詩歌」が含まれるという頼氏の定義を引いたが、そこでの詩歌とは具体的には『詩経』のことであり、その『詩経』にもこの「武王伐紂」の物語を歌った詩編が見える。その一つ、大雅・大明《たいめい》篇の結尾の二章は決戦の場面を次のように歌い上げる。

殷商之旅、其会如林。矢于牧野、「維予侯興。上帝臨女、無弐爾心。」
牧野洋洋、檀車煌煌、駟騵彭彭。維師尚父、時維鷹揚。涼彼武王、肆伐大商。会朝清明。

殷商の旅、其の会 林の如し。牧野に矢《ちか》う、「維《こ》れ 予 侯《こ》れ興らん。上帝 女《なんじ》に臨めり、爾の心を弐つにする無かれ。」
牧野 洋洋たり、檀車 煌煌たり、駟騵 彭彭たり。維れ師尚父、時《こ》れ維れ鷹のごとく揚る。涼たる彼の武王、大商を肆伐せり。会朝 清明なりき。

行間からは創業の高揚した気分が張り、まさに建国の叙事詩と呼ぶにふさわしい。

さらに周頌の武篇は、「大武」と呼ばれる舞楽を伴った詩編の一つと考えられるが、『礼記』楽記篇に載せる孔子と賓牟賈《ひんぼうか》の大武を巡る対話の中で、孔子は、舞人の一々の所作がすべて「武王伐紂」から周初の文徳による統治に至るまでの一連の歴史的事象を象徴したものであることを、委曲を尽くして解説している。

大明篇を含むこれらの詩編が舞楽を伴った形で歌われてきたことはほぼ確実であり、このことはこれらが純粋の書きことばではないことの証左となる。その一方で、これらの簡潔かつ文学的な言辞がいわゆる話しことばそのままではあり得ないこともまた明らかであり、その意味で頼氏が書きことばと話しことばの中間的存在として「口頭言語」を設定したのは説得力がある。そして頼氏は、先に取り上げた『書経』牧誓篇の原形も「周の國に語り傳えられた建國にまつわる口唱文學であったことが推定される」とする（頼氏前掲論文30頁）。先に見た『漢書』律暦志が引く武成篇の残文などと比較した場合、牧誓篇の文章は、これらが当初から直接簡策に書写されたものと想定するよりは、『詩経』に残された詩編のように、その原形は儀式などで歌われた文字通りの〝叙事詩〟であったと解釈するのが正鵠を得ているであろう。

頼氏は甲骨文や金文の上に書かれたことばを、話しことばとは明確に区別すべき「文字用の言語」と考える。改めて述べるまでもないが、甲骨や青銅器の上に刻まれた文字というのは、占卜や冊銘賞賜といったきわめて特殊な用途に用いられるものであり、その製作を担ったのはごく少数の専門家集団であったと考えられる。もちろん、このことは直ちに当時の漢字がそれ以外の用途を持たなかったということを意味するものではないが、甲骨文や金文においてすでに「文字用の言語」が成立していたという指摘は依然として重要である。この「繁文縟礼《はんぶんじょくれい》的」（頼氏）とも言われる文体は、話しことばはもちろん、口頭の文語である「口頭言語」との間にも重大な乖離を生み出すと同時に、密接な関係を保ち続ける。

この文字用の言語は文字から飛び出して、口頭言語に深刻な影響を与える。そこで、「口にするとおり」と「文字のとおり」との兩言語の衝突が生じ、いつしか融合が生じる。それがまた文字に書寫されて新しい文字用の言語ができ、以下これを繰り返して後代に至る（以下略）。

（頼氏前掲論文29頁）

古代中国における最初期の書写メディアとして存在した甲骨と青銅器は、その物質的特性からきわめて特殊な文体を成立させた。そこで行われた文体は、一方で口頭による文語に影響を与えながら口頭言語を成立させ、他方ではそれらが直接文献として定着・蓄積されるとともに、それ自体も新たな書きことばへと変貌を遂げながら、来たるべき書物化に備えた。前述したように、古代中国における書物の成立は、言辞や記録が作品としての一体性と一般性のある読者を想定した著作物として簡冊や帛書に書写された時点で実現されたと見るべきである。しからば、先に見た「武王伐紂」の物語は、朝廷における祭祀や儀礼の場から解き放たれ、あるいは甲骨や金文といったごく限られた読み手のみを想定した文字記録から離れることによって、王朝創業の頌歌や建国の物語としてまとめ上げられることを通じて書物化していくのであるが、その過程では文字言語と口頭言語との複雑な交渉を垣間見ることができるのである。

書物という空間に〝閉じ込められた〟言語は、簡単には改変することはできない。この時点ですでに言語の固定化は始まっているとも言えるが、それに加え、その書物に何らかの権威性が付与されたとき、その固定化された言語は一種の規範として時間と空間を超えて広がる可能性を持つ。古代中国ではまさしくそのような言語が出現し、それは二千年を超えて受け継がれた。これが後に「文言」（あるいは「文言文」）という名で呼ばれる言語であり、日本ではこれを「漢文」と称している。古典中国語が中国のみならずこの地域のリンガ・フランカ（共通語）となり得たのは、もちろん中国文明の政治・社会・文化における圧倒的な優位性と、それによって著された古典群の果たした歴史的役割の大きさによるものである。

実は先ほど例に引いた『書経』や『詩経』の言語は、典型的な文言ではない。最も典型的と目されるのは春秋末期から戦国期にかけて編纂が開始された諸文献、例えば『論語』、『孟子』、『荘子』、『墨子』、『春秋左氏伝』などに見られる言語であり、それらは内部にいささかの相違点を含みながらも、全体としては統一された一つの言語として、二千年以上にわたりアジア漢字文化圏を覆う書記言語となった。本書ではこれを「古典中国語」と呼ぶ（太田辰夫『古典中国語文法（改訂版）』序文を参照）。

古典中国語はその定義から言っても、その内部にさまざまな文法的差異を含み、また語彙も極めて多様である。このような古典中国語の全体像を提示することは極めて困難な作業であると言えるが、本書ではその文法面における最低限のアウトラインを示すことで、古典中国語の教則本としての役割を果たそうとするものである。

第二節　古典中国語を〝読み下す〟

日本人にとっての代表的な漢籍（「漢文」で書かれた書物）の一つが、孔子と弟子たちとの言行録である『論語』であろう。人口に膾炙した「学びて時にこれを習う、亦《ま》た説《よろこ》ばしからずや。」

式の、良く言えば厳かで格調高い調べは、漢籍と漢文に対する特殊な感情を日本人に植え付けたとしても決して不思議ではない。

ただ、誤解を恐れず言うならば、それはほとんど錯覚に過ぎない。

前述したように、話しことばと書きことば、そしてその中間に位置する口頭言語との複雑な交渉の中で、『論語』に記録された師弟間の問答が彼らの純粋な話しことばの記録であると考えることは、少々無邪気に過ぎるかもしれない。ただ、それが『孟子』の言語などとともに「ほぼ春秋末から戦国にいたる時期の魯国を中心とする方言」（太田前掲書）であって、かつその問答が当該方言における話しことばに相当程度接近していたことは十分予想できることである。

以下に掲げたのは『論語』の冒頭に置かれた学而篇の対話である。各章はそれぞれ古典中国語文（朱熹集注本）・いわゆる「書き下し文」（清原家点本）・現代日本語訳（倉石武四郎氏訳）で構成されている。

【注】 古典中国語文は朱熹の四書集注本（『四書章句集注』）に基づく。現代日本語訳は、倉石氏の翻訳（『論語・孟子・大学・中庸』）によるが、これは朱熹の解釈に基づくものである。書き下し文は比較的古い姿を伝えていると考えられる清原家系統の読み方である（高橋智「慶長刊論語集解の研究（承前）」を基本とする）が、必ずしも朱熹の読み方とは対応しない点に注意。以上については橋本秀美『『論語』――心の鏡』を参照。

なお、倉石氏の翻訳は引用に際して一部送り仮名及び句読点を改めた箇所がある。またそこに含まれる朱熹注の翻訳部分については、適宜抜粋して各章末尾に引用した（※を付して示す）。

書き下し文が果たした歴史的役割についてはここでは言及しないが、以下の文章を読み比べてみるとき、古典中国語文の理解という点においてはやはり書き下し文の限界を認めざるを得ない（清原家系統の読み方は後に主流となった読み方に比べ、安易に直読を多用しないなど、それでも理解しやすさという点に配慮されたものとなっている。橋本氏前掲書参照）。したがって、私たちの取るべき道としては、古典中国語を可能な限りそのままそれとして解釈することであり、それを〝読み下す〟ことに過度にこだわるべきではない。

「漢文」をあくまで外国語としての古典中国語と捉え、現代における書き下し文はそれを理解するための補助的な手段にすぎないという認識が重要である。現代人には自明とは言えないいくつかの概念や表現（※を付し、注釈を加えた）を除いて、私たちにとって平易とも言えることばで綴られていることがおわかりいただけるだろう。もちろんこれは翻訳者の学識に負うところが大きいが、あえてこれを書き下し文によって理解する必要はない。漢文を読み解くには古典中国語に備わる内在的規則（文法規則）と語彙を理解することが何よりも求められるが、以下の学而篇の文章を通じてそのことをご理解いただければと思う。

『論語』学而篇

子曰、「学而時習之、不亦説乎。有朋自遠方来、不亦楽乎。人不知而不慍、不亦君子乎。」

子のたうばく、「学んで時に習う、亦説《またよろ》こばしからずや。朋《とも》遠方自《よ》り来ること有り、亦楽しからずや。人知らず、而《しか》るを慍《いか》らず、亦君子《くんし》ならずや。」

先生「習ったことをしょっちゅうおさらいするのは、なかなか嬉しいものですね。誰か友だちが遠いところから来てくれるのは、なかなか楽しいものですね。人がわかってくれなくても気にしないのは、やっぱり※君子なのですね。」（※徳のできあがった人物が君子）

有子曰、「其為人也孝弟、而好犯上者、鮮矣。不好犯上、而好作乱者、未之有也。君子務本、本立而道生。孝弟也者、其為仁之本与。」

有子《ゆうし》いわく、「其《そ》れ人と為り孝弟《こうてい》にして、上《かみ》を犯《おか》さんと好《この》む者は鮮《すくな》し。上を犯さんと好まずして、乱を作《おこ》さんと好む者は未《いま》だ有らじ。君子は本《もと》を務《つと》む。本《もと》立って道生《みちな》る。孝弟は其れ仁《じん》の本《もと》か。」

有《ゆう》先生「その人の人がらがいかにも※孝※悌だのに、自分から上《かみ》の人にさからおうとするものはめったにありませんし、上の人にさからおうとしないものが自分から騒ぎを起こすようなことは絶対にありません。君子は大本《おおもと》になることを一生懸命やるもので、大本がきまりますと道ができてきます。孝悌というものこそ、※仁をおこなうときの大本になるのでしょうな。」（※父母によく仕えるのが孝／※兄たちや目うえの人によく仕えるのが悌／※人と人との間にゆきわたった愛の気もち、それを自分の心にそなえたのが仁）

子曰、「巧言令色、鮮矣仁。」

子のたうばく、「言《こと》を巧《たく》みにし色《いろ》を令《よ》くするは、仁《じん》あること鮮《すくな》し。」

先生「口さき巧みに顔つき柔らげた人には、めったにありませんよ、仁は。」

曾子曰、「吾日三省吾身、為人謀而不忠乎。与朋友交而不信乎。伝不習乎。」

曾子いわく、「吾れ日《ひび》に三《み》たび吾《わ》が身を省《かえり》みるに、人の為《ため》に謀《はか》りて而《しか》して忠《ちゅう》あらずや。朋友と交《まじ》わりて信《しん》あらずや。習わざるを伝えんや。」

曾先生「わたしは毎日三つのことについてわが身に反省を加えています。人のために考えてあげながら、※忠でないことはないか、友だちとまじわるのに※信でないことはないか、教えられたことで身についていないことはないかと。」（※できるだけの力を尽くすのが忠／※まごころでまじわるのが信）

子曰、「道千乗之国、敬事而信、節用而愛人、使民以時。」

子のたうばく、「千乗《せんじょう》の国《くに》を道《みち》びくこと、事《こと》を敬《つつ》しんで而《しか》して信《しん》あり、用《よう》を節《せつ》して人《たみ》を愛す、民《たみ》を使うに時《とき》を以《もつ》てす。」

先生「※千乗の国を治めるには、何ごともつつしんで、信用されるように、費用を節約して、みんなをかわいがり、人民を使うには時節を見はからうこと。」（※諸侯の国のこと）

子曰、「弟子入則孝、出則弟、謹而信、汎愛衆、而親仁。行有余力、則以学文。」

子のたうばく、「弟子《ていし》入《い》りては則《すなわ》ち孝あり、出《い》でては則ち弟《てい》あり、謹《つつ》しんで信あり。汎《ひろ》く衆《しゅう》を愛《あい》して仁を親《しん》す。行余力《こうよりょく》有るときは、則ち以て文《ぶん》を学ぶ。」

先生「年のゆかないものは、家では孝、外では悌、謹みぶかくて約束たがえず、誰でもひろく愛するが、中でも仁に親しみ、これだけ務めてゆとりがあれば、それを※文の勉強にむけることです。」（※詩経・書経をはじめ六芸の文章）

子夏曰、「賢賢易色、事父母能竭其力、事君能致其身、与朋友交言而有信。雖曰未学、吾必謂之学矣。」

子夏いわく、「賢《さか》しきより賢《さか》しからんとならば色《いろ》を易《か》えよ。父母に事《つか》うるに能《よ》く其の力を竭《つ》くす、君《きみ》に事えまつるに能く其の身を致《いた》す、朋友と交《まじ》わり言って信あらば、未《いま》だ学びずと曰《い》うと雖《いえど》も、吾《われ》は必ず之《これ》を学びたりと謂《い》わん。」

子夏「人の賢きを賢しとしてみめよきも忘れ、父母につかえてはわが力を尽くし、君につかえてはわが身を捧げ、友だちとまじわってはことばに誠あり、というような人なら、まだ学問していないなどといっても、わたしはきっと学問ができていると申しましょうよ。」

子曰、「君子不重則不威、学則不固。主忠信。無友不如己者。過則勿憚改。」

子のたうばく、「君子重《おも》からざるときは則《すなわ》ち威《い》あらず。学《がく》も則ち固《かた》からず。忠信《ちゅうしん》を主《しゅ》として、己《おのれ》に如《しか》ざる者を友《とも》とすること無《な》かれ。過《あやま》てば則ち改《あらた》むるに憚《はばか》ること勿《なか》れ。」

先生「君子はおもおもしくないと威厳がありませんし、習ったことも固まりません。忠と信とをもとにし、自分に及ばないものを友だちにしないように、あやまちがあったらぐずぐずせずに改めること。」

曾子曰、「慎終追遠、民徳帰厚矣。」

曾子いわく、「終《おわ》りを慎《つつ》しみ遠《とお》きを追《お》うときは、民の徳厚《とくあつ》きに帰る。」

曾先生「※終わりを慎み遠いところまでさかのぼれば、人民の徳はやがて厚くなるものです。」

（※親のなくなったときはその儀式を十分にし、先祖の祭りに誠を尽くせば）


子禽問於子貢曰、「夫子至於是邦也、必聞其政、求之与、抑与之与。」子貢曰、「夫子温・良・恭・倹・譲以得之。夫子之求之也、其諸異乎人之求之与。」

子禽《しきん》　子貢《しこう》に問いていわく、「夫子《ふうし》是《こ》の邦《くに》に至《いた》るときは、必ず其の　政《まつりごと》　を聞く。求《もと》めたるか、抑《そもそ》も与《あた》えたるか。」子貢いわく、「夫子は温良恭倹譲《おんりょうきょうけんじょう》以て得たり。夫子の求めは、其れ人の求めに異《こと》なり。」

子禽が子貢に尋ねた、「うちの先生はどこの国に行かれても、きっと政治の相談を受けられるが、お頼みになるのですかな、それとも持ちかけて来るのですかな。」子貢「うちの先生は※温・良・恭・倹・譲だからそういうことになるのだ。うちの先生の頼まれかたはね、どうやら人の頼まれかたとは別らしいな。」（※おだやかなこと・まっすぐなこと・うやうやしいこと・物に切りめのあること・へりくだること）

子曰、「父在、観其志。父没、観其行。三年無改於父之道、可謂孝矣。」

子のたうばく、「父在《ちちい》ますときは其の志を観《み》る、父没《ぼつ》しぬるときは其の行《こう》を観る。三年父の道《みち》を改《あらた》むること無きを、孝《こう》と謂《い》う可《べ》し。」

先生「父のある間はその人の志を見、父がなくなってからはその行いを見るものですが、三年のあいだ父の道を改めない人であってこそ孝と言えましょうね。」

有子曰、「礼之用、和為貴。先王之道斯為美、小大由之。有所不行、知和而和、不以礼節之、亦不可行也。」

有子いわく、「礼の用《よう》は和《わ》を貴《とうと》しと為《な》す。先王《せんおう》の道も斯《これ》を美《よ》しと為《な》す。小大《しょうだい》にも由《もち》ゆるに、行われざる所有り。和を知って和すれども、礼を以て節《せっ》せざれば、亦《また》行わる可《べ》からず。」

有先生「※礼のはたらきは※和があってこそ貴いので、昔の王さまたちの道もこれでこそ美《うるわ》しく、大きいことも小さいこともこれに依って行われた。ところが、うまく行かないこともあって、和だけ心得て和で行こうとしても、礼でしめくくりをつけないと、やはりうまく行かないものです。」（※礼とは自然の道理でいえば時節ごとの切りめであり、人間のしごとでいえば一定の儀式であるから、その本質としてはきびしいものであるが、一方、それも自然の道理から出ているもので、そのはたらきは／※ゆったりと落ちつくこと）

有子曰、「信近於義、言可復也。恭近於礼、遠恥辱也。因不失其親、亦可宗也。」

有子いわく、「信《しん》をば義に近《ちこ》うせよ、言復《ことふく》す可し。恭《きょう》をば礼に近《ちこ》うせよ、恥辱に遠ざかる。因《いん》すること其の親《しん》を失わざるをば、亦宗《またそう》す可《べ》し。」

有先生「※信が※義に近いと、その約束も履行してゆけます。※恭が※礼に近いと、はずかしめから遠ざかってゆけます。たよる時に親しむべき人を取りちがえないと、後々までも（その人を）

推したててゆけます。」（※心から約束したこと／※正しい筋みち／※何ごとも大切にしようという気もちを外に示したのが恭／※ほどほどのしめくくりが礼）

子曰、「君子食無求飽、居無求安、敏於事而慎於言、就有道而正焉、可謂好学也已。」

子のたうばく、「君子は食《しょく》飽《あ》かんと求むること無く、居安《きょやす》からんと求むること無し。事《わざ》に敏《とく》して言《こと》を慎《つつし》む、有道《ゆうどう》に就《つ》いて正《ただ》すを、学好《がくこの》むと謂う可《べ》くのみ。」

先生「君子は食事に満腹したいという望みもなく、すまいも安楽にしたいという望みもなく、しごとには務めますが、ことばは慎み、※道をそなえた人について正してもらうようでしたら、学問を好む人だといえましょうね。」（※道とは何ごとにも何ものにも備わっている道理で、誰でもこれを通らなければならない、その道）

子貢曰、「貧而無諂、富而無驕、何如。」子曰、「可也。未若貧而楽、富而好礼者也。」子貢曰、「「詩」云、「如切如磋、如琢如磨。」其斯之謂与。」子曰、「賜也、始可与言」「詩」已矣。告諸往而知来者。」

子貢いわく、「貧《まず》しゅうして諂《へつら》うこと無《な》く、富《と》みて驕《おご》ること無《な》くんば、何如《いかん》。」子のたうばく、「可《か》なり。未だ若かじ、貧しゅうして道《みち》を楽しみ、富《と》みて礼を好む者には。」子貢いわく、「「詩《し》」に云《い》わく、「切《せつ》するが如《ごと》く磋《さ》くが如く、琢《たく》が如く磨《ま》が如し。」というは其《そ》れ斯《これ》を謂《い》うか。」子のたうばく、「賜《し》、始《はじ》めて与《とも》に「詩」言う可からくのみ。諸《こ》れ往《おう》を告《つ》ぐるに而《しか》も来《らい》を知る者なり。」

子貢「貧乏でもへつらわず、金持ちになってもいばりませんでしたら、いかがでございます。」

先生「それもよかろうが、貧乏でも楽しみ、金持ちになっても礼を好む人には及ばない。」子貢「詩経に『切るがごと磋《す》るがごと、琢《う》つがごと磨《みが》くがごと』とありますが、ちょうどこの事なのでございましょうね。」先生「ねえ賜《し》(子貢の名)君、これでこそ君と詩の話ができたわけだね。前のことを話すと、後のことまで分かるのだから。」

子曰、「不患人之不己知、患不知人也。」

子のたうばく、「患《うれ》えざれ、人《ひと》の己《おのれ》を知らざることを。患《うれ》えよ、己が人を知らざることを。」

先生「人が自分を知ってくれないことは心配せずに、人を知らないことを心配するものです。」

参考文献

・太田辰夫（一九六四）『古典中国語文法』、（出版地不明）大安：一九八四．『古典中国語文法（改定版）』、東京：汲古書院．
・大西克也・宮本徹（二〇〇九）『アジアと漢字文化』、東京：放送大学教育振興会．
・倉石武四郎（一九六八）『論語・孟子・大学・中庸』、世界文学大系六九、東京：筑摩書房．
・高橋智（一九九六）「慶長刊論語集解の研究（承前）」、斯道文庫論集三十一．
・西田龍雄（二〇〇〇）『東アジア諸言語の研究Ⅰ　巨大言語群――シナ・チベット語族の展望』、京都大学学術出版会．
・橋本秀美（二〇〇九）『『論語』――心の鏡』、書物誕生――あたらしい古典入門、東京：岩波書店．
・頼惟勤（一九八一）「中国における文献学の成立」、お茶の水女子大学附属高等学校研究会紀要26：一九八九．『頼惟勤著作集Ⅱ　中国古典論集』、東京：汲古書院．
・朱熹『四書章句集注』、新編諸子集成（第一輯）、北京：中華書局、一九八三年．

2 漢字と漢字音

宮本 徹

書記言語としての漢文は、漢字によって表記される。漢字は形（字形）・音（字音）・義（字義）という三つの要素から成り立つが、これらは時間的な変遷、あるいは空間的な偏差によって、さまざまに変化してきた。この三要素のうち、音と義が結びついたところに語が存在する。漢文を読むためには、個々の字形によって書き表された語の意味と機能を読み取ることが、そのもっとも基本的な作業になる。

漢字が表す語の意味と機能を正確に読み取るためには、語を構成する要素である字音への理解が欠かせない。本章では漢字の構造、漢字音の歴史的変遷と日本への伝播といった問題について説明する。

第一節 漢字の表音的要素

（一）音《オン》と訓

漢字には大きく分けて二通りの読み方がある。「音読（音《オン》）」と「訓読（訓）」である。「音読」とは、漢字の中国語における発音（以下、「中国語原音」という）の日本語化した読み方をいい、「訓読」とは、その漢字が表す意味を日本語に当てはめた読み方を指す。例えば「東」という字では「トウ」が音読、「ひがし」が訓読となる。また漢字の中には音読しか備えていないものも多く、例えば「菊」という漢字には「キク」という音《オン》しか備わっていない。また日本で作られた漢字である国字の中には、例えば「峠《とうげ》」のように訓読しか備えていないものもある(1)。

(二)「表語文字」

世界の文字は大きく表音文字と表意文字に分類できるとされる。漢字は、文字として直接発音を表すアルファベットや仮名となどの表音文字とは異なることから、従来は一般的に表意文字に分類されてきた。しかし現在ではそれに代わって「表語文字」という言い方が一般的である。

表意文字とは、「意すなわち観念を表わす文字ということであるが、純粋な意味で直接観念を表わす文字といえば、アラビア数字くらいのものである。1は日本語ではイチと読み、英語では one と読む。言語のいかんを問わず、1は『一』という数の観念を表わす。ところが、漢字は必ずしもそうではない。(中略)漢字全般を通じて言えることは、その一字一字が本来中国語の一語一語を示すということであって、その意味では表意文字というよりは表語文字というべきである。」(河野六郎「文字の本質」)。つまり、「東」という漢字は、単にひがしという太陽の昇る方位を表しているだけではなく、それと同時に、日本語にトウと移されたような中国語原音(2)を表しているということである。

これは漢字の三要素という面からも説明できる。

漢字には形(字形)・音(字音)・義(字義)という三つの要素が備わっており、基本的にはそのいずれをも欠くことができない。その一方で、転注や仮借といった用字法においては、一つの字形が本来持っていたのとは別の音や意味を表すようになる。例えば「楽」という文字にはガク・ラク・ゴウ（ギョウ）という三つの音があり、それぞれ音楽の楽《ガク》・悦楽の楽《ラク》・楽欲《ギョウヨク》（願い欲すること。仏教用語）の楽《ギョウ》という意味に対応している。つまり、「楽」という一つの字形（形）が、三組の音と意味（義）の結合体を表しているのである。そしてここで言う音と意味の結合体こそ「語」に他ならないのである。

しばしば使われる譬《たと》えであるが、漢字は着物のようなものであって、人が様々な服を着替えることができるように、文字としての漢字も様々な意味と発音、つまり語を表すことができる。形は音と義を統《す》べる存在ではあっても、両者の関係は、特に古代において、必ずしも固定的ではなかったのである。

以上の点からも、漢字は「表語文字」と考えるのが適当であろう。

（三）表語文字の表音的要素

漢字の構成原理の一つに六書の中に「形声」というものがある。形声とは意味範疇を表す義符と発音を表す声符（諧声符）からなる文字のことであって、現在用いられている漢字の大多数はこの形声に分類される。

例えば「皮《ヒ》」は、もちろんそれ自体がかわという意味の文字であるが(3)、以下のように多くの漢字の声符としても用いられている。

まず「皮」が直接声符となっているものとしては、「疲被髮鞁・・・」等の文字がある（一次諧声符）。次に、「皮」を声符とする文字のうち「波」「頗」「陂」の三文字は、今度はそれ自身がそれぞれ「跛婆」「巔」「鼗」の声符となっている（二次諧声符）。そのうち「婆」は、さらにそれ自身が「蔢」の声符となっている（三次諧声符）。声符の中にはこのように重層的な関係を結ぶものも少なくない。

それではこれらの文字の音はどうなっているだろうか。広い意味で「皮」を声符とするこれらの文字の字音は、以下の三つに分類することができる。

（Ⅰ）「ヒ」という音を持つもの

（Ⅱ）「ハ」という音を持つもの

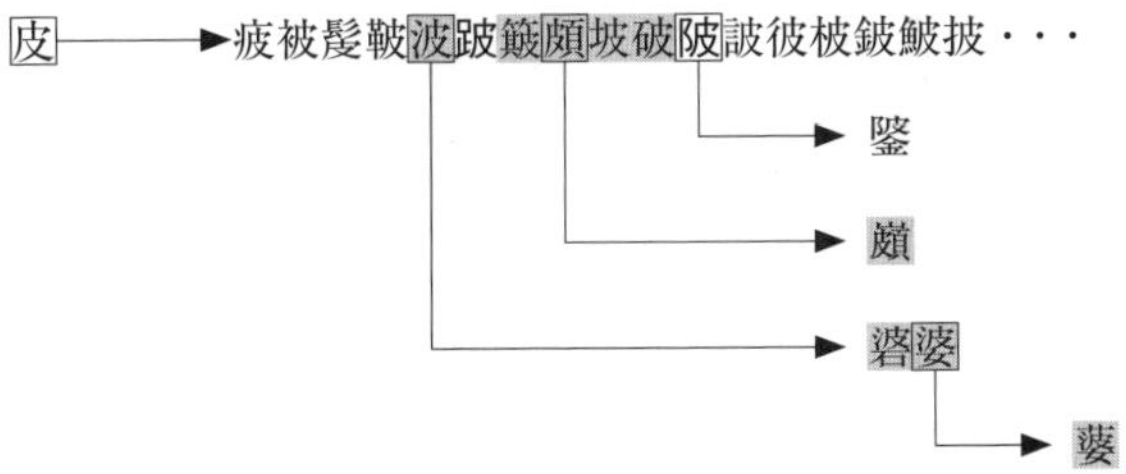

図2－1　声符「皮」の諧声関係
（沈兼士『広韻声系』による）

（Ⅲ）「ヒ」・「ハ」の両方の音を持つもの

図2−1では（Ⅱ）を網掛けで、（Ⅲ）をゴチック体で示してある。「皮」等の何も付していない文字は（Ⅰ）であることを表す。

ここからすぐに分かることは、「皮」を声符とするこれらの文字群は、「ヒ」あるいは「ハ」のいずれかの音《オン》（あるいはその両方）を持つということである。もちろんこれは現代日本語においてそのようであるというだけであって、直ちにその母体となった中国語原音でもまったく同じ状況であったなどと考えることはできない。また一口に中国語原音と言っても、厳密にはその時間的変化ということも考慮されなければならない（後述）。しかしながら、「皮」を声符とするこれらの文字群の発音がある範囲の中に収まる、言い換えれば一定の共通性を有するという傾向は、やはり中国語原音についても認められるのである。そしてこれは声符が「皮」の場合だけではなく、その他のあらゆる声符についても同様のことが言えるのである。すなわち、同一の声符を共有する文字のグループは、その字音について一定の共通性を有している。これがほかならぬ漢字が持つ表音性である[4]。

もちろん漢字の表音性は、アルファベットや仮名と比較すれば限定的であるといわざるを得ない。声符が表していたのは同音もしくは近似した音であって、必ずしも単一の発音を表示していたわけではない。また漢字は時代や地域によって大きく字形を変化させたから、本来は声符と認識されていたものが時代により、あるいは地域によって声符とは認識されないということも大いにあり得る。

以上のようなことから、表語文字である漢字が持っていた表音性はある程度限定的なものではあったものの、そこにある種の表音性が存在していたことはやはり認めなければならないだろう。

第二節　中国語原音の歴史的変化

(一)「中国語原音」

周知の通り、中国で誕生し発展を遂げた漢字は、その周縁の文字を持たない民族によって、自らの言語を表記する手段として移入された。もちろん現在の我々が用いている漢字もそのようにしてもたらされたものの一つであるが、このような移入が行われる際は、単に漢字の字形だけでなくその発音(字音)も一緒に移植されることが常であった。

各民族の言語の中に漢字の字音がどのように移入され定着していったかは、伝来の時期とその具体的過程、あるいは受け入れた側の言語・文化状況等のさまざまな要因が絡む非常に複雑な問題であるが、このことを考えるにはまず漢字の中国における発音、即ち「中国語原音」という問題が考慮されなければならない。そこで本節では漢字の中国語原音、つまり中国語の音韻の歴史的変遷について見ていくことにする。

(二) 中国語の音節構造

中国語原音の問題に入る前に、まず中国語の音節構造について説明しておきたい。

日本語の音節構造の基本となるのはCVという構造であるが(5)、中国語の音節構造はそれとは大きく異なり、一般的にはIMVE/Tの形で表される。I(Inital)は頭子音(音節初頭の子音)、M(Medial)は介音(母音の一種)、V(Principal Vowel)は主母音(音節の中心となる母音)、E(Ending)は韻尾(音節末尾の子音あるいは母音)、T(Tone)は声調(音節における高低アクセント）を表す(6)。伝統的にはIを「声母」と呼ぶのに対し、MVF/Tを「韻母」と呼ぶ。また声調は音節全体を覆うと見なされる（平山久雄「中古漢語の音韻」）。例えば「寛」は現代中国語（北京方言）で/kuan^{1}/と表記できるが、k, u, a, nがそれぞれ順に声母、介音、主母音、韻尾に相当する。また1が声調の一つのカテゴリーである高く平らな音調（第一声）を表す。

　中国語の音節構造が、そのもっとも古い段階から一貫してこのような形であったかについては多くの議論がなされており未だ見解の一致をみないが、現在比較的広く受け入れられている学説では、秦漢時代以前の中国語はもっと複雑な音節構造をしていたようである。しかし、目下、文献資料によって直接その音価を推定することができるもっとも古い段階である中古期以後の中国語（「中古音」（Middle Chinese）。後述）では、その音節構造がIMVE/Tであることは広く認められている。

（三）形声文字の発音

　さて、言語音が時代の変遷により変化するものであることを、今日疑うものはいない。当然、中国語原音も今日までの長い歴史において、大きな変化を遂げてきた。いまこのことを前に挙げた「皮」を声符とする文字群を例にみてみよう。

　先述したように、「皮」を声符とする文字群の字音は、（Ⅰ）「ヒ」という音を持つもの、（Ⅱ）「ハ」という音を持つもの、（Ⅲ）「ヒ」・「ハ」の両方の音を持つもの、という三つに分類することができた。ではこれらの発音は形声文字が作られた当時から「ヒ」・「ハ」のような二系統の音に分かれていたのだろうか(7)。

　『説文解字』に見える形声文字は長い時間をかけて蓄積されてきたものであるが、それは大まかに言えば中国の歴史上、秦の始皇帝が中国を統一する以前の先秦時期、また中国語音韻史の上では「上古音」（Old Chinese）と呼ばれる時期に成立した(8)。つまり、先に言う「形声文字が作られた当時」の発音というのは、換言すれば、形声文字の大多数が作られた先秦時代にこれらの文字群がどのように発音されていたのか、つまり上古音でこれらの発音がどうであったのかということになる。

　この上古音についての研究は、中国では16世紀以降本格的に行われ、20世紀に入り西洋の比較言語学の手法を導入するに至って飛躍的に進展した。いまその一応の結論をW.H.Baxter『上古漢語音韻手冊』（*A Handbook of Old Chinese Phonology*. 1992）によって示すと、それぞれ（Ⅰ）と（Ⅱ）に分類される「皮《ヒ》」と「波《ハ》」は次のような音価を持っていたと推定される。

「皮」　*brjaj

「波」　*paj

この二つの音を比べてみると、そこには明らかにある種の共通点が存在する。まず声母についてはそれぞれ *b- と *p- であって、これらは濁音（有声音）と清音（無声音）という違いはあるものの、ともに唇を使って発音する音(9)という点では同じと言える。また韻母は、介音こそ「皮」が *-rj- で「波」は介音がないという違いがあるものの、主母音と韻尾はともに *-aj で全く同じである（声調も同じ）。つまり、「皮」と「波」という文字は、それらが生まれたであろう上古音の時代には、ともに *Paj（P- は唇音声母）とでも書き表すことができるような、互いに近似した音を持っていたということになる。これは「皮」を声符とする他の文字についてもだいたい当てはまる。ここから言えることは、「皮」という声符を共有する文字群は、それらが生み出された時代には相当程度近い音を持っていたということである。

実は以上のことは声符が「皮」の場合にだけ成り立つのではない。「皮」以外の声符についても、基本的には同じことが言える。つまり、声符を共有する文字群は、それが生み出された時代において相当程度近い音を持っていたのである(10)。

声符の持つ表音性は、形声文字が作られた当初においては、より有効に機能していたとも言えるだろう。

（四）中国語原音の歴史的変化

ではこの「皮」と「波」が日本漢字音でそれぞれ「ヒ」と「ハ」という大きく異なる音に反映するのはなぜか。これこそ先に述べた言語音の歴史的変化によるものである。先ほどはそれぞれの文字の上古音のみを示したが、いまそれに加えて隋唐時期（即ち中古音）と現代北京方言の発音も合わせて示すと次のようになる(11)。

「皮」　*brjaj>bje^{平}>pï^{2}（pí）

「波」　*paj>pwɑ^{平}>po^{1}（bō）

先述したように上古音での両者の発音は相当程度近いものであったのだが、それが数百年後の中古音になると、それぞれbje^{平}、pwɑ^{平}のように大きく異なる音に変化した。特にその主母音はeとaというまったく異なった音になってしまった。そしてそこからさらに千数百年を経過すると、今日私たちが中国語として学ぶpí、bōという発音に変化するのである。pí（皮）とbō（波）、あるいはそれぞれの文字の上古音と現代音を比べてみても、二千数百年の間に生じた変化の大きさが実感できるだろう。

実は「皮」と「波」の日本漢字音である「ヒ」と「ハ」の母体となった中国語原音は中古音であった。後述するように、日本漢字音は「層的伝承」（沼本克明『日本漢字音の歴史』）、つまりそれがいくつかの層に分かれることを特徴としているが、その主体をなすのは中古音を母体とする層である。これらは呉音・漢音として今日でも一般的に用いられている字音であるが、「波」が「皮」を声符としながらその音が「ヒ」ではなく「ハ」であるのは、その母体となった中古音において、この二つの文字の発音がそれぞれ $\mathrm{bje}^{\text{平}}$ と $\mathrm{pwa}^{\text{平}}$ のように変化していたからである。逆に言えば、これらの母体が中古音であったからこそ、その音《オン》がそれぞれ「ヒ」と「ハ」になったとも言える。もしもその母体がより古い段階の中国語音にあったならば、両者は例えば同じ「ハ」のような音で反映していたかもしれない(12)。

以上をまとめると、日本漢字音の母体となった中国語原音というのは、それそのものが歴史的に大きく変化したものであり、日本漢字音はその中のある段階の字音を取り入れたものということになる。

第三節　反切と韻書

（一）直音

表意文字であるにしろ、表語文字であるにしろ、漢字は表音文字ではないから、アルファベットや仮名のような意味で直接その発音（字音）を表すことはできない。一方、漢字の誕生から長い年月が経過し、その間に蓄えられた膨大な書物・文章が「古典」として知識階級の習得の対象となった時代においては、そこに用いられている漢字の読み方を正確に知る必要が生まれてくる。なぜなら形・音・義が一体のものとなっている漢字においては、音を知ることは即ちその義（意味）を知ることに他ならないからである。このような背景の下に生み出されたのが、「直音《チョクオン》」や「反切《ハンセツ》」といった表音方法である。

　このうち直音は、漢代に盛んに行われた経書（儒教の古典）解釈を通じて、その方法が確立したと考えられる。具体的には「A音B」という形式によって、Aという字の字音がBという字の字音であることを示す方法である。例えば、前漢一代の歴史を記した『漢書』の冒頭に、高祖・劉邦の容貌を描写して、「高祖為人、隆準而龍顔、美須髯、左股有七十二黒子。」（高祖は生まれつき鼻が高く、ひたいは龍のようで、須髯《ひげ》が美しく、左の股に七十二の黒子《ほくろ》があった。［小竹武夫訳］）とあるが、この中の「準」に対して後漢末の学者・服虔は、「準音拙」（「準」の発音は「拙《セツ》」である）という注釈を加えている（高帝紀、顔師古注所引服虔注）。その意味は、ここでの「準」はその一般的な読み方である「ジュン」ではなく、「拙」の字音である「セツ」で読まなければならないということである。つまりその言わんとするところは、「準」の発音が「セツ」であることを示すことを通じて、ここでの「準」がその一般的な意味（標準《ジュン》・平準《ジュン》・準《はか》る）ではなく特別な意味（鼻、一説に頬骨）であることを示そうというものである。

　このような直音による漢字の読み方の指定は、多くの場合、単に発音の明示というよりもその文字の意味解釈に関連して行われるものではあるが、ともかくも、表語文字である漢字の発音を表す試みはこのようにして始まったのである。

　しかしながら、ある漢字の発音を別の漢字一文字を使って表すというこのやり方は、たいへん簡便でわかりやすいという長所を持つ一方、誰しもがその発音を知っている同音字を見つけることが必ずしも容易ではないという短所を持つ。B字の発音を誰も知らないようでは、注釈としての意味をなさないからである。

(二) 反切

直音の持つこのような欠点を補うべく登場したのが反切である。この方法が現れたのは後漢の後期、2世紀半ば頃だと考えられている。

直音が漢字一文字による表音法であったのに対し、反切は漢字二文字を用いて別の漢字の発音を表すやり方である。一般的には、「A　BC切」という形式によって書き表される。Aを反切帰字、Bを反切上字、Cを反切下字という(13)。例えば、先ほどの「準《セツ》」は『広韻』という韻書（後述）において「職悦切」という反切を与えられているが、これは「準」という文字の発音が「職悦」という二文字によって表現できることを意味する。では反切はどういう原理によって音を表すのか。その答えはこれらの文字にその当時の発音を当てはめてみるとよく分かる(14)。

「準」 tɕʏɛt入 ← 「職」 tɕiə̆k入 + 「悦」 jʏɛt入

tɕʏɛt入という「準《セツ》」の発音が「職」の声母tɕ-と「悦」の韻母-ʏɛt入を組み合わせることによって導き出されていることが分かるだろう。つまり反切とは、反切上字の声母と反切下字の韻母を組み合わせることによって目的とする文字（反切帰字）の発音を表す方法なのである(15)。

容易に想像できるように、直音と比較したとき、用字選択の自由度は反切の方が飛躍的に大きくなる。これは表音方法として反切がより優れていることを表す。実際に反切は、漢字の発音を表すもっとも主要な方法として、注音字母（1918年公布）や最終的に漢語拼音方案（1956年公布）に結実する各種ローマ字標音法にその座を明け渡すまで、千数百年の長きに亘って用いられ続けてきた。

（三）韻書

中古音は、広義には六朝時代から宋代にかけての中国語の音韻体系を指すが、狭義には隋唐時代、特に『切韻《セツイン》』（601年成書）という韻書に反映した音韻体系のことを指す。韻書とは、作詩の際に押韻字を検索するために編まれた一種の発音辞典であり、その歴史は魏の李登が著した『声類』や晋の呂静『韻集』に遡ることができるようであるが、今日、その全貌を窺い知ることのできる最古の韻書は陸法言によって編纂されたこの『切韻』である。ただし『切韻』の原本はすでに失われ、収録字数や注釈を増した後世の増訂本が完本、あるいは零本の形で今日に伝わる。その中でもっとも代表的なものは、北宋の大中祥符元年（1008年）、陳彭年らが勅命を奉じて編纂した『大宋重修広韻』である(16)。

『広韻』はその所収字をまず声調によって分類する。当時の声調には平声・上声・去声・入声という四つのカテゴリーが存在したが、平声は字数が多いために上下二つに分かち、全体では5巻とした。次にそれぞれの巻を韻母のグループである「韻」によって分類する。韻とは互いに押韻することを許された文字のグループのことで、『広韻』ではその数は全部で206であった(17)。韻の中はさらに「小韻《しょういん》」に分けられる。小韻とはまったく同音の文字のグループである。例えば『広韻』の第一巻（上平声）は東韻から始まるが、東韻には「東」「同」「中」「蟲」「終」等の34の小韻が含まれ、さらに「東」小韻には「菄鶇涷倲蝀」等の「東」と同音の17字が収められている。

このように『広韻』をはじめとする韻書は、同音字のグループを核としつつ、それを発音上の特質、特に韻母の共通性によって束ねていくという構造を持つ。

先ほど例に挙げた「準」は、『広韻』でもやはり二箇所に見える。一つは第三巻（上声）の第十七準韻の冒頭に、「準《ジュン》　均也《ひとしいこと》、平也《たいらであること》、度也《はかること》。又楽器名。……之尹切。又音拙。四」とある。最初の「均也」以下は意味に関する注釈で、「之尹切」の直前まで続く。これに対し「之尹切。又音拙。」は音に関する注釈であって、「之尹切」は反切によって「準《ジュン》」の発音を示している。

「準」tɕyĕn^{上}←「之」tɕiə̆r^{平}＋「尹」jyĕn^{上}

次の「又音拙」というのは、「準」には「之尹切」とは異なるもう一つ別の「拙」という音が存在することを表す。これが『広韻』における二つ目の「準」、即ち第五巻（入声）の第十七薛韻の「拙」小韻に見える「準《セツ》　応劭云、『準、頬権準也。』。李斐云、『準、鼻也。』。又章允切。」である。「拙」小韻に含まれる文字はすべて「拙」（職悦切）と同音であるから、先ほどの「又音拙」が他ならぬこの「拙」小韻中の「準」を指していることが分かる。またこの条には「又章允切」という発音に関する注釈が与えられているが、これは「準《セツ》」にはもう一つ「章允切（tɕyĕn^{上}）」で表される音があることを示しているが、これこそが準韻の「準《ジュン》」である。章允切と之尹切は同じ音を表す。このように『広韻』では、ある文字が複数箇所に見える場合、互いに別の発音があることを指摘し合うことを常とする。

　ちなみに準韻の「準」字の注釈にあった「四」という数字は、「準」小韻に含まれる文字が「準」も含めて四文字であることを示している。

第四節　日本漢字音

（一）日本漢字音における「層」

さて、先ほど述べたように後漢の服虔は『漢書』の「準」字に注釈を施し「拙《セツ》」という音を与えたが、この事実は、少なくとも服虔が、この「準」を「標準《ジュン》・平準《ジュン》・準《はか》る」という意味を表す「準」のもっとも一般的な音（『広韻』における之尹切、日本漢字音ではジュン）ではなく、「鼻（あるいは頬骨）」という意味と結びついた「拙」（職悦切、セツ）という音で読むべきだと考えていたことを示している。即ちここでの音の違いは意味の違いにそのまま結びついているのである。いま、少なくとも服虔がと述べたのは、「準」におけるこのような音と意味の結びつきを今日の我々が必ずしも認識しているとは限らないからである。しかしながら、例えば先に例に挙げた「楽」という文字について言うと、ゴウ（ギョウ）という音はしばらく措いておくとしても、ガクとラクがそれぞれ音楽の楽《ガク》と悦楽の楽《ラク》に対応し、互いに入れ替えることができないことを私たちはよく知っている。ある漢字がこのように読まれなければならないとされる理由の一つには、以上のように字音の違いが意味の違いに対応しているという事実がある。

　では次のような例はどうだろうか。

「木」という字にはモクとボクという二つの字音がある。「材木」というときにはモクと読まれるし、「巨木」というときにはボクと読まれるだろう。しかしこの二つの熟語における「木」はいずれも樹木という意味であって、そこに何ら違いはない。実際、先ほどの二つの「楽」が『広韻』の別々の箇所にその記載を見出せるのに対し[18]、「木」については入声・第一屋韻の「木」小韻に、「木　樹木。『説文』曰、『木、冒也。』……莫卜切。」と一箇所見えるのみである（第五巻）。おそらく中国では古今を通じて「木」には一種類の字音しか存在しなかったに違いない。ところが「木」の日本漢字音にはモクとボクという二つの字音が存在するのである。

このように日本漢字音には原則的に字義の区別に関与しない読み方の区別が存在する(19)。これらはいくつかのグループ――それらはあたかも地層が堆積するように後の時代に伝承されてきたので、漢字音の「層」と呼ぶ――に分けることができるが、その中でも特に重要な位置を占めるのが呉音と漢音と呼ばれる層である。

(二) 漢字音の「層」と中国語原音

日本における漢字の受容は、朝鮮半島との頻繁な往来を通じ、四世紀末~五世紀初頭以降本格的に行われるようになったと考えられている。漢字の受容――おそらく、より正確には漢字によって記された漢文文献の将来――は、その後長期に亘って持続的に行われたが、それに伴い日本にはさまざまな段階の中国語原音が移植された。長期に亘る持続的な漢字の受容というのは、おそらく他の漢字文化圏においてもそう大きく異なるものではないであろう。

しかしながら、このことは直ちに当該地域の漢字音に「層」を形成することを意味しない。つまり、長期に亘る持続的な漢字の受容が「層」形成の必要条件とはなっても十分条件とはならないのである。日本と同じように長期に亘って漢字を受容した朝鮮半島やベトナムでは、漢字音の「層」は生み出されることはなかった。

呉音の母体となった中国語原音が話されていた地域、あるいはその移入の経路についてはいまだ十分解明されていない問題が残っているが、その「主層」を形成したのは、時間的には『切韻』に反映する狭義の中古音よりもいくぶん前の段階、空間的にも『切韻』の基礎方言とはやや隔たる地域の方言であったと考えられている。一方、漢音は、時間的にはそれよりも下り、『切韻』の体系が大きな音韻変化を蒙った後の唐代中期の段階、空間的には唐の都である長安地方の方言状況を反映していると考えられる。具体的資料で言えば、慧琳『一切経音義』（787～807年撰）に反映する体系が漢音に近いとされる（沼本氏前掲書）。

日本漢字音においては、このような中国語原音の違いに基づく漢字音の差異が「呉音」や「漢音」といった名称の下で個別的ではなく体系的に保存されている。まさしく地層の如く異質な漢字音の「層」が互いに混じり合うことなく今日まで伝承されているのである[20]。先ほど例に挙げた「木」という漢字がモク（呉音）とボク（漢音）という二つの音を備えているという問題は、実は中国語原音で「木」と同じ声母m-を有していた漢字が原則として呉音ではマ行、漢音では多くバ行で反映するという個別字の枠を超えた体系的な問題として日本漢字音全体に広がっていく[21]。中国語原音を体系として保存していること、これが日本漢字音の特徴だと言えるだろう。

注

（1）国字が必ずしも訓読だけを備えているとは限らない。例えば「働」という国字には「はたら‐く」という訓読の他に「ドウ」という音読が備わっている。また膵臓の「膵」も日本で作られた漢字であるが、これには「スイ」という音読相当の音しかない。

（2）中古音（後述）では［tŏuŋ平］。

（3）『説文解字』では、「皮」そのものも「爲」の省略された字体を声符とすると述べられている（三篇下）。

（4）いま現代日本語の漢字音についてこのことを示したが、各時代の中国語原音についても同様のことが言える。また一方でこの事実が、形声文字が作られたと考えられる時代の中国語原音を推定する最大の根拠の一つとなっている。

（5）Cは子音、Vは母音を表す。例えば「カ」は/ka/（/　/は音韻を表す）となる。なお、現代の日本語はCVを基本としつつも、その他にもV、CVV、CVC、CCV等の形式があることについては窪薗晴夫『日本語の音声（現代言語学入門2）』を参照。
(6) なお、これを日本語のCVという表記に対応させればCSVC（またはS）/Tとなる（丁邦新「上古漢語的音節結構」。ただしSは半母音を表す）。
(7) より正確に言うと、日本漢字音で「ヒ」または「ハ」と反映されるような二種類の原音をその当時から有していたかどうかということである。
(8)「上古音」とは、狭義には中国最古の詩集である『詩経』の時代の音韻体系を指し、広義には先秦〜漢魏時期の音韻体系を指す。したがって、音韻史上の上古音期と歴史上の先秦時期とは厳密には一致しない。
(9) これらを「唇音」という。日本語では「バ」・「パ」・「マ」各行の子音がこれに相当する。
(10) このことをつとに指摘したのは清朝の著名な古典言語学者である段玉裁（1735-1815）である。その説は「六書音均表」一の「古諧声説」に見える（『説文解字注』附刻）。なお、「相当程度」が具体的にどの程度であるかについては、いまはこれ以上立ち入らない。
(11) 上から順に上古音、中古音、そして現代北京方言の発音を表す。中古音や現代音に付した「平」や「1」「2」はそれぞれ声調のカテゴリーを表す。現代音の（　）内はピンイン表記（現代中国におけるローマ字転写法）。「A＞B」は言語音がAからBに変化したという意味である。なお、推定音価を表す「*」は、中国語音韻史においては一般に上古音について用いる。
(12) 例えば「皮」と「奇」は中古音でまったく同じ韻母を有するが、推古朝遺文（600年前後）と呼ばれる呉音・漢音より古い漢字音の層においては、「奇」は「カ」という字音で反映している。
(13)「切」はより古い時代には「反」とも書かれた。「切」も「反」も意味は同じで、繰り返し磨き上げて正しい音を導き出すこと（「反復切摩」）を表す（唐作藩『音韻学教程』）。
(14) 平山前掲論文の体系に従う（以下同じ）。
(15) なお、反切上字は単に声母だけではなく、介音の一部（-i-の有無）についても一致するように選ばれている。
(16) 一般には略して『広韻』の名で呼ばれる。なお、『広韻』を含む『切韻』の増訂本は「切韻系韻書」と呼ばれているが、それらは収録字数や注釈の多寡に違いはあるものの、その反映する音系は基本的に『切韻』のそれに一致すると考えられる。したがって今日では『広韻』を『切韻』の代わりに用いて狭義の中古音を論じることが一般的である。

(17)韻の名称を「韻目」という。韻目の数は平声57、上声55、去声60、入声34である。「韻」は同じ-(M)VE/Tを持つ韻母のグループであると言えるが(ただしMの違いによって別の韻になることがある)、『広韻』全体で見た場合、同じ-(M)VEを持つ韻が声調における四つのカテゴリーの中にそれぞれ存在することを基本とする。例えば、巻第一に東韻(平声)/(i)ʌwŋ^{平}/があるのに対し、第三、四、五巻にそれぞれ董韻(上声)/(i)ʌwŋ^{上}/、送韻(去声)/(i)ʌwŋ^{去}/、屋韻(入声)/(i)ʌwk/がある(韻尾は平・上・去声が鼻音であるのに対し、入声はそれと対応する子音となる)。このような関係を「四声相配」という。ただし、韻尾がゼロ、あるいは半母音の場合は対応する入声が存在しない。

(18)音楽の楽《ガク》に対応するものが入声・第四覚韻「嶽」小韻(五角切)の「楽　音楽。……」であり、悦楽の楽《ラク》が同・第十九鐸韻・「落」小韻(盧各切)の「楽　喜楽。」である。

(19)例えば「経典」はケイテンと読めば主として儒教の古典群を指し、キョウテンと読めば仏教の教えを記した書物を指すから、確かに語としては「経」字の読み方によって意味の区別が行われていることになる。しかしながら、「経典」における「経」字の意味は普遍的な道を記した書物の謂であって、ケイテン・キョウテンにおいて異なるところはない。つまりケイとキョウの違いが「経」字の表す語の違いには結びつかないのである。

(20)沼本氏によれば、日本漢字音がこのような特徴を備えるに至った原因は、「日本語音韻体系の単純性」と「中国語音の移植の経緯に対応した伝承方法の違い」に求められるという(同前)。

(21)その背景には鼻音声母における鼻音成分の弱化、あるいは脱落(denasalization)がある。

参考文献

・河野六郎（一九七七）「文字の本質」、『岩波講座　日本語八（文字）』、東京：岩波書店：一九九四．『文字論』、
東京：三省堂．
・沈兼士（一九四五）『広韻声系』：一九八五．北京：中華書局．
・沼本克明（一九八六）『日本漢字音の歴史』、国語学叢書一〇、東京堂出版．
・Baxter,W.H.（1992）*A Handbook of Old Chinese Phonology*. Berlin:Mouton de Gruyter.
・平山久雄（一九六七）「中古漢語の音韻」、『中国文化叢書1　言語』、東京：大修館書店．
・頼惟勤（一九五七）「日本の漢字音」、『中国語比較研究』（『中国語学辞典』分冊）、東京：江南書院：一九八九．
『頼惟勤著作集Ⅰ　中国音韻論集』、東京：汲古書院．

3 漢文の構造とその成分（一）

宮本　徹

前章で説明したように、文字はそれぞれの文脈において、ある一定の音と意味が結びついた語を表す。語はそれぞれが有する一定の文法機能に従って互いに結びつき、フレーズを構成する。フレーズはそれ自体が独立して一つの文となることもあれば、文中の一つの要素となることもある。語が他の語と結びついてフレーズを構成する働きを統語機能という。それぞれの語がどのような統語機能を持つか（あるいは持たないか）は、その語が持つ文法機能によって決定される。このような文法機能によって語を分類したものが品詞である。品詞を同じくする語は一定の文法機能を共有する。

語の統語機能によって構成されたフレーズが、単独で、あるいはいくつか組み合わされることによって文が組み立てられる。フレーズはいくつかのタイプに類型化できるが、その中で文を構成する中心を担う構造が主述構造（主語・述語構造）と動目構造（動詞・目的語構造）であり、これを「基本構造」と呼ぶ。本章では基本構造のうちの主述構造について説明する。

第一節　語と品詞

品詞は文法機能に基づく語の分類である。同じ品詞に属する語には、一定の意味上の共通性——

<table>
<tr><td rowspan="4">内容語</td><td colspan="2">名詞</td></tr>
<tr><td colspan="2">動詞</td></tr>
<tr><td colspan="2">形容詞</td></tr>
<tr><td colspan="2">数量詞</td></tr>
<tr><td rowspan="5">準機能語</td><td colspan="2">助動詞</td></tr>
<tr><td rowspan="3">代詞</td><td>人称代詞</td></tr>
<tr><td>指示代詞</td></tr>
<tr><td>疑問代詞</td></tr>
<tr><td colspan="2">副詞</td></tr>
<tr><td rowspan="4">機能語</td><td colspan="2">前置詞</td></tr>
<tr><td rowspan="2">助詞</td><td>構造助詞</td></tr>
<tr><td>文末助詞</td></tr>
<tr><td colspan="2">接続詞</td></tr>
</table>

例えば名詞は事物の名称を表す等――が存在することが期待されるが、多様な意味の間に明確な境界線を引くことは困難な場合が多い。品詞分類はあくまでその語が有する文法機能に基づいて行われる。

漢文における品詞は以下のように分類することができる。

（一）名詞

名詞は人や事物の名称などを表す。名詞は、具体的な人や事物の名称を表す普通名詞、抽象的な概念の名称を表す抽象名詞、人名・地名・王朝名などを表す固有名詞、時間や場所を表す時間詞や場所詞、方位詞などに分けることができる。

〔普通名詞〕馬、牛、天、地、山、水…

〔抽象名詞〕仁、義、情、志、礼、気…

〔固有名詞〕尭、舜、禹、周公、黄河、泰山…

〔時間詞〕今、昔、旦、暮、年、月、日…

〔場所詞〕京師、東市、岸上、河北、山東…

〔方位詞〕上、下、左、右、前、後、東、南、北…

名詞の文法的特徴として、指示代詞や名詞・形容詞を連体修飾語として前に置くことができる（連体修飾構造）。また、数量詞を前または後ろに置くことができる。名詞は一般に副詞や助動詞・

前置詞構造の修飾を受けない。

名詞の文法的機能は、主として文の主語や目的語になることである。また、そのほかに連体修飾語や連用修飾語などになることもできる。

(二) 動詞

動詞は人や事物が行う動作行為や諸活動などを表す。動詞は、第三者から見てその活動が知覚できる一般的な動作行為を表すもの、心理活動を表すもの、人や事物の存在を表すもの、主語と目的語を結びつけたり、ある種の判断を表したりするものなどに分けることができる。

〔動作行為を表すもの〕生、死、坐、起、去、居、出、入…
伐、守、食、飲、告、聞、覧、教…

〔心理活動を表すもの〕愛、悪、思、羨、悦、怒…

〔存在を表すもの〕有、無…

〔判断等を表すもの〕為、是、非

動詞の文法的機能は、主として文の述語になることである。動詞以外の語も述語になることができるが、圧倒的多数の文は動詞もしくは動詞を中心とする構造を述語とする。また、動詞はそのほかにも主語や目的語、あるいは連体修飾語や連用修飾語になることもできる。

(三) 形容詞

形容詞は人や事物の性質や状態などを表す。形容詞は性質を表すものと状態を表すものに分けることができる。

〔性質を表すもの〕善、悪、賢、愚、強、弱…

〔状態を表すもの〕大、小、長、短、寛大、区区…

形容詞の主たる文法的機能は、名詞の前に用いられ、連体修飾語になることである。また形容詞はそのほかにも述語や補語、主語や目的語、あるいは連用修飾語になることもできる。

(四)　数量詞

数量詞は数詞と量詞からなる。数詞は数を表し、量詞は事物や動作行為の数や量を数える単位を表す。数詞は単独で用いられることもあれば、量詞の前に用いられることもある。

事物の数量を表す数詞や数量詞は、一般に名詞の後ろまたは前に置かれる。一方、動作行為の数量を表す数詞は、動詞の前に置かれることが多い。なお、動作行為の数量を表す量詞の使用が一般化した中古以後は、通常はこれを数詞と組み合わせて動詞の後ろに置く。（⇒第８章第六節、１６２頁～１６６頁）

(五)　前置詞

前置詞は動作行為に関与する人や事物で、主語や目的語として表されるもの以外の要素を文中に導入する。導入される対象は、場所・時間、手段・方式、原因・目的、動作行為の関与者（仕手や受け手など）等に分類することができる。

前置詞は目的語を伴い前置詞句を構成する。前置詞句は連用修飾成分として動詞に前置されるか、あるいは補語として動詞に後置される。（⇒第5章第一節、80頁～88頁）

(六)　助詞

助詞は構造助詞と文末助詞などからなる。構造助詞は語やフレーズに付加されて、その文法的性質や語順を変化させる働きを持つ。また文末助詞は文や節の末尾に付加される。叙述・疑問・感嘆といった文の伝達機能に対応した機能を有し、当該文における話し手の語気や判断・ニュアンスなどを加えるものである。（⇩第5章第二節〜第三節、88頁〜105頁）

（七）接続詞

接続詞は語やフレーズ、節や文などをつなぎ合わせ、相互の意味的関係を示す。並列・順接・累加・選択・逆接・因果・過程・譲歩などに分類することができる。（⇩第6章第一節、106頁〜112頁）

（八）助動詞

助動詞はもっぱら動詞（句）を目的語として伴う動詞の一種である。助動詞は可能、義務・必然、願望、意思等の意味を表す。一部の助動詞は単独で用いることもできる。（⇩第6章第二節、112頁〜118頁）

（九）代詞

代詞は一定の場面や文脈の下、人や事物などを指示したり、文中の語句を代替したりする働きを持つ語である。代詞には、人を指示する人称代詞、事物や状態を指示する指示代詞、聞き手から情報を獲得しようという疑問代詞がある。

代詞の文法的機能は名詞のそれに準ずるが、一部異なる点もある。（⇩第6章第三節〜第7章第二節、118頁〜136頁）

（十）副詞

副詞はもっぱら述語や文を連用修飾し、一般には単独で用いられない。副詞はそれが修飾する動作行為や性質・状態について、その時間・程度・範囲・語気・否定などの意味を表す。（⇩第7章

第三節、１３６頁～１４５頁）

それぞれの品詞は内容語（名詞・動詞・形容詞・数量詞）、機能語（前置詞・助詞・接続詞）、準機能語（助動詞・代詞・副詞）に分類される。内容語は実質的な語彙的意味を担い、文の三成分（後述）に充当される語である。一方、機能語は語彙的意味が希薄であり、文においてもっぱら文法的な役割を担う語である。内容語はそのメンバーをすべて列挙することが困難な開いた集合であるのに対し、機能語は比較的少数のメンバーから構成される閉じた集合である。助動詞・代詞・副詞は純粋な機能語ではないものの、比較的少数の語からなり、かつその文法的な働きを個別に記述することができることから、機能語的な性質を併せ持つと言える。いまこれを準機能語と呼ぶことにする。

第二節　フレーズと文

語はその統語機能によってフレーズ（統語構造）というより大きな塊を作る。フレーズはそのまま一つの文になることも、また別のさらに大きなフレーズの一つの要素になることもできる。フレーズはいくつかのタイプに類型化できるが、その中で文を構成する中心を担う構造が主述構造と動目構造であり、これらは「基本構造」と呼ばれる。

（一）フレーズの構造

フレーズは次のようないくつかのタイプに分類することができる。

①　主述構造
②　動目構造
③　修飾構造

④　並列構造
⑤　動補構造
⑥　前置詞構造

一般にフレーズは二つの構成要素から成り立つ。例えば主述構造は主語と述語という二つの要素から構成される。ただし、その場合の主語や述語が必ずしも単独の語から構成されるとは限らない。主語がさらに修飾構造から、また述語が動目構造から構成され、さらにその動目構造の目的語が修飾構造から構成される…といったように、フレーズが重層的な構造を持つことも珍しくない。フレーズはその内側にさらに別のフレーズを含むことができ、複雑な文はこのようにして構成されていく。

語はそのまま一つの文を構成することもあれば、フレーズを構成する一つの要素となることもある。同様にフレーズもまたそのまま一つの文を構成することもあれば、文を構成する一つの要素となることもある。ここでいう要素とは、前述したように、より大きなフレーズの一要素であることを意味する。したがって、文を構成する各要素の構造関係は、結局フレーズの構造関係に帰着することになる。

(二)　文の基本構造

文の統語成分を直接担う構造は主述構造と動目構造であり、これらは「基本構造」と呼ばれる。

①　主述構造（S－P）　　主語（S）＋述語（P）
②　動目構造（V－O）　　動詞（V）＋目的語（O）

ここで「動詞」というのは品詞分類の一つとしての「動詞」（前述）ではなく、目的語（あるいは補語）を伴った動詞（あるいは形容詞）の文の統語成分としての名称である（中国の研究著作では多く別の名称を立ててこれらを区別する）。文は構文、意味、表現という三つの異なるレベルにおいて分析することができる。ここでいう主語・述語・動詞・目的語とは、いずれも構文レベルの分析によって抽出された成分の名称である。

　前述したように、あるフレーズはその内側にさらに別のフレーズを包含することができる。いまこれを基本構造に当てはめれば、動目構造は主述構造の主語にも述語にもなることができる。典型的な文型の一つとしてしばしば取り上げられるS－V－O（主語＋動詞＋目的語）の構造は、主述構造の述語に動目構造が埋め込まれたものである。一方、主述構造も動目構造の目的語になることができる。

湯放レ桀、武王伐レ紂。〔湯桀を放ち、武王紂を伐《う》つ。∴殷の湯王は夏の桀を放逐し、周の武王は殷の紂を誅伐した。〕（『孟子』「梁恵王下」）

主＋述：｛湯｝＋｛放桀｝、｛武王｝＋｛伐紂｝

動＋目：｛放｝＋｛桀｝、｛伐｝＋｛紂｝

不レ患三人之不二己知一、患レ不レ知レ人也。〔人の己を知らざることを患《うれ》えず、人を知らざることを患う。∴他人が自分を知ってくれないことは気にかけず、自分が他人を知らないことを気にかける。〕（『論語』「学而」）

動＋目：｛（不）患｝＋｛人之不己知｝、｛患｝＋｛不知人｝

主＋述：｛人｝＋｛不己知｝（構造助詞〝之〟については94頁～95頁参照）

動＋目：｛（不）知｝＋｛人｝

第三節　基本構造（一）—主述構造

基本構造の一つである主述構造は、主語と述語という二つの要素から構成される。これらは文の基本的成分でもある。

主述構造の主語と述語は、それぞれ意味と構造に応じていくつかのタイプに分類することができる。

（一）主述構造の成分

主述構造（S－P）は主語（S）と述語（P）から構成される構造である。通常、主語は必ず述語の前に置かれる。

主述構造（S－P）＝主語（S）＋述語（P）

主語や述語に充当されるのは、内容語やそれらと文法的性質を同じくする各種のフレーズである。表現レベル（表現論あるいは情報伝達の観点）から言えば、主語は話し手がこれから述べようとする叙述の対象であり、述語はそれに対する叙述である。

主語：叙述の対象　；　述語：叙述

叙述の対象、すなわち主語は、文法的・意味的に許容される一定の範囲内で、話し手が自由に選択することができる。

一方、意味のレベルで言えば、主語と述語の関係は多様である。これについては次項で取り上げる。

（二）主述構造の主語のタイプ

主述構造における主語は、述語との意味レベルにおける関係に基づき、四つのタイプに分類することができる。

①　施事主語

主語が、述語が表す動作の動作主体を表すタイプである。主語の行う動作を客観的に描写する。述語の構造上の中心は、一般に動作を表す動詞である。また主語には、動作主体となり得る人や事物を表す名詞や代詞が充当される。

老聃死、秦失弔レ之、三号而出。〔老聃《ろうたん》死す、秦失《しんしつ》之を弔《ちょう》す、三号《さんごう》して出《い》ず。∴老聃が亡くなった。秦失は弔問に出かけ、三たび大声を上げて泣くと出て行った。〕（『荘子』「養生主」）

項荘抜レ剣起舞。〔項荘《こうそう》剣を抜き起《た》ちて舞う。∴項荘は剣を抜いて立ち上がって舞った。〕（『史記』「項羽本紀」）

②　受事主語

主語が、述語が表す動作の動作対象を表すタイプである。一般には動作対象を際立たせる効果がある。通常、述語は単独の動詞ではなく、修飾語や目的語を伴った複雑な構造となる。

往者不レ可レ諫、来者猶可レ追。〔往《ゆ》く者は諫《いさ》む可《べ》からず、来る者は猶《な》お追う可《べ》し。∴過ぎてしまったことは改めることはできないが、これからのことは手の施しようがある。〕（『論語』「微子」）

管仲以二其君一霸、晏子以二其君一顕、管仲晏子猶不レ足レ為與。〔管仲《かんちゅう》は其の君を以《もっ》て霸《は》たらしめ、晏子《あんし》は其の君を以て顕《あらわ》れしむ。管仲晏子は猶《な》お為《な》すに足らざるか。∴管仲はその君主を覇者たらしめ、晏子はその君主を天下にとどろかせたというのに、それでも管仲や晏子はまねる価値もありませんか。」(『孟子』「公孫丑上」)

③　存在主語

述語に用いられた動詞が、存在や多寡を表すタイプである。人や事物の存在や多寡を客観的に描写する。動詞として"在"、"存"、"有"、"無"、"非"、"多"、"少"などを用いる。(⇒存在を表す動目構造、第4章第一節、70頁)

父母在、不二遠遊一、遊必有レ方。〔父母在《いま》せば、遠く遊ばず、遊ぶこと必ず方《ほう》有り。∴父母がいらっしゃる間は、遠い国に出かけることはしないし、出かけるにも必ず行き先を決めておく。」(『論語』「里仁」)

礼有三本。〔礼に三本《さんぼん》有り。∴礼には三つの根源がある。」(『荀子』「礼論」)

④　主題主語

前記三つのいずれのタイプにも当てはまらず、主語が述語の描写や陳述、あるいは評論や判断の対象となるタイプである。主題主語の意味的範囲は広く、またそれに対する描写や評論である述語には、動詞のみならずさまざまな構造が充当される。

秦王為レ人、蜂準、長目、摯鳥膺、豺声、少レ恩而虎狼心。〔秦王の人と為《な》りは、蜂準《ほうせつ》、長目《ちょうもく》、摯鳥《しちょう》の膺《よう》、豺声《さいせい》、恩少なくして虎狼《ころう》の心たり。∴秦王の人となりは、高い鼻柱に切れ長の目、猛禽のように突き出た胸に、豺《やまいぬ》のような声で、恩愛の情薄く、虎狼のように残虐で貪欲な心の持ち主である。」(『史記』「秦始皇本紀」)

大知閑閑、小知間間。大言炎炎、小言詹詹。〔大知は閑閑たり、小知は間間たり。大言は炎炎たり、小言は詹詹たり。∴大いなる知は悠々としており、小さき知はこそこそとしている。大いなる言は滔々と雄弁で、小さき言はくどくどしい。」（『荘子』「斉物論」）

（三）主述構造の述語のタイプ

主述構造は述語に充当される語やフレーズの文法機能に基づき、四つのタイプに分類することができる。

①　動詞述語文

動詞もしくは動詞を中心とする構造が述語に充当されるタイプである。基本構造に限定すれば、目的語を伴うものと伴わないものがある。（⇒動目構造、第4章第一節、65頁〜72頁）

共王駕而自往、入㆓其幄中㆒、聞㆓酒臭㆒而還。〔共王駕《きょうおうが》して自《みずか》ら往《ゆ》き、其の幄中《あくちゅう》に入《い》り、酒臭《しゅしゅう》を聞《か》ぎて還《かえ》る。∴共王は車に乗って自ら行き、その（司馬子反《しばしはん》の）幕舎の中に入ったところ、酒の匂いを嗅ぎつけたので、帰ってしまった。〕（『韓非子』「十過《じっか》」）

②　形容詞述語文

形容詞もしくは形容詞を中心とする構造が述語に充当されるタイプである。述語は主語の性質や状態を表す。

君子貞而不㆑諒。〔君子は貞《てい》にして諒《りょう》ならず。∴君子は操は堅いが、こだわりはしない。〕

（『論語』「衛霊公」）

③　名詞述語文

名詞もしくは名詞を中心とする構造が述語に充当されるタイプである。述語は主語に対する判断や描写を表す。

辞曰、「余不レ説レ初矣。余狐裘而羔袖」。〔辞《じ》して曰《いわ》く、「余は初めを説《よろこ》ばず。余は狐裘《こきゅう》して羔袖《こうしゅう》す」。：（衛の大夫である右宰穀《ゆうさいこく》は）次のように言い訳した。「私は最初から本意ではなかった。私は狐の皮衣に羔《こひつじ》の袖がついているだけである（わずかな過ちを犯しただけである）」と。〕（『春秋左氏伝』「襄公十四年」）

④ 主述述語文

主述構造が述語に充当されるタイプである。文全体の主語が、述語が表す動作の動作対象になるものと、描写や評論の対象になるものに分けられる。

欒貞子曰、「漢陽諸姫、楚実尽レ之。思二小恵一而忘二大恥一、不レ如レ戦也」。〔欒貞子《らんていし》曰く、「漢陽《かんよう》の諸姫《しょき》、楚実《まこと》に之を尽《つ》くす。小恵を思いて大恥を忘れんや。戦うに如《し》かず。」と。：欒枝《らんし》が申すには、「漢水の北側にある姫姓の国々は、間違いなく楚が滅ぼしたものです。小さな温情にとらわれて、大きな恥辱を忘れられましょうか。ぜひとも戦うべきです」と。〕（『春秋左氏伝』「僖侯二十八年」）

夫滕、壌地褊小、将為二君子一焉、将為二野人一焉。〔夫れ滕《とう》は、壌地褊小《じょうちへんしょう》なれども、将《は》た君子為《た》り、将《は》た野人《やじん》為《た》り。：さて滕国は領土が狭小ではあるものの、君子もいれば、一般庶民もいる。〕（『孟子』滕文公上）

4　漢文の構造とその成分（二）

宮本　徹

前章に引き続き、本章では漢文のもう一つの基本構造である動目構造（動詞目的語構造）と、それ以外の主要な構造である付加構造について学ぶ。付加構造には、修飾構造、並列構造、動補構造、前置詞構造がある。

第一節　基本構造（二）―動目構造

もう一つの基本構造である動目構造は、動詞と目的語という二つの要素から構成される。これらはやはり文の基本成分でもある。なお、前章ですでに説明したように、ここで言う「動詞」とは、名詞、形容詞といった品詞分類の一つとしての「動詞」ではなく、目的語や補語を伴った動詞・形容詞の統語成分としての名称である。

動目構造はその構造と、動詞と目的語の間に存在する意味レベルにおける関係に基づき、いくつかのタイプに分類することができる。

（一）動目構造の成分

動目構造（V－O）は動詞（V）と目的語（O）から構成される構造である。通常、目的語は必ず動詞の後ろに置かれる。

動目構造（V－O）＝動詞（V）＋目的語（O）

これは日本語の語順とは逆になるため、訓読では上に返って読む（返読）。

統語成分としての動詞に充当されるのは、品詞としての動詞や形容詞である。また、目的語に充当されるのは、内容語やそれらと文法的性質を同じくする各種のフレーズである。

動詞と目的語との間の意味的関係は多様であり、またそれは本フレーズの内部構造とも密接に関係するので、次項でまとめて示す。

（二）動目構造のタイプ

主述構造を述語のタイプ別に分類したものの一つに動詞述語文があった。動詞述語文は伴う目的語の数によって三つのタイプに分類することができる（⇒第3章第三節、63頁）。いまそれを改めて本項目として取り上げ、動詞と目的語との間の意味的関係も併せて整理する。

① 目的語を伴わないもの

動詞には異なる二つのタイプのものが充当される。

（ア） 動詞が自動詞（通常、目的語を伴わない動詞）であるもの

主語で表される人や事物の自主的／非自主的な動作

昔者孔子没、三年之外、門人治レ任将レ帰、入揖二於子貢一、相嚮而哭、皆失声、然後帰。（昔者《むかし》孔子の没するや、三年の外《ほか》、門人任《にん》を治めて将《まさ》に帰らんとし、入りて子貢に揖《ゆう》し、相嚮《あいむか》いて哭《こく》し、皆声《みなこえ》を失い、然《しか》る後に帰る。：昔、孔子が亡くなられた時には、三年経った後に、門人たちは荷物をまとめて郷里に帰ることになった。子

貢の部屋に入って両手を組んで会釈すると、向かい合って声を張り上げて泣き、みな声をからして、ようやく故郷へ帰っていった。」（『孟子』「滕文公上」）

（イ）動詞が他動詞（通常、目的語を伴う動詞）であるもの

動詞の前に「自《みずか・ら》」（代詞）や「相」（副詞）を置くもの

所謂誠二其意一者、毋二自欺一也。〔所謂《いわゆる》其の意を誠《まこと》にするとは、自《みずか》ら欺《あざむ》く毋《な》きなり。：前述の「その意を誠実にする」とは、自分を欺かないことである。〕（『礼記』「大学」）

② 目的語を一つ伴うもの

目的語を一つ伴う動目構造は、一般にS－V－O（主語＋動詞＋目的語）の構造を持つ。ただし、主語はあくまで述語（ここでは動目構造が述語に充当されている）と対応し、目的語は動詞と対応する。動詞と目的語は構造的に緊密であるばかりでなく、意味的にも密接な関係を持つ。その関係は以下のように整理することができる。

（ア）受事目的語

目的語が、動詞が表す動作の動作対象を表すタイプである。主語は施事主語となる。最も一般的なS－V－O構造と言える。

秦韓攻レ魏、昭卯西説而秦韓罷、斉荊攻レ魏、卯東説而斉荊罷。〔秦・韓 魏を攻《せ》むるや、昭卯《しょうぼう》西に説きて秦・韓罷《や》め、斉・荊《けい》 魏を攻むるや、卯 東に説きて斉・荊罷む。：秦と韓が魏を攻めようとした時には、昭卯は西（の秦）に行って説得し、両国の兵をやめさせ、斉と荊が魏を攻めようとした時には、東（の斉）に行って説得

し、両国の兵をやめさせた。」（『韓非子』「外儲説《がいちょせつ》左下」）

孔子行年五十有一而不レ聞レ道、乃南之レ沛見二老聃一。〔孔子行年《こうねん》五《ご》十有一《じゅうゆういち》にして道を聞かず、乃《すなわ》ち南のかた沛《はい》に之《ゆ》きて老聃《ろうたん》に見《まみ》ゆ。∴孔子は年齢五十一にしてまだ道を聞き知ることができないでいた。そこで南方にある沛へ行き、老聃に面会した。〕（『荘子』「天運」）

（イ）施事目的語

目的語が、動詞が表す動作の動作主体を表すタイプである。いわゆる使動用法である。（⇒第8章第一節、148頁～150頁）

子曰、「求也退、故進レ之。由也兼レ人、故退レ之。」〔子曰《しいわ》く、「求《きゅう》や退く、故に之《これ》を進む。由《ゆう》や人を兼《か》ぬ、故に之を退《しりぞ》く。」∴先生がおっしゃった。「求（冉有《ぜんゆう》）は内気だから引き出したのであるし、由（子路《しろ》）は人の上にどんどん出て行くから抑えたのである。」〕（『論語』「先進」）

明主収二挙余民一、賤者貴レ之、貧者富レ之、遠者近レ之、則上下集而国安矣。〔明主余《めいしゅよ》民《みん》を収挙《しゅうきょ》し、賤しき者は之を貴《たっと》くし、貧しき者は之を富《と》まし、遠き者は之を近くにせば、則《すなわ》ち上下集まりて国安《やす》からん。∴英明な君主は遺民を集めて登用し、賤しい者の身分を高くし、貧しい者を豊かにし、遠くの者を近くに引き寄せるならば、上下の人々が集まり、国家は安泰となる。」（『史記』「秦始皇本紀」）

（ウ）意動目的語

目的語が認定の結果を表すタイプである。目的語が表す人や事物を、動詞（本来は形容詞や名詞であるもの）が表す状態・事物のごとく見なすという意味を表す。いわゆる意動用法である。（⇒第8章第一節、147頁〜148頁）

王曰、「叟、不レ遠二千里一而来、亦将レ有三以利二吾国一乎」。〔王曰く、「叟《そう》、千里を遠しとせずして来《きた》る、亦将《またまさ》に以て吾《わ》が国を利する有《あ》らんとするか」と。：王は言われた。「先生は千里の道をものともせずおいでくださいましたが、やはり我が国の利益になるようなことがあるのでしょうか。」〕（『孟子』「梁恵王上」）

故人不三独親二其親一、不三独子二其子一。〔故に人《ひと》は独り其の親を親とせず、独り其の子を子とせず。：だから人々は自分の親だけを親と見なさず、自分の子だけを子と見なさない。〕（『礼記』「礼運」）

（エ）動作に関与する事物などを表す目的語

動作に関与する事物やことがらの中で、動作対象や動作主体以外の要素、例えば理由・目的、動作の向かう方向、道具、場所等を目的語が表すタイプである。同様の内容は前置詞句を用いて書き換えることが可能である。

伯夷死二名於首陽之下一、盗跖死二利於東陵之上一。〔伯夷《はくい》は名に首陽《しゆよう》の下《もと》に死し、盗《とう》跖《せき》は利に東陵《とうりょう》の上《うえ》に死せり。：伯夷は名誉のために首陽山麓で亡くなったのに対し、盗跖は財物を貪らんがために東陵山上で死んだのである。〕（『荘子』「駢拇《へんぼ》」）

人有レ言レ上曰、「丞相何亡」。〔人の上《しよう》に言う有りて曰く：「丞相《じようしよう》の何《か》亡《に》ぐ」と。：中にお上（劉邦）に知らせる者がいて、「丞相の蕭何が逃亡した」と言った。〕（『史記』「淮陰侯列伝」）

（オ）存在を表す動目構造（存現文）

動詞が、目的語が表す人や事物の存在や多寡を表すタイプである。このような文は存現文と呼ばれる。動詞として〝在〟、〝存〟、〝有〟、〝無〟、〝非〟、〝多〟、〝少〟などを用いる。一般に主語は場所を表す（⇒存在主語、第3章第三節、62頁）。

刺レ骨、故小痛在レ体、而長利在レ身。払レ耳、故小逆在レ心、而久福在レ国。〔骨を刺す、故に小痛体《しようつうたい》に在《あ》れども、而《しか》も長利《ちようり》身に在《あ》り。耳に払《もと》る、故に小逆心《しようぎやくこころ》に在《あ》れども、而《しか》も久福国《きゆうふくくに》に在《あ》り。∴骨を刺すのだから、多少の痛みが身体にはあるものの、末永い利益が身体には得られる。耳に逆らうのだから、多少の抵抗が心にはあるものの、末永い幸福が国には得られる。〕（『韓非子』「安危」）

子曰、「人無二遠慮一、必有二近憂一。」〔子曰く、「人に遠慮《えんりよ》無ければ、必ず近憂《きんゆう》有り。」∴先生がおっしゃった。「先々まで見通した深い考えのない人は、必ず目の前の心配事を持つことになる。」〕（『論語』「衛霊公」）

（カ）判断を表す動目構造

動目構造が主語に対して判断を表すタイプである。ここで言う判断とは、主語と目的語が同一もしくは同類であるという認定である。動詞として〝為〟、〝是〟、〝非〟などを用いる。

仲子所レ欲レ報レ仇者為レ誰。〔仲子《ちゆうし》の仇《あだ》を報《むく》いんと欲する所の者は誰《たれ》とか為《な》す。∴あなた（厳仲子《げんちゆうし》、即ち厳遂《すい》）が仇を報いたいと思っている相手は誰なのか。〕（『史記』「刺客列伝」）

なお、類似を表すものもこのタイプに含めて考えることができる。動詞として"如"、"若"、"似"、"象"、"猶" などを用いる。

至徳之世、不レ尚レ賢、不レ使レ能。上如二標枝一、民如二野鹿一。（至徳《しとく》の世《よ》は、賢《けん》を尚《たっと》ばず、能《のう》を使わず。上《かみ》は標枝《ひょうし》の如《ごと》く、民《たみ》は野鹿《やろく》の如し。∴最高の徳が行われる世では、ことさらに賢者を尊んだり、有能の者を用いたりはしない。君主は高い梢のようであり、人々は野に遊ぶ鹿のようなものである。」）（『荘子』「天地」）

③　目的語を二つ伴うもの

目的語を二つ伴う動目構造は、一般にS－V－O_1－O_2（主語＋動詞＋目的語1＋目的語2）の構造を持つ。このような動詞は次のようなタイプに分類することができる。

（ア）〈授与〉を表す動詞

「XにYを与える」などの意味を表すタイプである。授与の相手（人）であるXをO_1、授与される対象（事物）であるYをO_2で表す。動詞として"与"、"予"、"賜"、"貽"、"遺"、"還"、"授" などを用いる。

衛人使四屠伯饋三叔向羹与二一篋錦一、曰…。（衛人《えいひと》屠伯《とはく》をして叔向《しゅくきょう》に羹《こう》と一篋《いっきょう》の錦《にしき》とを饋《おく》らしめて、曰く…。∴衛人が屠伯を派遣して叔向（羊舌肸《ようぜつきつ》）に羹《あつもの》と一箱の錦を贈らせて言うには…。」）（『春秋左氏伝』「昭公十三年」）

（イ）〈教示〉を表す動詞

「XにYを告げる」などの意味を表すタイプである。教示の相手（人）であるXをO_1、教示される情報であるYをO_2で表す。動詞として"告"、"示"、"教"、"説"、”問“、”語“ などを用いる。

后稷教二民稼穡一、樹二芸五穀一。〔后稷《こうしょく》は民に稼穡《かしょく》を教え、五穀《ごこく》を樹芸《じゅげい》す。∴后稷は人々に農業を教え、穀物を植えた。〕（『孟子』「滕文公上」）

（ウ）〈取得〉を表す動詞

「XからYを受け取る」などの意味を表すタイプである。取得の相手（人）であるXをO_1、取得される対象（事物）であるYをO_2で表す。動詞として”奪“などを用いる。

鄧南鄙鄾人、攻而奪二之幣一、殺二道朔及巴行人一。〔鄧《とう》の南鄙《なんぴ》の鄾人《ゆうひと》、攻めて之《これ》より幣《へい》を奪い、道朔《どうさく》と巴《は》の行人《こうじん》とを殺す。∴鄧の南境にいる鄾の人間が、攻めかかって彼らから贈り物を奪い、道朔と巴の使者（韓服）を殺してしまった。〕（『春秋左氏伝』「桓公九年」）

（エ）使動用法の動詞

S－V－X－Yの形式で、「SがXにYをVさせる」という意味を表すタイプである。Vは使動用法の動詞で、使役者Sが動作主体Xに対して、Y（動作対象）をVするよう働きかけることを表す。二重目的語構文の特殊なタイプである。

王弗聴、負二之斧鉞一、以徇二於諸侯一、使レ言曰…。〔王は聴かず、之《これ》に斧鉞《ふえつ》を負《お》わせて、以《もっ》て諸侯に徇《とな》えて、言わしめて曰く…。∴王は（その話を）聞かず、彼（慶封《けいほう》）に斧を背負わせ、諸侯に…と触れ回らせた。〕（『春秋左氏伝』「昭公四年」）

第二節　付加構造（一）―修飾構造

前章で述べたように、フレーズの構造は六つのタイプに分類することができる。このうち主述構造と動目構造が文の統語成分を直接担う「基本構造」であるのに対し、残る四つのタイプは「付加構造」と呼ばれ、統語成分を直接担うことができない。

③　修飾構造（A－H）　修飾語（A）＋中心語（H）
④　並列構造　要素[1]、要素[2]
⑤　動補構造（V－C）　動詞（V）＋補語（C）
⑥　前置詞構造（Prep-O）　前置詞（Prep）＋目的語（O）

このうち機能語である前置詞とその目的語からなる前置詞構造については次章での説明に譲り、本章では③から⑤の三つの付加構造を扱う。

（一）修飾構造の成分

修飾構造（A－H）は修飾語（A）と中心語（H）から構成される構造である。通常、修飾語は必ず中心語の前に置かれる。

修飾構造（A－H）＝修飾語（A）＋中心語（H）

修飾語は中心語の意味内容を限定したり描写したりする働きを持つ。
修飾語は連体修飾語（定語）と連用修飾語（状語）の二つに分かれる。

（二）連体修飾語

連体修飾語は中心語と結びついて名詞句を構成する。名詞句は主として主語や目的語に充当され、時には名詞述語文の述語になることができる。

詖辞知二其所レ蔽、淫辞知二其所レ陥、邪辞知二其所レ離、遁辞知二其所レ窮。〔詖《ひ》辞《じ》は其《そ》の蔽《おお》わるる所を知り、淫辞《いんじ》は其の陥《おちい》る所を知り、邪辞《じゃじ》は其の離《はな》るる所を知り、遁辞《とんじ》は其の窮《きゅう》する所を知る。∵偏った言からはその人の心が覆われていることが分かり、出任せの言からはその心が苦境に陥っていることが分かり、よこしまな言からはその心が道理に悖《もと》ることが分かり、言い逃れの言からはその心が行き詰まっていることが分かるのである。〕（『孟氏』「公孫丑上」）

連体修飾語にはさまざまな語句が充当される。このうち形容詞は連体修飾語になることがその主たる文法機能である。形容詞は単独で名詞を修飾することもあれば、間に助詞〝之〟を用いることもある。またそのほかの場合においても、連体修飾語と中心語の間に〝之〟が挿入されることがある。

回嘗聞二之夫子一曰、「治国去レ之、乱国就レ之、医門多レ疾」。〔回嘗《かいかつ》て之《これ》を夫子《ふうし》に聞きて曰く、「治《おさ》まれる国は之を去り、乱れたる国は之に就く、医門には疾《やまい》多し」と。∵私（顔回《がんかい》）はかつて先生から次のように伺いました。「安定した国からは立ち去り、乱れている国にこそ行くべきだ。医者の門前には病人が多いものだ。」〕（『荘子』「人間世《じんかんせい》」）

有下席二巻天下一、包二挙宇内一、嚢二括四海一之意、并二呑八荒一之心上。〔天下を席巻《せっけん》し、宇内《うだい》を包《ほう》挙《きょ》し、四海を嚢括《のうかつ》するの意《い》、八荒《はちこう》を并呑《へいどん》するの心《こころ》有り。∵（秦の孝公は）天下の国々を奪い取って、四海の果てまで包み込もうという意志と、八方の極地まで飲み込もうという気持ちを持っていた。〕（『史記』「秦始皇本紀」）

（三）連用修飾語

連用修飾語は、述語の中心をなす統語成分としての動詞（既述）や主述構造の前に用いられて、動詞や主述構造全体を修飾する。

連用修飾語にはさまざまな語句が充当されるが、動詞に対する修飾語としては、副詞あるいは前置詞句構造が最も典型的である。なお、連用修飾語と中心語の間には助詞〝而〟などが用いられることがある。

或曰、「以レ徳報レ怨、何如」。子曰、「何以報レ徳。以レ直報レ怨、以レ徳報レ徳」。〔或《あ》るひと曰《いわ》く、「徳を以《もっ》て怨みに報《むく》いば、何如《いかん》」。子《し》曰く、「何を以てか徳に報《むく》いん。直《ちょく》を以て怨みに報《むく》い、徳を以て徳に報《むく》ゆ」。：ある人が尋ねた。「徳によって怨みに報いたらどうでしょうか」。先生がおっしゃった。「では、いったい何で徳に報いるのでしょう。公正さによって怨みに報い、徳で徳に報いるのです。」〕（『論語』「憲問」）

夫子莞爾而笑、曰…。〔夫子莞爾《ふうしかんじ》として笑いて曰く…。：先生はにっこりと笑って…とおっしゃった。〕（『論語』「陽貨」）

時間を表す語句は、しばしば主述構造の前、つまり文頭に置かれ、述語が表す動作が発生した時間を表すが、これも連用修飾語の一つと考えることができる。

六年、高祖五日一朝二太公一、如二家人父子礼一。〔六年、高祖五日《こうそいつか》に一《ひと》たび太公《たいこう》に朝《ちょう》し、家人《かじん》の父子の礼の如《ごと》くす。：（漢の）六年、高祖は五日に一度は父君に拝謁し、まるで一般庶民の父子の間の礼儀のようであった。〕（『史記』「高祖本紀」）

第三節　付加構造（二）―並列構造

複数の語句が対等の関係で並び立つ構造を並列構造という。並列構造は主述構造・動目構造・修飾構造など、文を構成する各フレーズにおいて見られる。

並列構造は各要素が直接連接することもあれば、間に接続詞や副詞が挿入されることもある。

彼丈夫也、我丈夫也。吾何畏レ彼哉。〔彼《かれ》も丈夫《じょうふ》なり、我も丈夫なり。吾何《われなん》ぞ彼を畏《おそ》れんや。‥彼も一人前の男子であるし、私も一人前の男子なのです。どうして彼を恐れる必要があるでしょうか。〕（『孟子』「滕文公上」）

子不レ語二怪力乱神一。〔子《し》怪《かい》・力《りき》・乱《らん》・神《しん》を語らず。‥先生は怪異・武勇・背徳・鬼神を口にされなかった。〕（『論語』「述而」）

挙疾レ首蹙レ頞而相告曰…。〔挙《ことごと》く首《こうべ》を疾《いた》ましめ頞《あつ》を蹙《しか》めて相告《あいつ》げて曰く…。‥みな頭を痛め鼻筋をしかめて互いに…と話し合った。〕（『孟子』梁恵王下）

なお、動詞（統語成分）の並列構造は、次のような意味的類型をなす。

① 同一もしくは類似の意味を表すもの
② 相互に補完し合う意味を表すもの
③ 対立する意味を表すもの

第四節　付加構造（三）―動補構造

動補構造は動詞（統語成分）と補語という二つの要素から構成される。動補構造には動詞や形容詞が直接後ろに置かれるタイプと、前置詞句が後ろに置かれるタイプがある。

（一） 動補構造の成分

動補構造（V－C）は動詞（V）と補語（C）から構成される構造である。補語は必ず動詞の後ろに置かれる。

動補構造（V－C）＝動詞（V）＋補語（C）

補語は動詞や形容詞がそれに当てられるタイプと、前置詞句が当てられるタイプとに大きく分けることができる。動詞・形容詞が補語となるタイプは、先行する動詞が表す動作行為の結果や方向、程度などを表す。また前置詞句が補語となるタイプは、動作行為に関与する諸要素（場所・時間、手段・方式、動作行為の関与者等）を表す。

動補構造と動目構造は、統語成分としての動詞が後置された別の要素と緊密に結びつくという点で共通している。動目構造の目的語に充当されるのは、名詞や動詞・形容詞（及びそれらと文法的性質を同じくするフレーズ。以下同）である。これに対し、動補構造の補語に直接充当されるのは動詞・形容詞であり、名詞は前置詞句の目的語として補語の一部を構成するに過ぎない。また前述したように、目的語は動作対象や動作主体のほかに動作行為に関与する諸要素を表すが、補語では動作行為に関与する諸要素は対応する前置詞句の目的語として表現し、直接動詞の後ろに置くことはできない。補語として直接後ろに置かれた動詞や形容詞は、動作そのものの結果・方向・程度を表す。

（二） 動補構造のタイプ

補語が動詞や形容詞によって構成される動補構造は、三つのタイプに分類することができる。なお、前置詞句によって構成される補語については次章で取り上げる（⇩第5章第一節、80頁～81頁）。

① 結果補語

補語が動作行為の結果を表すタイプである。他動詞・自動詞・形容詞がそれぞれ充当される。

魏戦勝、復聴二於秦一、必入二西河之外一。〔魏《ぎ》戦《たたか》いて勝《か》たば、復《ま》た秦に聴きて、必ず西河《せいか》の外を入《い》れん。∴魏が戦って勝つならば、また秦の言いなりになり、必ず西河の外側の土地を譲ってくれるでしょう。〕（『戦国策』「秦策一」）

荊軻坐定、太子避レ席頓首曰…。〔荊軻《けいか》坐《すわ》り定む、太子《たいし》席を避けて頓首《とんしゅ》して曰く…。∴荊軻がしっかり腰を下ろすと、太子（燕の太子・姫丹）は席から離れ、地面に頭をこすりつけて…と言った。〕（『史記』「刺客列伝」）

② 方向補語

補語が動作に関与する人や事物の移動方向を表すタイプである。〝来〟、〝去〟、〝上〟、〝下〟、〝起〟、〝過〟、〝出〟、〝入〟などの動詞が用いられる。

乃作二通天台一、置二祠具其下一、将レ招二来神仙之属一。〔乃《すなわ》ち通天台《つうてんだい》を作り、祠具《しぐ》を其《そ》の下に置き、将《まさ》に神仙《しんせん》の属《ぞく》を招き来《きた》さんとす。∴そこで（武帝は）通天台を作り、祭りの道具をその下に設え、仙人の類を招き来させようとした。〕（『史記』「孝武本紀」）

右賢王走二出塞一。〔右賢王《うけんおう》塞《さい》を走り出《い》ず。∴（匈奴の）右賢王は国境の砦の外側へと敗走していった。〕（『史記』「匈奴列伝」）

③　程度補語

補語が動作行為の程度を表すタイプである。"殺"、"罷" などの動詞、"急"、"満" などの形容詞、"甚"、"極" などの副詞が用いられる。

昭王病甚、乃召㆓諸公子大夫㆒曰…。〔昭王《しょうおう》病《や》むこと甚《はなは》だし、乃ち諸公子《しょこうし》・大夫《たいふ》を召して曰く…。：昭王は病状がどんどん悪くなっていった。そこで王子や大臣たちを呼びよせて…と言った。〕（『史記』「楚世家」）

【3章～4章】参考文献

・太田辰夫（一九六四）『古典中国語文法』、（出版地不明）大安：一九八四．『古典中国語文法（改定版）』、東京：汲古書院．

・楊伯峻・何楽士（一九九二）『古漢語語法及其発展』、北京：語文出版社：二〇〇一．『古漢語語法及其発展（修訂本）』、北京：語文出版社．

・西田太一郎（一九八〇）『漢文の語法』、角川小辞典二三、東京：角川書店．

5 機能語の体系と用法（一）——前置詞・構造助詞・文末助詞

松江　崇

漢文の品詞は、内容語と機能語とに大別される。実質的な語彙的意味を持ち、基本構造（前章までを参照）における統語成分を担い得るのが名詞・動詞などの内容語であり、語彙的意味が稀薄で専ら文法的な役割のみを果たすのが、構造助詞・文末助詞などの機能語である。内容語は、原則として前述の基本構造の枠のなかで使われるものであるが、機能語は独自の文法機能を備えるために、個別に理解しておく必要がある。第5章から第7章にかけては、機能語及びそれに準ずる準機能語の体系と用法について概説していく。なお、第5章～第8章では、例文の書き下し文においては現代仮名遣いを用い、表内および本文の［　］内に限定して歴史的仮名遣いを用いた。

第一節　前置詞

前置詞は、主語や目的語が表す事物以外のものを動詞・形容詞に関連させる役割を果たす。例えば、ある動詞は行為の〈仕手〉を主語に、〈受け手〉を目的語にとるというように、文中の動詞が直接的に関連し得る事物の数と種類は予め定まっている。よってその他の事物を動詞に関連させる場合には、当該の事物を前置詞の目的語として前置詞句をつくり、これを動詞の連用修飾語または補語とすることで、動詞と関連づけることになる（一部の前置詞句は形容詞の補語にもなる）。

前置詞句の語順は主に二種ある。動詞に補語として後置される場合（①の「於」句）と、連用修飾語として前置される場合（①の「与」句）である。多くの前置詞は前置語順を基本とするか、或いは前置・後置のいずれの語順にもよく用いられるかであるが、「於（于）」「乎」は後置の方が優勢である。なお訓読文では、前置詞自体も読んで意味に応じた助詞を送るのが原則であるが（①の「与《と》」。この場合は送るべき助詞なし）、動詞に後置された「於（于）」「乎」は置き字として直接は読まずに、前置詞目的語に意味に応じた助詞を補読する（①の「於」）。

①吾与レ之邀二食於地一。〔吾、之と食《しょく》を地《ち》に邀《もと》む：私はそれら（＝我が子たち）とともに食べ物を地上に求めるのだ〕（『荘子』「徐無鬼」）

前置詞は歴史的には動詞に由来し、動詞の意味が「薄く」抽象的になって生成されたものであり、動詞の用法を兼ね備えるものが少なくない。このうち動詞としての意味を色濃く残す「以《い》」などは後置語順の場合には、動詞として述語を構成していると考えた方がよい（②では主語は「三代之得天下」、述語は「以仁」）。この場合、訓読文でも動詞相当に読む。

②三代之得二天下一也以レ仁、其失二天下一也以二不仁一。〔三代《さんだい》の天下を得《う》るは、仁《じん》を以《もつ》てす。其の天下を失うは、不仁を以てす：三代の王朝（夏・殷《いん》・周）が天下を得たのは（それぞれの開祖の）仁政によってであり、それらが天下を失ったのは（それぞれの末代の王が）不仁の政治によってである〕（『孟子』「離婁上」）

【表5－1】主な前置詞

〈場所・時間〉	〔地点・時点〕於、乎〔起点〕於、乎、自《より》、従《より》、由《より》 〔到達点〕於〔方向〕向《むカヒテ》、対《たいシテ》、当《あタツテ》
〈手段・方式〉	以《もつテ》、用《もつテ》
〈原因・目的〉	〔目的・原因〕為《ためニ》〔原因〕因《よつテ》
〈行為の関与者〉	〔受け手〕於、乎、以《もつテ》〔仕手〕於、乎〔共同者〕与《ともニ・と》 〔比較対象〕於、乎〔受益者〕為《ためニ》

＊「於」「乎」の他、方向を導く「向」「由」などは、後置用法では読まずに置き字とした上で、意味に応じてその目的語に「ニ」「ヨリ」などを送る。ただし前置用法では前置詞自体も読む（「於」であれば「おイテ」）。

＊各前置詞について主要な用法のみ表に掲げる。「於」は「于」も含むものとする。

(一) 於（于）、乎

「於」と「于」が単に書写上の違いか、異なる語を表しているのかについては諸説ある。本稿では特に区別せずに扱うことにする（以下「於」には「于」も含まれるものとする）。

（ア）場所・時間を導く

「於」は〈地点〉〈時点〉を導くのが基本であるが（③④）、動詞の意味によって〈起点〉を導いたり、〈到達点〉を導いたりする（⑤）。

③師進、次㆓于陘㆒。〔師進みて、陘《けい》に次《やど》る：（諸侯の）軍は（楚に向かって）進撃し、陘に陣営をしいた〕（『左伝』「僖公四年」）

④子於㆓是日㆒、哭則不㆑歌。〔子是の日に於《お》いて哭《こく》すれば、則ち歌わず：先生はそのような日（弔問した日）には声を上げて泣き、歌をうたわれなかった〕（『論語』「述而」）

⑤子墨子聞㆑之、起㆓於斉㆒、行十日十夜而至㆓於郢㆒。〔子墨子《しぼくし》之を聞き、斉を起ち、行《ゆ》くこと十日《じゅうにち》十夜《じゅうや》にして郢《えい》に至る：墨子はそのこと（楚《そ》が宋を攻めようとしていること）を聞くと、斉を出立し、昼夜通しで十日かかって（楚の都の）郢に到着した〕（『墨子』「公輸」）

その他、行為の〈原因〉を導くような用例もあるが、場所を導く用法の拡張的使用だと考えられる。

⑥然後知㆘生㆓於憂患㆒而死㆗於安楽㆖也。〔然る後に憂患《ゆうかん》に生き安楽《あんらく》に死するを知るなり：このようなことから（個人にしても国家にしても）憂い患いによってこそ生きていくものであり、安楽によって死んでしまうということが、はじめて分かるのだ〕（『孟子』「告子下」）

（イ）行為の関与者を導く

行為の関与者のうち、行為の〈受け手〉を導く用法がある（⑦⑧）。通常〈受け手〉は動詞の目的語として表現されるので、「於」が〈受け手〉を導く場合、意味上、動詞の目的語に相当するものを導くことになる。そうすると、何故にわざわざ「於」を用いるかが問題となるが、この用法は〈受け手〉を直接的に目的語とした文よりも、主語の行為が〈受け手〉に対して丁寧あるいは婉曲《えんきょく》であるというニュアンスを含むことが多いようである（⑦は受け手の身分が高く、⑧は依頼のニュアンスを含む）。

⑦冉有、季路見二於孔子一曰〔冉有《ぜんゆう》・季路、孔子に見《まみ》えて曰わく：冉有と季路は孔子に面会して言った〕（『論語』「季氏」）

⑧葉公問二孔子於子路一、子路不レ対。〔葉公《しょうこう》孔子を子路に問う。子路対《こた》えず：葉県の長官が孔子のことを子路にたずねたが、子路は答えなかった〕（『論語』「述而」）

また、「於」句が形容詞の補語となった場合は、しばしば〈比較対象〉を導く。訓読文では、前置詞目的語の後ろに「ヨリ（モ）」を補読する。

⑨苛政猛二於虎一也〔苛政は虎よりも猛《もう》なり：苛酷な政治は虎よりも凶暴である〕（『礼記』「檀弓下」）

以上の他、行為の〈仕手〉を導くかのような用法もみられる（⑩）。一般に受動を表すとされる用法である。訓読文では前置詞目的語に「ニ」を補読し、動詞に「ル」「ラル」を送る。これについては第8章第五節においても言及する。

⑩労レ心者治レ人、労レ力者治二於人一。〔心を労する者は人を治め、力を労する者は人に治めらる：知力を使う者は人を統治し、体を使う者は人に統治される〕（『孟子』「滕文公上」）

なお、「乎」も「於」と同様に（ア）（イ）の用法を備える。

⑪呉王浮二于江一、登二乎狙之山一。〔呉王、江《こう》に浮かび、狙《そ》の山に登る：呉王は長江に舟を浮かべて渡り、猿の住む山に登った〕（『荘子』「除無鬼」）

(二) 以

（ア）行為の手段・方式を導く

「以」の最も典型的な用法は、行為の〈手段〉〈方式〉を導くものである。具体的な〈手段〉の場合も、抽象的な〈方式〉の場合もある（⑫）。また注意すべき用法として、行為の根拠となる身分・地位を導く用法もある（⑬）。

⑫儒以レ文乱レ法、侠以レ武犯レ禁。〔儒《じゅ》は文《ぶん》を以て法を乱し、侠《きょう》は武《ぶ》を以て禁《きん》を犯す：儒者は学問によって法律を乱し、侠客は武力で禁制を犯す〕（『韓非子』「五蠹」）

⑬其後四年、広以二衛尉一為二将軍一、出二雁門一撃二匈奴一。〔其の後四年、広、衛尉《えいい》を以て将軍と為り、雁門《がんもん》を出《い》でて匈奴を撃つ：その四年後、李広は衛尉の身分で将軍となり、雁門を出て、匈奴を攻撃した〕（『史記』「李将軍列伝」）

その他、〈時点〉を導くとされる用法があるが、〈手段〉を導く用法の拡張的使用であろう。

⑭是月也、天子乃以二元日一祈レ穀二于上帝一。〔是《こ》の月《つき》や、天子《てんし》乃ち元日《げんじつ》を以て上帝《じょうてい》に穀《こく》を祈る：この月には、天子は吉日に、五穀の豊穣を上帝に祈願する〕（『呂氏春秋』「孟春」）

（イ）行為の関与者を導く

行為の〈受け手〉を導く用法があるが、動詞が事物・情報を授与・伝達する意味を持つものであることが多い。よって〈受け手〉は、一般には「授与される事物」である。

⑮具以二沛公言一報二項王一〔具《つぶさ》に沛公《はいこう》の言《げん》を以て項王に報《ほう》ず：（項伯は）沛公の言葉を一言一言、項王に報告した〕（『史記』「項羽本紀」）

（ウ）行為の原因・目的を導く

一般に行為の〈原因〉を導く。

⑯左右以三君賤レ之也、食以二草具一。〔左右君《さゆうきみ》の之を賤《いや》しむを以て、食《くら》わしむるに草具《そうぐ》を以てす：（孟

嘗君の）お側の者は、主君が彼を軽んじたので、粗末な料理を食べさせた〕（『戦国策』「斉策」）

前置詞「以」の用法について注意すべきことがある。第一点は「以」の目的語自体が「以」の前に置かれ、「目的語＋以」の形をとり得ることである（⑰）。とりわけ代詞「是」が目的語の場合は、しばしば「是以」の語順となる（⑱、第8章第三節（四）参照）。

⑰君若以レ力、楚国方城以為レ城、漢水以為レ池。〔君若《きみも》し力《ちから》を以てせば、楚国《そこく》は方城《ほうじょう》以て城《しろ》と為《な》し、漢水《かんすい》以て池《いけ》と為す：あなたが武力を用いるのでしたら、楚国は、方城山を城壁とし、漢水を堀とし（て戦い）ます〕（『左伝』「僖公四年」）

⑱敏而好レ学、不レ恥二下問一、是以謂二之文一也。〔敏《びん》にして学を好み、下問《かぶん》を恥じず。是《ここ》を以て之を文《ぶん》と謂うなり：聡明で学問を好み、目下の者にものを尋ねることを恥とはしませんでした。だからこれ（＝諡号《しごう》）を文と言うのです〕（『論語』「公冶長」）

第二点は「以」の目的語はしばしば省略されることである。

⑲王見レ之、曰「牛何之。」対曰「将二以釁一レ鐘。」〔王之《おうこれ》を見て、曰わく「牛何《いず》くに之《ゆ》く。」対えて曰わく「将《まさ》に以て鐘《かね》に釁《ちぬ》らんとす。」：王がそれ（引っ張られていく牛）を見て、言われました。「牛はどこへ行くのか」（牛を連れている人が）答えました。「（その牛）でもって（祭祀に使う）鐘に血塗りの儀式を行おうとしているのです。」〕（『孟子』「梁恵王上」）

なお、「以」には、「有／無＋以」という固定的表現があり、「それによって～するものがある／ない」「～するすべがない」という意味を表す。

⑳自二夫子之死一也、吾無二以為一レ質矣。〔夫子の死してより、吾、以て質《しつ》と為《な》す無し：先生（＝恵子）が亡くなってから、私には語り合うべきものがいなくなってしまった〕（『荘子』「徐無鬼」）

（三）為

大きく以下の二用法がある。

（ア）行為の関与者を導く

行為の関与者のうち、〈受益者〉を導く用法がある。

㉑君為レ我呼入。〔君《きみ》、我が為《ため》に呼《よ》び入れよ：貴公は私のために（項伯を）呼び入れてくれ〕（『史記』「項羽本紀」）

（イ）行為の原因・目的を導く

行為の目的（㉒）あるいは原因（㉓）のいずれをも導くことがある。

㉒天下熙熙、皆為レ利来。〔天下熙熙《きき》として、皆利の為に来たる：天下の人々が騒がしいのは、利益のためにやって来るからである〕（『史記』「貨殖列伝」）

㉓天行有レ常、不二為レ尭存一、不二為レ桀亡一。〔天行《てんこう》常《つね》有り、尭《ぎょう》の為に存《そん》せず、桀《けつ》の為に亡《ほろ》びず：天（自然）の運行は一定不変である。（聖君）の尭によって存続することはなく、（暴君の）桀によって亡びることはない〕（『荀子』「天論」）

なお、前置詞「為」の目的語もしばしば省略される。次の例では、前の内容を受ける何らかの代詞（「此」「之」など）が省略されていると考えられる。

㉔湯之時八年七旱、而崖不二為加レ損。〔湯《とう》の時《とき》、八年《はちねん》に七旱《しちかん》せしも、崖為《がいため》に損《そん》することを加《くわ》えず：湯の時代には八年に七度も日照りがあったが、そのために海岸の（水が）減ることはなかった〕（『荘子』「秋水」）

【コラム】**前置詞と文法化**

漢文の前置詞は、そのほとんどが「文法化」により、動詞から派生したものである。この現象は、典型的には動詞や名詞などの内容語が前置詞や構造助詞などの機能語に変化する現象を指す（より厳密に定義すれば「何らかの言語単位・言語現象が、特定の文法的意味を表す文法形式へと変化していく現象」となる）。内容語がある環境のもとで頻繁に用いられるうちに、語彙的意味が稀薄化して抽象的な文法的意味を獲得し、機能語に変化していくことがある。このとき、しばしば音声面でも弱化もみられる。文法化が起こっても、元の動詞を併存することが多く「以」「為」など、多くの前置詞は動詞の用法をも備えている。前置詞のうち「於」「乎」は文法化の程度が高く、より純粋な機能語と言える。これら二語がしばしば置き字として読まれないのも、このことに起因する。なお前置詞だけでなく、漢文の機能語の多くは文法化により生じたものである。

第二節　構造助詞―「所」「者」「之」

構造助詞は、内容語或いはそれからなる語句や構造などに付加され、当該の語句・構造の文法的性質を変更する役割を果たす。具体的な機能は構造助詞ごとに異なる。

（一）所

「所」は動詞句に前置され、それを名詞性の構造に変更する機能を持つ。本稿では「所」の付加によりつくられた名詞性構造を「「所」構造」と呼んでおく。注意すべきは、「所」構造は、単に動詞を名詞化するのではなく、意味上、動詞の表す行為に関連する何らかの事物（多くは意味上、動詞の目的語にあたる事物）を指すことである。例えば「佩」（衣服の帯に結ぶなどして）身につける）という動詞に「所」がついた「所佩」であれば「佩」の意味上の目的語（＝身につけるもの）を指す。そもそも漢文では、「佩」だけで「身につけること」（名詞）を表し得るのであるから、「所」構造は単に動詞を名詞化しているのではない。なおこの「所」は名詞として「ところ」と訓読するが、漢文の体系の中では構造助詞である。

「所」構造は、文法機能としてはほぼ名詞に相当し、主語・目的語・連体修飾語などを担うが、判断文の述語や連用修飾語となることもある。また、直前に意味上の行為の〈仕手〉を連体修飾語として伴うことも多い。主に（ア）～（ウ）の三種の用法がある。

（ア）「所＋動詞句」：動詞の意味上の目的語を指す

「所」構造全体で他の動詞の目的語や主語となった①③が典型的な用例である（②は連体修飾語の例）。「所」構造は、動詞の意味上の目的語を指すのであるから、当該の動詞の目的語は原則として構造の中には現れない。ただし、③のように動詞が二重目的語をとる場合は、「所」が指す目的語以外の目的語は、構造の中に現れることがある。

①君子無レ所レ争。必也射乎。〔君子争う所なし。必ずや射《しゃ》か：君子は争うものがない。（あるとすれば）きっと射の礼だろう〕（『論語』「八佾」）

②范増数目二項王一、挙二所レ佩玉玦一以示レ之者三。〔范増、数《しばしば》項王に目《めくばせ》し、佩《お》ぶる所の玉玦《ぎょっけつ》を挙げて、以て之に示すこと三《み》たび：范増は何度も目配せし、三度も身に佩びていた玉玦（＝腰に下げる玉の飾り物）を挙げて彼（＝項王）に示した〕（『史記』「項羽本紀」）

③所レ謂二大臣一者、以レ道事レ君、不レ可則止。〔大臣と謂う所の者は、道を以て君に事《つか》え、可ならざれば則ち止む：すぐれた臣といわれるものは道によって君主に仕え、もしうまくいかなければ（身

を引いて）やめるものです」（『論語』「先進」）

（イ）「所＋動詞句」：動詞の意味上の補語を指す

「所」構造が動詞の意味上の目的語以外の、動作に関する事物を指すこともある。典型的には、具体的／抽象的な〈場所〉に関わるものが多く（④⑤）、「於＋目的語（〈場所〉）」などの前置詞句が意味上、動詞の補語に相当するものと解釈できる。なかには場所とは見なし難いものもあるが（⑥、方法を表す）、場所を表すものからの拡張的用法であろう。

④其北陵、文王之所レ避二風雨一也。〔其の北陵、文王の風雨を避けし所なり：その北の山の峰岡は、文王が（昔）風を避けたところである〕（『左伝』「僖公三十二年」）

⑤飽食終日、無レ所レ用レ心、難矣哉。〔飽食《ほうしょく》 終日《しゅうじつ》、心を用いる所なくば、難《かた》いかな：終日、飽きるまで食べるだけで、心を働かせるところがないのは、困ったことだ〕（『論語』「陽貨」）

⑥諾。恣二君之所レ使レ之〔諾。君の之を使う所を 恣《ほしいまま》にせよ：よろしい。そなたが彼（＝長安君）を使う方法に任せよう〕（『戦国策』「趙策」）

（ウ）「所＋前置詞＋動詞」：前置詞の意味上の目的語を指す

「所＋前置詞＋動詞句」という形式で、「以」「自」「由」「為」「従」「与」などの前置詞の意味上の目的語を指す用法もある。前置詞が「以」であれば、「それによって〜する方法／理由」という意味を表す。一般に「ゆえん［ゆゑん］」と訓読するが、理由だけでなく「以」の意味に応じて〈方法〉〈根拠〉など様々な意味を表し得る（⑦）。また、大凡《おおよそ》、魏晋期以降は、「所以」が固定化して、一つの接続詞のように用いられた用例が多くなる（⑧）。

⑦不レ患レ無レ位、患三所二以立一。〔位なきことを患えず、立つ所以《ゆえん》を患う：地位が無いことを気にす

るのではなく、地位にあるための資格を気にする」〔『論語』「里仁」〕

⑧偷本非レ礼、所二以不一レ拝。〔偷《とう》は本より礼に非ず。拝せざる所以《ゆえん》なり。：盗み（ここでは盗み飲み）は、元々礼に適っておりません。拝をしなかった理由です」〔『世説新語』「言語」〕

（二）者

構造助詞「者」も名詞化に関わる構造助詞である。大きく（ア）（イ）の用法がある。

（ア）「動詞句・形容詞句＋者」：「者」構造を構成する

「者」が動詞句または形容詞句に付加され、構造全体として動詞句・形容詞句の意味上の主語（多くは行為の〈仕手〉或いは状態・性質の〈主体〉）を指す用法である（⑨は動詞句、⑩は形容詞句の例）。この構造助詞「者」から構成される名詞性構造を「「者」構造」と呼んでおく。「者」構造は、その全体の意味が動詞句・形容詞句の意味上の主語に相当するものであるため、その構造の中には動詞・形容詞の主語は現れないことになる。訓読文では、一般に「もの」と名詞に読む。

⑨宋人有二耕レ田者一。〔宋人《そうひと》に田を耕《たがや》す者有《あ》り：宋国の人の中に田を作る男がいた」〔『韓非子』「五蠹」〕

⑩老者安レ之、朋友信レ之、少者懐レ之。〔老者《ろうしゃ》は之を安んじ、朋友は之を信じ、少者《しょうしゃ》は之を懐けん：老いた者は安心させ、友人には信じられ、若い者は慕われる」〔『論語』「公冶長」〕

注意すべきは、「者」構造が、意味上、行為の〈受け手〉を指す場合もある点である。その要因は様々であるが、動詞の一部には、目的語を伴わない自動詞用法に用いられた場合、その主語が行為の〈受け手〉となるタイプのものがある（第8章・第五節参照）。このタイプの動詞が目的語を伴わずに「者」構造に用いられた場合、意味上、行為の〈受け手〉に相当することになる（⑪）。

訓読文では、一般に動詞に「る」「らる」を送る。

⑪及㆓呉師至㆒、拘者道㆑之以伐㆓武城㆒、克㆑之。〔呉の師至るに及び、拘《とら》わるる者、之を道《みちび》き、以て武城を伐ち、之に克《か》つ：呉の軍隊が武城に攻め込んで来た際、この捕らわれた者が道案内をした。それにより武城を討伐して勝った〕（『左伝』「哀公八年」）

また、やや特殊なものとして主述構造に付加されることもある（⑫）。この「者」構造は、意味上、「力不足」という主述構造を述語とする主題主語（「人」などが想定される）に代替する。

⑫吾未㆑見㆓力不㆑足者㆒。〔吾未だ力の足らざる者を見ず：私はまだ（仁を行う）力の足りない者を見たことがない〕（『論語』「里仁」）

（イ）「語句・節＋者」：提示のニュアンスを加える

「者」には動詞句・形容詞句に限らず、広く他の語句あるいは節に付加され、聞き手にその語句・節を提示するニュアンスを付加する用法がある。この場合、必ずしも語句や構造の文法的性質を変更するわけではないため、この「者」を構造助詞とみなすのは適切とは言えないが、便宜上、ここで述べる。訓読文では一般に「は」と読むが、文脈によっては「者」を読まずに、前の語句に意味に応じた助詞を補読することもある。

この用法で常見されるのが、従属節に付加された場合であり、「者」による提示のニュアンスには、「～なら」「～の時」といった訳が与えられることになる。

⑬伍奢有㆓二子㆒、不㆑殺者、為㆓楚国患㆒。〔伍《ご》奢《しや》二《に》子《し》有り、殺さずんば、楚国の患いと為《な》らん：伍奢には二人のこどもがいる。殺さなかったら楚国の災いとなりましょう〕（『史記』「楚世家」）

「者」が名詞句の後に用いられた場合、提示のニュアンスは「～という」のように訳されることになる（⑭⑮）。訓読文では多く「者」を「は」と読むが、名詞が固有名詞的な場合は、一般に「トイウ［トイフ］」「ナル」を補読して「者」は「もの」と読む（⑮）。聞き手に紹介するニュアンスも含む）。なお「所＋動詞＋者」は、名詞性の「所」構造に、提示のニュアンスを加える「者」が付加されたものと考えられる（⑯）。

⑭今之成人者、何必然。（『論語』「憲問」）〔今の成人《せいじん》は、何ぞ必ずしも然らん。：現在の「完成された人」というのは、どうしてそのようだと限られようか〕

⑮有二西蜀公子者一。〔西蜀公子《せいしょくこうし》なる者有り：西蜀公子と名乗る者がいる〕（左思「蜀都賦」）

⑯吾所レ欲者土地也。〔吾が欲する所の者は土地《とち》なり：私たちのほしいものは土地です〕（『韓非子』「五蠹」）

「者」が方位名詞や数詞に付加されることもある（⑰⑱）。その場合、「〜の方位にある人／事物」「〜の数量である人／事物」という意味になる。他に、時間を表す語に「者」がつけられた「昔者」「今者」「曩者」などの表現がよくみられる（⑲）。この場合は「者」の提示のニュアンスはほとんど感じられない。固定的表現と理解すべきであろう。

⑰民無レ所レ定、下者為レ巣、上者為二営窟一。〔民に定まる所なし、下なる者は巣を為し、上なる者は営窟を為す：（当時は洪水で）民には定住する所がなかった。低地にいる者は（木の上に）巣（のような）住居をつくり、高地にいる者は洞穴を作った〕（『孟子』「滕文公下」）

⑱此五者、邦之蠹也。〔此の五者《ごしゃ》は、邦《くに》の蠹《と》なり：これら五つのものは、国家に巣くう虫である〕（『韓非子』「五蠹」）

⑲昔者吾友、嘗従二事於斯一矣。〔昔者《むかし》、吾が友、嘗て斯に従事せり：昔、私の友人はそのようなこ

とに努めたものだった〕（『論語』「泰伯」）

㈢ 之

構造助詞としての「之」は、主に次の（ア）（イ）の二種の用法がある。訓読文では、原則として「の」と読む。

（ア）「修飾語＋之＋中心語」：修飾構造を明示する

構造助詞「之」は、修飾語と中心語とに挿入され、修飾関係を明示する役割を果たす。あらゆる修飾語と中心語の間に用いられるわけではないが、修飾語が比喩的な表現の場合は「之」が付加されることが多い。

⑳当㆓今之時㆒、万乗之国行㆓仁政㆒、民之悦㆑之、猶㆑解㆓倒懸㆒也。〔今の時に当たりて、万乗《ばんじょう》の国、仁政を行わば、民の之を悦ぶこと、猶《な》お倒懸《とうけん》を解《と》かるるがごとし：今の時勢においては、万にものぼる戦車を持っている国が仁政を行えば、民衆がそのことを喜ぶこと、逆さ吊りから解放されたようでありましょう〕（『孟子』「公孫丑上」）

（イ）「主語＋之＋述語」：「之」構造

「之」構造とは、主述構造の間に「之」が挿入された形式であり、通常の主述構造よりも、独立性が低くなった構造である。「之」構造全体で文の主語や目的語を担う他（㉑㉒㉓）、しばしば従属節に用いられる（㉔㉕）。後者の場合、仮定条件や時間的条件を表し、「～なら」「～のとき」のように訳し得ることが少なくない。

㉑国之亡日至矣。〔国の亡《ほろ》ぶること日《ひ》に至らん：国が滅亡することが日ごとに近づいています〕（『晏子春秋』「内篇諫上」）

㉒不レ患三人之不二己知一、患レ不レ知レ人也。〔人の己を知らざるを患《うれ》えず、人を知らざるを患うるなり：人が自分を理解してくれないのを気にかけない。人を理解していないのを気にかけるだけだ〕（『論語』「学而」）

㉓吾斯役之不幸、未レ若下復二吾賦一不幸之甚上也。〔吾が斯の役《えき》の不幸は、未だ吾が賦を復《ふく》する不幸の甚しきに若《し》かざるなり：私のこの仕事の不幸は、私の租税を元に戻す不幸ほどひどくはありません〕（柳宗元『捕蛇者説』）

㉔父母之愛レ子、則為レ之計深遠。〔父母の子を愛するや、則ち之が為に計ること深遠なり：父母が子をいとおしんでいれば、その子のために遠い将来のことまで深く考えるものです〕（『戦国策』「趙策」）

㉕斉悼公之来也、季康子以二其妹一妻レ之。〔斉の悼公の来たるや、季康子、其の妹を以て之に妻《めあわ》す：斉の悼公が来た時、季康子は自分の妹を彼に妻合わせた〕（『左伝』「哀公八年」）

なお「之」構造には、「主語＋之＋述語（＝前置詞＋目的語）」のように、述語が前置詞句で構成される特殊な形式をとるものもある。

㉖吾之於人也、誰毀誰誉。〔吾れの人に於《お》けるや、誰をか毀《そし》り誰をか誉《ほ》めん：私は他人に対しては、誰を謗り誰を誉めるというのか〕（『論語』「衛霊公」）

㉗今秦之与レ斉也、猶二斉之与一レ魯也。〔今《いま》秦の斉に与《お》けるや、猶《な》お斉の魯に与《お》けるがごときなり：今、秦と斉との関係をみますに、この斉と魯との関係と同じようなものです〕（『史記』「張儀列伝」）

第三節　文末助詞

文末助詞は、文（節も含む）の末尾部分に付加される機能語である。その機能によって（一）叙述文末助詞、（二）疑問文末助詞、（三）感嘆文末助詞、の三種に分類しておく。

（一）叙述文末助詞「也」「矣」「而已」「耳」「已」

叙述文末助詞とは、文の内容に対して何らかの意味・ニュアンスをつけ加えるものである。主要なものとして「也」「矣」「而已」「耳」「已」をとりあげる。

○也

主に次の二種の用法がある。

（ア）判断・確認のニュアンスを加える

「也」は述語の内容に対して判断・確認のニュアンスを加えるものであり、一般に「～（な）のだ」と訳すことができる。典型的な用例は「主語＋名詞述語」という形式に付加され、判断文であることを明示するものである（①）。訓読文では原則として「なり」と読む。なお漢文の判断文は「也」の付加が必須ではないが（②。他に主語に提示の助詞「者」を付ける形式などもある）、「也」が付加されることが多い。

①女、器也。〔女《なんじ》は器《うつわ》なり：お前は器だ〕（『論語』「公冶長」）

②荀卿、趙人。〔荀卿《じゆんけい》は趙《ちよう》の人《ひと》：荀卿は趙の人である〕（『史記』「孟子荀卿列伝」）

「也」は、動詞・形容を述語とする文に付加されることもある。やはり判断・確認のニュアンスを加えていると考えられる（③④）。この場合、訓読文では「也」を「なり」と読むことも、読まずに置き字とすることもある。疑問文や命令文に付加された場合は、「（な）のだ」と訳せないことになるが（⑤⑥）、「也」自体はやはり判断・確認のニュアンスを加えていると解釈できる。疑問文の訓読では一般に「や」（或いは「か」）と読む。

③今有二一窟一、未レ得二高レ枕而臥一也。〔今一窟《いっくつ》有るのみ。未だ枕《まくら》を高くして臥《ふ》することを得ざるなり：今、（あなたは）一つの巣穴をもっていますが、まだ枕を高くして眠ることはできないのです〕（『戦国策』「斉策」）

④小子識レ之、苛政猛二於虎一也。〔小子《しょうし》之を識《しる》せ、苛政は虎よりも猛なりと：お前たち、このことを覚えておきなさい。苛酷な政治は虎よりもひどいのである〕（『礼記』「檀弓下」）

⑤若為二傭耕一、何富貴也。〔若《なんじ》傭耕《ようこう》を為《な》す。何ぞ富貴《ふうき》ならんや：お前は人に雇われて田畑を耕しているのに、どうして富貴であるのか〕（『史記』「陳渉世家」）

⑥毋二従倶死一也。〔従いて倶に死すること毋《なか》れ：（沛公に）従ってともに死ぬようなことはしないで下さい〕（『史記』「項羽本紀」）

（イ）語句に付加され、その語句を取り立てる

この用法の「也」は文末に位置しないため、文末助詞とみなすのは適切ではないが（語気助詞の用法）、便宜上、ここで述べる。典型的な用例は、直前の語句を主題として取り立てるものであり（⑦）、「～については」と訳せることになる。直前の語句は名詞句に限られず、動詞句や（⑧）、「之」構造の場合もある（⑨）。訓読文では原則として「や」と読む。

⑦賜也何敢望レ回。回也聞レ一以知レ十、賜也聞レ一以知レ二。〔賜や何ぞ敢えて回を望まん。回や一を聞いて以て十を知る、賜や一を聞いて以て二を知る：わたくし賜が、どうして回（顔回）を望み見

ることができましょう。回は一つのことを聞いて十のことを理解しますが、わたくし賜は一つのことを聞いても二のことしかわかりません」（『論語』「公冶長」）

⑧然。始也吾以為㆓其人也㆒、而今非也。〔然り。始めや吾以て其の人なりと為すも、而れども今は非なり：そうだ。最初、私は（彼が）理想的な人物だと思っていたが、今はそうではない」（『荘子』「養生主」）

⑨子産之従㆑政也、擇㆑能而使㆑之。〔子産の政に従うや、能を擇《えら》びて之を使う：（鄭）の子産が政治を行うにあたっては、能力のあるものを選んで使っていた」（『左伝』「襄公三十一年」）

○矣

頻繁に用いられ、用法も広い助詞である。主に（ア）（イ）の二種の機能があると考えられる。訓読文では置き字として読まないことが多い。

（ア）行為・変化の実現（或いは実現への気づき）を強調する

最も典型的な用例は、動態的事態を表す述語に付加され、行為・変化の実現を強調するものである。発話時点での行為・事態の変化の実現を強調する他（⑩⑪）、接続詞「則」の後ろの述語末に付加され、「則」の前の条件が満たされた後、当該の行為・変化が実現したことを強調する用法もある。また⑫のように、変化の実現（立ち去っていたこと）に気づいたことを強調する場合もある。

⑩郤克傷㆓於矢㆒、流血及㆑屨、未㆑絶㆓鼓音㆒。曰「余病矣。」（『左伝』「成公二年」）〔郤克《げきこく》矢に傷つき、流血屨《くつ》に及べども未だ鼓音《こおん》を絶《た》たず。曰わく、余《われ》病《や》めりと：郤克は、矢にあたって負傷し、流血が靴にまで及んだ。それでも進撃の太鼓を絶やすことはなかったが、「私は重傷を負ってしまっ

た」と言った〕

⑪公将レ鼓レ之。劌曰「未レ可。」齊人三鼓。劌曰「可矣。」〔公将に之に鼓せんとす。劌《けい》曰わく、未だ可《か》ならずと。齊人《せいひと》三《み》たび鼓《こ》す。劌曰わく、可なりと：公が前進の太鼓を打たせようとしたら、劌は「まだだめです。」と言った。斉の軍隊が三たび太鼓を鳴らした時、「もう打ってよろしい。」と言った〕（『左伝』「荘公十年」）

⑫使二子路反見一レ之、至、則行矣。〔子路をして反《かえ》りて之を見《み》しむ。至れば則ち行《さ》れり：子路を返らせてもう一度会わせようとされたが、行ってみると（その隠者は）立ち去っていた〕（『論語』「微子」）

　さらに、未然或いは仮定の事態にも用いられる⑬。その際、しばしば将然を表す副詞「将」や推測を表す副詞「其」などと共起する⑭。また、これが命令文に用いられると、述語の表す行為・変化の実現を命令することになる⑮。

⑬群臣見二雍歯封一、則人人自堅矣。〔群臣《ぐんしん》雍歯《ようし》の封《ほう》ぜらるを見れば、則ち人人《ひとびと》自《みずか》ら堅《かた》からん：臣下たちは、雍歯が封ぜられたのを知れば、めいめいが自然と安心するでしょう〕（『史記』「留侯世家」）

⑭君使レ民慢、乱将レ作矣。〔君の民を使うこと慢なり、乱将《まさ》に作《おこ》らんとす：君主が民衆に侮る気持ちをおこさせている。乱がおこるだろう〕（『左伝』「荘公八年」）

⑮往矣。吾将レ曳二尾於塗中一。〔往《ゆ》け。吾将《まさ》に尾《お》を塗中《とちゅう》に曳《ひ》かんとす：お引き取りください。私は尾を泥の中に引きずっていくつもりです〕（『荘子』「秋水」）

（イ）性質・状態の確認・肯定を表す

　この用法においては、多くは述語が形容詞句である。性質・状態の確認を表すのが「矣」の機能である。当該の状態に達していることに感嘆するニュアンスが読み取れることも少なくない（⑯）。この場合は、訓読文では「かな」と読むことが多い。また述語が状態を表す動詞句の場合、その状態を強く肯定するニュアンスを表す（⑰）。

⑯甚矣、吾衰也。久矣、吾不三復夢見二周公一。〔甚だしいかな、吾の衰うるや。久しいかな、吾復た夢に周公を見ず：ひどいものだ、私の衰え方は。久しいことだ、私が夢に周公を見なくなってから〕（『論語』「述而」）

⑰不可、重耳已在矣。今往、晋必移レ兵伐レ翟。〔不可なり。重耳《ちょうじ》已に在り。今往かば、晋必ず兵を移して翟《てき》を伐《う》たん：（屈が晋に滅ぼされ、屈にいた夷吾は翟に逃げようとした。その時、冀芮が夷吾に言うには）いけません。重耳様がすでに翟におられます。今、あなたまで行かれたら、晋は必ず軍を動かして翟を打つでしょう〕（『史記』「晋世家」）

○而已、耳、已

「而已」は、接続詞「而」と動詞「已」とが、固定的に用いられるようになり一語化したものであり、述語の内容に限定のニュアンス（「～にすぎない」）を加える（「のみ」と訓読）。「耳」（「爾」）は「而已」の合音であると考えられ、「而已」とほぼ同様の機能を持つ。ただし「耳」には限定ではなく決定のニュアンスを加える用例もみられる。

⑱有二婦人一焉、九人而已。〔婦人《ふじん》有り、九人《くにん》のみ：（その中には）女性がいたから、（国を治める大臣は）九人だけであった〕（『論語』「泰伯」）

⑲口耳之間、則四寸耳。〔口耳《こうじ》の間《かん》は、則ち四寸《しすん》のみ：口と耳の間の距離は、四寸にすぎない〕（『荀子』「勧学」）

⑳且吾所レ為者極難耳。〔且つ吾の為す所の者は極めて難きのみ：それに私のやっていることは、きわめて難しいのだ〕（『史記』「刺客列伝」）

なお「已」だけでも文末助詞としても用いられることがある（「のみ」と訓読）。限定のニュアンスが読み取れる場合もあるが（㉑）、それが読み取り難く、述語の内容を肯定するニュアンスを加えているような場合もある（㉒）。なお「已矣（乎／哉／夫）」という形式もあり、「これまでだ」という断念のニュアンスを表すが、「ヤンヌルかな」と訓読する習慣である。

㉑不レ受也者、是亦不レ屑レ就已。〔受けざるは、是れ亦た就くを屑《いさぎよ》しとせざるのみ：（任官の申し出を）受けなかったのは、やはり就任するのをよしとなかったからなのだ〕（『孟子』「公孫丑上」）

㉒苟無二恒心一、放辟邪侈、無レ不レ為已。〔苟しくも恒心《こうしん》なければ、放辟邪侈《ほうへきじゃし》、為さざるなきのみ：もし不変の心がなくなると、わがまま・よこしま・ぜいたくなど、どんなことでもやってしまわぬものはない〕（『孟子』「梁恵王上」）

（二）疑問文末助詞「与（歟）」「乎」「邪」「不」

疑問文末助詞は、文の内容に話者の疑問の語気を加えるものであり、一般に是非疑問文（「～か否か」を問う文）をつくる役割を担う。主要なものに「与（歟）」「乎」「邪」があるが（㉓㉔）、これらは選択疑問文にも用いられ（㉕㉖）、特定の要素を問う疑問詞疑問文にも用いられ得る（㉗）。訓読文では「か」或いは「や」と読む。

㉓曰「是魯孔丘与。」曰「是也。」〔曰わく、是れ魯の孔丘かと。曰わく、是《ぜ》なりと：（長沮《ちょうそ》が）言った。「あれは魯の孔丘か」（子路が答えて）言った。「そうです。」〕（『論語』「微子」）

㉔治乱、天邪。〔治乱《ちらん》は天なるか：天下が治まったり乱れたりするのは天によるのか〕（『荀子』「天

論」）

㉕事レ斉乎、事レ楚乎。〔斉に事えんか、楚に事えんか：（滕は小国で斉と楚の間にあるが）斉につこうか、楚につこうか〕（『孟子』「梁恵王下」）

㉖求レ之与、抑与レ之与。〔之を求めたるか、抑《そもそも》之を与えたるか：（先生のもとに政治の相談がくるのは、先生が）求められたからでしょうか。それとも（あちらから）もちかけてきたのでしょうか〕（『論語』「学而」）

㉗子之師誰邪。〔子の師は誰か：あなたの先生は誰ですか〕（『荘子』「田子方」）

　このように三者は同様の機能を有しているが、微細なニュアンスの違いはみとめられる。「乎」は、相手に答えを要求する点に意味の重点がある。一方、「与」「邪」は、話し手自身が文の命題に疑いを持つ点に重点があり、相手に答えを要求するニュアンスは相対的に稀薄で、相手に対していわば探りを入れるニュアンスがある。

　ただし「乎」が疑問文以外の文に用いられることもある。この場合、聞き手の注意を喚起する機能を果たすようであり、依頼や相談・強い主張（㉘）・呼びかけ（㉙）・感嘆・推測などを表す文に用いられる。

㉘君子慎二其所一レ立乎。〔君子は其の立つ所を慎まんか：（発言すれば禍を招き、行動すれば恥辱を受けることがあるのだから）君子はよって立つ所に慎重であるべきだ〕（『荀子』「勧学」）

㉙参乎。吾道一以貫レ之。〔参《しん》や。吾が道は一《いつ》以て之を貫く：参（＝曽参《そうしん》）よ、私の道は一つのことで貫かれている〕（『論語』「里仁」）

「乎」「与」「邪」の他、漢代以降に、「不」「未」「否」など、元来は否定副詞であったものから転用された疑問文末助詞もみられるようになる。一般に疑問詞疑問文には用いられず、是非疑問文のみに用いられる。訓読文では、「不」「否」は一般に「（〜ヤ）いなヤ」、「未」は「（〜ヤ）いまだしヤ」のように読む。

㉚聞三南人好作二爾汝歌一、頗能為不。（『世説新語』「排調」）〔南人は好んで爾汝の歌を作るを聞く。頗《すこぶ》る能く為すや不《いな》や：南方の人は「爾汝の歌」を作るのを好むと聞いているが、（君は）少しはできるだろうか〕

(三) 感嘆文末助詞「哉」「夫」「兮」「焉」

感嘆文末助詞は、文の内容に話者の感嘆の語気を加えるものであり、感嘆文をつくる役割を担う。主要なものに「哉」「夫」「兮」「焉」などがある。

「哉」（「才」で表記されることも）は話者の感嘆の語気（「〜ことよ」）を表す。述語の形式は動詞・形容詞性であるか名詞性であるかを問わない。疑問文につくことも少なくない。訓読文では「かな」或いは「か」「や」と読む。

㉛子玉無レ礼哉、君取レ一、臣取レ二、不レ可レ失矣。〔子玉《しぎょく》は礼なきかな。君一《きみいつ》を取《と》り、臣《しん》二を取る。失《うしな》う可《べ》からず：子玉は無礼なことよ。（それでは）君主が一つ（の利益を）得て、臣下（子玉）が二つ（の利益）を得ることになる。逃してはなりません〕（『左伝』「僖公二八年」）

㉜天実為レ之、謂二之何一哉。〔天実《まこと》に之を為《な》す。之を何と謂わんや：（わたしが苦労しているのは）天が実際にそうしているのだ。それに対してなんと言うことができようか〕（『詩経』「邶風」「北門」）

やや用例は少ないが、「夫」も「哉」と同様に話者の感嘆の語気を加える。訓読文では「かな」

「か」と読む。

㉝逝者如レ斯夫、不レ舎二昼夜一〔逝く者は斯くの如きか、昼夜を舎《お》かず：すぎゆくものはこのようであるのか。昼も夜も休まない〕（『論語』「子罕」）

「兮」は主に詩歌・韻文に用いられ、感慨・詠嘆の表現の個所に多くみえる。「哉」に比べてゆるやかな感嘆の語気を表す傾向があるが、感嘆のニュアンスが無く、形式的に用いられているにすぎない場合もある。訓読文では、一般に読まずに置き字とする。

㉞帝高陽之苗裔兮、朕皇考曰二伯庸一。〔帝《てい》は高陽《こうよう》の苗裔《びょうえい》、朕《わ》が皇考《こうこう》を伯庸《はくよう》と曰う：（私は）古代の高陽帝（顓頊《せんぎょく》）の末裔であり、私の亡き父は伯庸と言う〕（『楚辞』「離騒」）

文末に置かれる「焉」は、「於」「之」が合音により一語化したものと考えられる。「於＋之」（ここに於いて）と解釈できる用法がほとんどであるが（第6章・第三節参照）、「焉」の代替する内容が明確で無いこともある。後者の場合は、文末助詞の用法であり、文の述語の表す行為や状態を聞き手に再提示するニュアンス（「～なのですよ」）を加える役割を果たしていると考えられる。

㉟蓋一歳之犯レ死者二焉。〔蓋《けだ》し一歳《いっさい》の死を犯す者、二《ふたたび》なり：そもそも一年のなかで死ぬ危険を冒すのは二回だけなのです〕（柳宗元『捕蛇者説』）

（四）文末助詞の連用

文末助詞が一文に複数用いられることがある。その順序は一般に「叙述文末助詞＋疑問文末助詞＋感嘆文末助詞」となる。大凡、話者の主観的な感情を表す程度が強いもの、或いは意味が抽象的なものほど、後ろに置かれる傾向がある（例えば「矣乎（かな）」「矣哉（かな）」「乎哉（や）」のようになる）。また、同じく叙述文末助詞でも、「也＋矣」「耳＋矣」となる傾向がみられる。

㊱鄙夫可㆓与事㆑君也与哉。〔鄙夫《ひふ》は与《とも》に君に事うべけんや：つまらない人物は、一緒に君主に仕えることができようか〕（『論語』「陽貨」）

6 機能語の体系と用法（二）——接続詞・助動詞・人称代詞

松江 崇

本章では、機能語である接続詞に加え、助動詞・代詞（人称代詞）の体系と用法を解説する。助動詞や人称代詞は典型的な機能語ではなく、一般には内容語に属するとされているものであるが、限られた少数の語から体系が構成されるなど、機能語に近い側面を持つ。漢文読解の際にも重要なポイントとなるため、本稿ではこれらを準機能語と呼び、その用法を解説していく。

第一節　接続詞

接続詞は、語句・節などをつなぐ役割を果たす。主なものに次のようなものがある。

【表6－1】主な接続詞

〈並列〉 与《と》、及《と・およビ》 ［動詞句・形容詞句・節の接続］而《しかうシテ》、以《もつテ》
〈順接・結果〉 而《しかうシテ》、以《もつテ》、則《すなはチ》
〈累加・抑揚〉 ［累加］而《しかモ》、且《かツ》 ［抑揚］况《いはンヤ》、矧《いはンヤ》
〈逆接・転接〉 而《しかレドモ》、然《しかルニ》、但《たダ》

〈選択〉	〈因果〉	〈仮定〉	〈譲歩〉
［語句選択］如《もシクハ》、若《もシクハ》 ［節選択］抑《そもそも》・意《そもそも》、且《はタ》	故《ゆゑニ》、是故《このゆゑ》、以《もつテ》	苟《いやシクモ》、如《もシ》、若《もシ》、儻《もシ》、 設《もシ》、即《もシ》、向使《もシ》、仮令《かりニ・もシ》	［已然譲歩］雖《いへどモ》、則《すなはチ》 ［未然譲歩］縦《たとヒ》、就《たとヒ》

＊原則として後項の直前に置かれるが、〈仮定〉〈譲歩〉を表すものは前項の直前もしくは前項の中に置く。

以下、使用頻度が高く、注意を要する用法を備えるものに限定して言及する。

（一）而

「而」は述語を構成する動詞句・形容詞句、或いは節をほぼ同じ比重を持つものとして結びつけるのが基本機能である。論理関係を明示するものではないため、前後項の論理関係は多様であり、順接でも逆接でもあり得る。訓読文では、しばしば置き字として読まずに、前の語句に「テ」「シテ」などを送る（逆接の場合、「ドモ」を送ることも）。「而」を置き字とせずにそれ自体を読む場合は、多く「しこうシテ［しかうシテ］」「しかシテ」と訓読するが、用法によっては他の訓読が用いられることもある。

（ア）前後項が並列的な関係にある場合（並列）

①晋公子広而倹、文而有レ礼。〔晋の公子は広にして倹、文にして礼有り：晋の公子は度量が広くてつつましやか、文雅であって礼儀正しかった〕（『左伝』「僖公二十三年」）

（イ）前後項が時間的・論理的に必然的な前後関係にある場合（順接、累加）

②は時間的な前後関係（順接）、③は論理的な前後関係（この場合は累加関係）にあるものである。

②見レ兎而顧レ犬、未レ為レ晩也。〔兎《うさぎ》を見て犬を顧みるも、未だ晩《おそ》しと為さざるなり：（狩猟の際）兎を見かけてから猟犬のほうを振り返ってもまだ遅くはありません〕（『戦国策』「楚策」）

③左右皆悪レ之、以為二貪而不一レ知レ足。〔左右皆之を悪《にく》み、以て貪にして足るを知らずと為す：（孟嘗君の）お側のものは彼のことを嫌い、貪欲で足ることを知らないと思った〕（『戦国策』「斉策」）

（ウ）前後項が逆接的な関係にある場合（逆接）

「而」を読む場合、「しかレドモ」「しかるニ」「しかモ」などと訓読する。

④危而不レ持、顚而不レ扶、則将焉用二彼相一矣。〔危《あや》うくして持《じ》せず、顚《てん》して扶《たす》けずんば、則ち将《は》た焉《いず》くんぞ彼《か》の相《しょう》を用いん：ぐらついているときに支えようともせず、倒れても助け起こすこともしなければ、いったいどうしてあの宰相とやらを用いる必要があろう〕（『論語』「季氏」）

（エ）前項が条件を表し、後項がその結果を表す関係にある場合（結果）

これは広い意味では（イ）の用法の一種とも言えるが、注意を要するものである。特に⑥⑦は前項が名詞であるが、「而」の働きによって「〜であって（も）」といった動詞的・形容詞的な意味が付与されていると考えられる。既述したように「而」は動詞句・形容詞句を結びつけるのが基本的な機能だからである。

⑤秦以レ城求レ璧而趙不レ許、曲在レ趙。〔秦城を以て璧《へき》を求めて趙許さずんば、曲《キョク》は趙に在り：秦が城邑をもって（城邑を交換条件として）璧（玉器の一種）を求めているのに、趙が聞き入れなければ

ば、非は趙にあることになります」（『史記』「廉頗藺相如列伝」）

⑥人而無レ信、不レ知二其可一也。〔人にして信無くんば、其の可なるを知らざるなり：人であるのに信義がなければ、その人がよいかどうかはわからない〕（『論語』「為政」）

⑦管氏而知レ礼、孰不レ知レ礼。〔管氏にして礼を知らば、孰《たれ》か礼を知らざらん：管氏（＝管仲）のように振る舞いながら、（これを）礼を知っていると言うのであれば、だれが礼を知らないことになろうか〕（『論語』「八佾」）

（オ）前項が後項の様態を描写する関係にある場合（順接）

これも（イ）の用法の一種と言える。前後項は修飾関係にあるが、「而」によって前項にも一定の比重が置かれている。

⑧吾恂恂而起、視二其缶一、而吾蛇尚存、則弛然而臥。〔吾恂恂《じゅんじゅん》として起き、其の缶《ふ》を視、而して吾が蛇尚お存すれば、則ち弛然《しぜん》として臥す：私はびくびくしながら起き上がり、かめを見て、私の蛇がまだ残っていれば、安心して横になります〕（柳宗元『捕蛇者説』）

なお前述した他、「而」が仮借により「やっと」「そこで」等の意味の語気副詞「乃」（すなわち［すなはち］）を表すことがある。

(二) 以

「以」は「而」と重なる用法が多いが、原則として逆接には用いられない。接続詞「以」は、〈手段〉〈方式〉を導く前置詞としての用法（目的語が省略された形式）に由来すると考えられ、しばしば前置詞か接続詞を判別し難い。接続詞「以」が用いられた場合、後項に比重がおかれることが多いのも、これが前置詞の用法に由来するためであろう。訓読文では「もっテ」と読む。

（ア）前後項が時間的・論理的に必然的な前後関係にある場合（順接）

後項が〈仕手〉の意識的な行為であることが多い点が特徴的である。⑩は前項が手段を表すとも解釈できる。

⑨自二始合一、而矢貫二余手一及レ肘、余折以御。〔始めて合《がっ》せしよりして、矢、余が手を貫き肘に及ぶも、余折りて以て御《ぎょ》す：両軍が戦いはじめた当初から、矢が私の手や腕を貫きましたが、私は（それを）折って（捨てて）戦車を御しました〕（『左伝』「成公二年」）

⑩労レ師以襲レ遠、非レ所レ聞也。〔師を労して以て遠きを襲うは、聞く所にあらざるなり：遠方を攻撃するために軍隊を疲労させるということは、聞いたことがございません〕（『左伝』「僖公三十二年」）

（イ）原因を表す節を導く場合（因果＊特殊語順）

⑪は原因を表す用例であるが、原因を表す節が倒置され後ろに置かれている。この場合、訓読文ではしばしば前置詞「以」と同様に読む。

⑪晋侯、秦伯囲レ鄭、以下其無レ礼二於晋一且貳中於楚上也。〔晋侯、秦伯鄭を囲むは、其の晋に礼なく且つ楚に貳《に》するを以てなり：晋侯と秦伯が鄭を包囲したのは、鄭が晋に無礼であり、かつ楚の側についたからである〕（『左伝』「僖公三十年」）

（ウ）前項が後項の様態を描写する関係にある場合（順接）

これは（ア）の用法の一種とも言える。

⑫余与二四人一擁レ火以入。〔余四人と火を擁して以て入《い》る：私は四人と灯火を手に持って（洞窟に入った〕（王安石『遊褒禅山記』）

（エ）前後二項が並列関係にある場合（並列）

前後項の比重に、あまり大きな違いのない用例もみとめられる。

⑬夫夷以近、則遊者衆、険以遠、則至者少。〔夫れ夷にして以て近ければ、則ち遊ぶ者衆《おお》く、険にして以て遠ければ、則ち至る者少なし：そもそも（その場所が）平坦で近ければ遊覧する者が多く、険しくて遠ければ来る者は少ない」〔王安石『遊褒禅山記』〕

（三）則

述語句や節の前に置かれ、当該の述語句・節を前項に対して強く提示するのが基本機能である。訓読文では「すなわち［すなはち］」と読む。

（ア）後項が時間的・論理的に前項から直接的に導かれる関係にある場合〔順接〕

⑭⑮がその例である（⑭は時間的、⑮は論理的）。

⑭項王曰「壮士、賜二之卮酒一。」則与二斗卮酒一。〔項王曰わく、壮士なり、之に卮酒《ししゅ》を賜えと。則ち斗《と》卮酒を与う：項王が言った「壮士であることよ。このものに卮酒を与えよ。」そこで一斗の卮酒（＝杯についだ酒）を与えた」〔『史記』「項羽本紀」〕

⑮故木受レ縄則直、金就レ礪則利。〔故に木《き》、縄《なわ》を受《う》くれば則ち直《なお》く、金《かね》、礪《といし》に就《つ》かば則ち利《するど》し：よって木は墨縄《すみなわ》をあてられて（印をつけて切られれば）まっすぐになり、金属は砥石にあてて（削れば）鋭くなる」〔『荀子』「勧学」〕

（イ）前項が条件を表し、後項がその結果を表す関係にある場合〔結果〕

後項が前項よりも前に存在していた事態の場合、「とっくに」「もともと」という訳になることがある。（ア）の用法の一種ともいえる。

⑯臨視、則虫集二冠上一。〔臨視すれば、則ち虫冠の上に集まれり：近づいてみてみると、もともと蟋蟀《こおろぎ》が鶏の鶏冠《とさか》の上に集まっているのであった〕（『聊斎志異』「促織」）

（ウ） 前項が譲歩的意味を表す場合（譲歩）

前項は「〜であるけれども」といった意味を表すことになる。しばしばその前後に同じ語句が重複して用いられる。

⑰善則善、未レ可二以戦一。〔善きは則ち善きも、未だ以て戦うべからず：よいことはよいのですが、まだ戦うことはできません〕（『国語』「呉語」）

以上は接続詞としての用法であるが、「則」は、副詞（範囲副詞）としても常用される。述語句の前に置かれ、主語の行為・変化あるいは主語に対する判断が、述語句の内容のみに限定されることを表し、「〜するだけで」、「ほかでもなく」（⑱）といった意味を表す。

⑱以暴二露百姓之骨於中原一、此則寡人之罪也。〔以て百姓《ひやくせい》の骨を中原に暴露《ばくろ》せり、此れ則ち寡人《かじん》の罪なり：（大国と敵対したことで）民衆の骨を中原に野ざらしにして（戦死させて）しまった。これはまさしく私の罪である〕（『国語』「越語上」）

第二節 助動詞

助動詞は、専ら動詞句を（一部は形容詞句も）目的語とする特殊な動詞である。意味的には動詞句の内容に何らかの話者の判断や態度を加えるものである。訓読文では、日本語の助動詞として読むもの、再読文字として日本語の助動詞に読みながらも副詞などの語句を添えて読むもの、日本語の副詞として読むものなどがある。

【表6－2】主な助動詞

〈可能〉	可《ベシ》、可以《もつテ…ベシ》、能《よク》、得《う》、克《よク》、獲《う》、（足）（足以）
〈義務・必然〉	宜《よろシク…ベシ》、応《まさニ…ベシ》、当《まさニ…ベシ》、須《すべかラク…ベシ》、（可）（能）（得）
〈願望〉	欲《ほつス》、願《ねがハクハ》
〈意思〉	［積極的意志］敢《あヘテ》、肯《あヘテ》、［忍容的意志（耐える）］忍《しのブ》
〈評価〉	足《たル》、足以《もつテ…たル》、（可）
〈難易〉	［困難］難《かたシ》、難以《もつテ…かたシ》、［容易］易《やすシ》、易以《もつテ…やすシ》

＊「能」「克」は否定形の場合、「あたわ（ず）［あたハ（ず）］」と訓読する。
＊（　）は特定の場合にのみ用いられるもの。
＊「宜」「応」「当」「須」は、再読文字として訓読する。
＊右表に掲げたもの以外に、受動を表す助動詞「見」もあるが、受動表現の項で言及する。

以下、常用される注意すべき助動詞について解説する。

（一）可能助動詞「可」「可以」「能」「得」

いずれも動詞の表す行為が可能であることを表すが、ニュアンスの違いがみられる。基本的には、「能」は「主語が行為を行う能力を備えている」という能力的可能を（①）、「可」「可以」は「行為を行う条件が備えられている」という条件的可能・許可を（②③）、「得」は「行為が実現し得る」という実現的可能を表す（④）。ただし「能」や「得」が条件的可能を表すこともある（「能」は特に複文の前節においてしばしば条件的可能を表す）。また、これらは可能以外にも、義務・必然を表す用法も備えている点は注意を要する。

①如レ此臣者、唯聖王智主能禁レ之。〔此くの如きの臣は、唯だ聖王智主のみ能く之を禁ず：このような臣下は、ただ聖王や智主だけが抑えることができる〕（『韓非子』「説疑」）

②燕可レ伐与。〔燕伐つ可《べ》きか：燕は伐ってもよいのですか〕（『孟子』「公孫丑下」）

③孰可二以伐一レ之〔孰か以て之を伐つ可《べ》き：どんな人ならそれを伐ってもよいのですか〕（『孟子』「公孫丑下」）

④衛在レ晋、不レ得レ為二次国一〔衛晋に在りては、次国為《た》るを得ず：衛は晋に対しては、それに次ぐ国とみなすことはできません〕（『左伝』「成公三年」）

なお、これらのうち「可」だけが、主語と動詞との意味関係を変更する機能を持つ点が重要である。すなわち「主語＋可＋他動詞」の場合、主語は一般に、他動詞の意味上の目的語となる（右②、ただし例外はある）。「可以」の方は複雑であり、「主語＋可以＋動詞（＋目的語）」であれば、主語が意味上「以」の目的語に相当する場合、動詞の意味上の主語（右③）・または目的語である場合など、いずれもあり得る。

（二）義務・必然助動詞「宜」「当」「応」「須」

「宜」「当」「応」はいずれも「原則的な道理に照らして当然である／妥当である」という道義的

な義務性を表す。「宜」はやや婉曲的であり（⑤、「～するのがよい」と訳せることも多い）、「応」「当」は相対的に語気の強い表現である（⑥⑦）。「当」と「応」とは主に出現時期の点で異なっている（この用法の「応」は漢代以降に出現）。いずれも道理に基づく推認「～するはずだ」をも表す。

⑤阿二主之為一、有レ過則主無二以責一レ之、則人主日侵而人臣日得。是宜レ動者静、宜レ静者動也。〔主《しゅ》の為《な》すことに阿《おもね》り、過《か》有れば則ち主は以て之を責《せ》むること無《な》く、則ち人主日《じんしゅひび》に侵《おか》されて、人臣日《ひび》に得《う》。是れ宜しく動《うご》くべき者静《ものしず》かに、宜しく静かなるべき者動けばなり：主君の行為に阿っていれば、過失があっても主君は彼を責めることがなく、主君は次第に脅かされ、臣下が次第に（権力を）得ていく。これは動であるべき者が静であり、静であるべきものが動であることによる〕（『呂氏春秋』「審分覧」「君守」）

⑥公当レ享、卿当レ宴。王室之礼也。〔公は当に享《きょう》すべく、卿は当に宴《えん》すべし。王室の礼なり：諸侯には享礼を設けてもてなすべきであり、卿に対しては宴礼を設けてもてなすべきである。これは王室の定めである〕（『左伝』「宣公十六年」）

⑦虎賁中郎省、応レ在二何処一。〔虎賁中郎省は応に何処《いずこ》に在《あ》るべき：（桓玄が帝位を簒奪した後、宿直の役所を設けようとして側近にたずねた）虎賁中郎省《こほんちゅうろうしょう》の役所はどこにおくべきであろうか〕（『世説新語』「言語」）

「須」は「事実・状況から判断して当然～するはずである／しなければならない」といった必然性を表し、また事実・状況に基づいた推認（「～するはずだ」）をも表す。

⑧定其為レ鬼、須二有レ所レ問、然後知レ之。〔定めて其れ鬼為《た》るも、須らく問う所有りて、然る後に之

を知るべし：彼らはきっと鬼であろうから、尋ねてみなければならないのであり、そうしてから彼らの気持ちが分かるのである」（『論衡』「死偽」）

（三） 願望助動詞「欲」

「欲」は「しようとする」意味を表すが（⑨）、漢代以降は単に趨勢《すうせい》を表す用法もみられる（⑩）。後者は将然を表す副詞に近い意味を表す。

⑨陽虎欲下去二三桓一、以二季寤一更二季氏一、以二叔孫輒一更二叔孫氏一、已更中孟氏上。〔陽虎三桓を去り、季寤《きご》を以て季氏に更《か》え、叔孫輒《しゅくそんちょう》を以て叔孫氏に更え、已は孟氏に更《かわ》らんと欲す：陽虎は三桓を出だして、季寤を季氏に更え、叔孫輒を叔孫氏に更え、自分たちは孟氏に更わろうと考えた」（『左伝』「定公八年」）

⑩兎入二狗突裡一、知三復欲二何如一。〔兎狗《うさぎいぬ》の突《あな》の裡《うち》に入らば、復た何如《いか》ならんと欲するかを知らん：兎が犬の穴の中にはいれば、どういうことになるかわかるでしょう」（『遊仙窟』）

（四） 意志助動詞「敢」「肯」

「敢」は「～するに足る勇気・意志を持っている」という勇気に基づく意志を表し（⑪、但し⑪は「敢不」という固定的表現で反語を表す）、「肯」は「すすんで～する」という願望に基づく意味を表す傾向がある（⑫）。

⑪天子蒙二塵于外一、敢不三奔問二官守一。〔天子《てんし》外に蒙塵《もうじん》す、敢えて奔りて官守《かんしゅ》に問わざらんや：天子様が国外におられます。（天子様の）お側のお役人のところにお見舞に行かないでいられましょうか。」（『左伝』「僖公二十四年」）

⑫君子可三以為二小人一、而不レ肯レ為二小人一。〔君子は以て小人と為るべくも、而れども小人と為るを

肯《がえ》んず：君子は小人となることはできるが、進んでなろうとはしない」（『荀子』「性悪」）＊「不肯」は「がえンぜず［がへンぜず］」と読むことも多い。

（五）評価助動詞「足」「足以」

「足」「足以」は「～するに十分である」という量的な評価を表す用法と⑬、「～に値する」という価値的な評価を表す用法とがある⑭。「足」は「可」と同様に主語と動詞との意味関係を変更する機能を持つ。「足以」は「可以」と同様に、その主語は、意味的に動詞の目的語・「以」の目的語⑮・動詞の主語のいずれかの可能性がある。

⑬古者丈夫不レ耕、草木之実足レ食也。〔古者は丈夫耕さざるも、草木の実《み》食するに足る：昔は、男性は畑仕事をしなかったが、草木の実が食べるに十分だったからである〕（『韓非子』「五蠹」）

⑭今言レ王若レ易レ然、則文王不レ足レ法与。〔今、王たるを言うこと然《しか》し易《やす》きが若《ごと》し。則ち文王は法《のっと》るに足らざるか：今（先生は）王者となることはたやすいとおっしゃっている。それでは文王は手本とするに足りないのでしょうか〕（『孟子』「公孫丑上」）

⑮薪食足三以支二三月以上一。〔薪食は以て三月以上を支うるに足る：薪や食糧は三カ月以上持ちこたえるに足る〕（『墨子』「備城門」）

（六）難易助動詞「難」「難以」「易」「易以」

「難」「難以」は行為・変化が実現するのが困難なこと、実現の可能性が低いことを表し、「易」「易以」は行為変化の実現が容易であること、実現の可能性が高いことを表す。「難」「易」も「可」と同様に主語と動詞との意味関係を変更する機能を持つ⑯⑲。「難以」「易以」も「可以」と同様に、その主語は、意味的に動詞の目的語⑰・「以」の目的語⑱⑲・動詞の主語のいずれかの可能性がある。

⑯衆怒難レ犯、専欲難レ成。〔衆怒は犯し難し。専欲は成し難し：多くの人の怒りは逆らい難い。（権力を）己のものだけにする欲望は実現し難い〕（『左伝』「襄公十年」）

⑰此難下以二口舌一争上也。〔此れ口舌を以て争い難きなり：これ（＝主上が太子を廃すのをやめさせること）は口舌では争い難いことです〕（『史記』「留侯世家」）

⑱王以レ反為レ名、此兵難二以藉レ人。〔王、反を以て名と為す。此の兵、以て人に藉《か》し難し：王は謀反を名目にしてしまっています。このような軍隊は人に貸すことはできません〕（『史記』「呉王濞列傳」）

⑲口費而煩、易レ出難レ悔、易二以溺レ人。〔口は費《つい》して煩《わずらわ》しく、出《いだ》し易くして悔《く》い難く、以て人を溺《おぼ》らし易し：（地位のある人は）口舌を用いることが多く、（そのために）煩わしいことが起こる。（口を使うことは）容易であるが、（失言を）後悔することは難しい。このことにより（地位のある人を）容易に（口舌に）溺らせてしまうのである〕（『礼記』「緇衣」）

第三節　人称代詞

代詞とは、状況・文脈に依拠してはじめて、それが表す事物が指定される語である。外界の事物を指示したり、文脈に現れた語句に代替したりする役割を果たす。人称代詞、指示代詞、疑問代詞に大別されるが、本章では人称代詞について解説する。

人称代詞は、発話（会話）場面における「役割」によって使い分けの体系をなす代詞である。話し手自身を指すのが一人称代詞、聞き手を指すのが二人称代詞、それ以外の事物を指すのが三人称代詞である。それ以外に行為が行為者自身に及ぶ場合に用いられる再帰代詞を加えて、主な人称代詞を示しておく。

【表６－３】主要な人称代詞

〈一人称〉	我《われ》、吾《われ》、予《われ・よ》・余《われ・よ》、朕《われ・ちん》、卬《われ》、儂《われ・わし》
〈二人称〉	汝《なんじ》・女《なんじ》、爾《なんじ》、若《なんじ》、（而《なんじ》）、（乃《なんじ》）
〈三人称〉	（其《そノ》）、｛之《これ》｝、（厥《そノ》）、伊《かれ》、（渠《かれ》）、｛焉《これ》｝、｛諸《これ》｝
〈再帰〉	｛自《みずからラ》｝、己《おのれ》
〈その他〉	［不定］（或《あるイハ》）、［否定］（莫《なシ》）

＊（　）を付したのは、主に主語或いは連体修飾語のみに用いるもの。
＊｛　｝を付したのは、主に目的語のみに用いるもの。
＊「われ」と訓読する一人称は、連体修飾語の場合は「わが」「わガ」と訓読する。
＊「卬」は西周以前、「儂」は魏晋以降に用いられる。

（一）一人称代詞「我」「吾」「朕」

「我」「吾」が常用され、多くの文献で両者が共存している。両者の使い分けの詳細は不明であるが、先秦では対比的なニュアンスがある場面では「我」が用いられ、「吾」は主語や連体修飾語のみを担うという傾向がある（「吾」は漢代以前では、目的語として動詞に後置されることがない）。

①晋楚之富、不レ可レ及也。彼以二其富一、我以二吾仁一、彼以二其爵一、我以二吾義一。〔晋楚の富《とみ》、及ぶ可からざるなり。彼《かれ》は其《そ》の富を以《もっ》てせば、我《われ》は吾《わ》が仁を以てす。彼は其の爵《しゃく》を以てせば、我は吾が義を以てす：晋や楚の富には（我らは）とうてい及ばない。（しかし）彼らは彼らの富に拠っているが、私は私の仁に拠っているのである。彼らは彼らの爵位に拠っているが、私は私の義に拠っているのである〕（『孟子』「公孫丑下」）

なお「朕」は元来は一人称として様々な人が用いたが（②）、秦の始皇帝以降は皇帝専用の一人称代詞となった（この場合「ちん」と読む）。

②帝高陽之苗裔兮、朕皇考曰二伯庸一。〔帝高陽《ていこうよう》の苗裔《びょうえい》、朕《わ》が皇考《こうこう》を伯庸《はくよう》と曰う：（私は）古代の高陽帝（顓頊《せんぎょく》）の末裔であり、私の亡き父は伯庸と言う〕（『楚辞』「離騒」）

（二）二人称代詞「汝」「爾」「而」

「汝（女）」「爾」が常用される二人称代詞であり、先秦の多くの文献で共存している（③）。なお、二人称代詞は原則としては目上への呼びかけには用いられない。「若」は「爾」或いは「汝」の変異形であり、「而」「乃」は基本的には連体修飾語としてのみ用いられる（④）。

③非二我無一レ信、女則棄レ之。速即二爾刑一。〔我信無きにあらず、女則ち之を棄つ。速やかに爾の刑に即け：私に信義がないのではない。お前がそれを棄てたのだ。すみやかにお前が受けるべき刑を受けよ〕（『左伝』「宣公十五年」）

④将下以二而所一レ傅為上レ子。〔将に而《なんじ》の傅《ふ》たる所を以て子《し》と為さんとす：おまえが守り役として教え

たものを世継ぎにするだろう〕（『晏子春秋』「諫上」）

（三）三人称代詞「其」「之」「焉」「諸」

「其」「之」が常用される三人称代詞であり、両者は多くの文献で共存している。「其」は主に主語・連体修飾語を担い、「之」は専ら目的語を担うというように、両者が補い合う傾向にある（ただし「其」は前置詞目的語や二重目的語をとる動詞の第一目的語となることはある）。

「其」は、先行する名詞に代替する場合（⑤）、或いは文脈から推定される何らかの人・事物に代替する場合とがある（⑥）。

⑤子謂㆓顔淵㆒曰「惜乎。吾見㆓其進㆒也、未㆑見㆓其止㆒也。」〔子顔淵を謂いて曰わく、惜しいかな、吾其の進むを見るも、未だその止まるを見ざるなりと：先生が顔淵のことを言われた「（彼の死は）残念なことだ。私は彼が進むのは見たが、止まるのを見たことがない」〕（『論語』「子罕」）

⑥既克、公問㆓其故㆒。〔既に克《か》ちて、公其の故を問う：戦いに勝ってから、公はその（勝利した）理由について問うた〕（『左伝』「荘公十年」）

注意すべきは、「其」が主語となった主述構造が、それだけでは独立した文とはならずに、他の動詞の目的語や主語となるか（⑤⑦）、複文の前節となるなど、専ら非独立的な構造としてのみ用いられることである。ここから、「其」が主語となった主述構造は、「之」構造に準ずるものとする考えもある（「其」は「之」構造の「主語＋之」に相当する役割を担っていることになる）。

⑦鳥之将㆑死、其鳴也哀。〔鳥の将に死せんとするや、其の鳴くや哀《かな》し：鳥が死を迎えようとしているときにはその鳴き声は悲しい〕（『論語』「太伯」）

三人称代詞としての「之」は、原則として専ら目的語となる。代替する対象が文脈に明示されている場合もあれば（⑧）、代替する対象が明示されておらず、動詞の文法的要請によって用いられているような場合もある（⑨）。

⑧吾蛇尚存、則弛然而臥。謹食レ之、時而献焉。〔吾が蛇尚お存すれば、則ち弛然《しぜん》として臥す。謹みて之を食《やしな》い、時にして献ず：私の蛇がまだ残っていれば、安心して横になります。慎重にこの蛇を飼い、その時になったら（租税の代わりとして）献上します〕（柳宗元『捕蛇者説』）

⑨誨二女知一レ之乎、知レ之為レ知レ之、不レ知為レ不レ知、是知也。〔女に之を知るを誨《おし》えんか。之を知るを之を知ると為し、知らざるを知らざると為《な》す。是れ知るなり：お前に知るということを教えてあげよう。知っていることは知っているとし、知らないことは知らないとする。これが知るということだ〕（『論語』「為政」）

なお「其」「之」が一人称（⑩）や二人称（⑪）を指すこともある。この場合、丁寧さや聞き手への敬意が感じられる（第7章第三節のコラム参照）。

⑩君将二哀而生一レ之乎。〔君将に哀みて之を生かさんとするか：あなたは哀れんで私を生かそうとするのですか〕（柳宗元『捕蛇者説』）

⑪子必来、我受二其無一レ咎。〔子必ず来たれ、我其の咎無きを受けん：必ず来て下さい。あなたにわざわいがないよう、私が保証します〕（『左伝』「昭公三十一年」）

純粋な代詞ではないが「焉」にも言及しておく。「焉」は前置詞の「於」と「之」とが合音により一語化したものと考えられ、「於＋之」に相当する機能を持つ（⑫）。さらに「諸」も類似の機能を持つが、「之＋於（前置詞）」に相当する場合と（⑬）、「之＋乎（疑問文末助詞）」に相当する場合とがある（⑭、この場合は「これ…カ（ヤ）」と訓読）。

⑫陳相見二許行一而大悦、尽棄二其学一而学レ焉。〔陳相許行を見て大いに悦び、尽《ことごと》く其の学を棄てて焉を学ぶ：陳相は許行に会うと、大いに（許行の説が）気に入り、自分の学問をすっかり捨てて、それ（彼の説）を学んだ〕（『孟子』「滕文公上」）

⑬孔子時二其亡一也、而往拝レ之。遇二諸塗一。〔孔子其の亡きを時《とき》として、往きて之を拝さんとす。諸《これ》に塗《みち》に遇う：孔子は彼（＝陽貨）が不在の時をみはからって答礼に行ったが、途中で彼に会ってしまった〕（『論語』「陽貨」）

⑭子疾病、子路請レ禱。子曰「有レ諸。」〔子疾《やまい》病《へい》なり。子路禱《いの》らんことを請う。子曰わく、諸《これ》有りやと：先生の病気が重くなった。子路は祈禱をしたいと願い出た。先生がいわれた「そのようなことがあったか」〕（『論語』「述而」）

（四）再帰代詞「自」

再帰代詞とは、動詞の表す行為が行為者自身に及ぶ場合に、その行為者に代替する代詞であり、「自」と「己」とがある。「自」は常に動詞に前置されるため、副詞とする考えもあるが（「自ら～す」と訓読する）、元来は「自分を～する」という目的語相当の意味を表すため、前置された代詞目的語とみなしておく（⑮）。戦国時代には副詞化し、「自分で／自ずから～する」という意味も表すようになった（⑯、第7章第三節［表7－3］参照）。

⑮邦君之妻、君称レ之曰二夫人一、夫人自称曰二小童一。〔邦君《ほうくん》の妻、君《きみ》これを称して夫人《ふじん》と曰う。夫人自ら称して小童《しょうどう》と曰う：国君の妻のことは、国君が呼ぶときには夫人と言い、夫人が自分を言うときには小童と言う〕（『論語』「季氏」）

⑯及二是時一般楽怠敖、是自求レ禍也。〔是の時に及んで般楽怠敖《たいごう》せば、是れ自ら禍を求むるなり：

〔今国家が平穏無事で治まっているとしても〕それをよいことに政治を怠けて遊びにふけていると、自ら禍を招きよせることになる〕（『孟子』「公孫章句上」）

（五）「或」「莫」

前述の人称代詞以外に、「或」「莫」のような特殊な人称代詞もある。

「或」は「とある人」といった意味を表し、聞き手が認識していないであろう個人・個体に代替する（⑰）。つねに主語となり、動詞の目的語とはならない。また主題主語のあとに用いられ、その主題主語の表す範囲のなかでの「ある人」を指すことも少なくない（⑱）。訓読文では、「あるイハ」「あるヒト」と読む。

⑰或問二子産一。子曰「恵人也。」〔或ひと子産を問う。子曰わく、恵人なりと：あるひとが子産について尋ねた。先生が言われた「恵み深い人です。」〕（『論語』「憲問」）

⑱宋人或得レ玉。〔宋人或ひと玉を得：宋人のあるものが玉を手に入れた〕（『左伝』「襄公十五年」）

「莫」は否定副詞としても用いられるが（第7章・第三節を参照）、「～する人（＝仕手・変化主体）がいない」といった否定の意味を含む代詞としても常用される（⑲、「無」「毋」「靡」にも同様の用例がみられる）。文法的には「或」に近く、主語のみを担う。主題主語のあとに用いられ、その主題主語の表す範囲のなかに「～する人がいない」ことを表すこともある。また「莫＋不～」という形式で「みな～する」という意味を表す用例がしばしばみられる（⑳）。

⑲莫二我知一也夫。〔我を知る莫きなり：私をわかってくれるものがいない〕（『論語』「憲問」）

⑳南面君レ国、境内之民、莫二敢不一レ臣。〔南面して国に君《きみ》たれば、境内《きょうない》の民、敢えて臣たらざる莫し：南面して国において君主となれば、国中の民は臣下とならないことはできない〕（『韓非子』

「五蠹」）

（六）複数形式

人称代詞は、原則として形式上の単数・複数の明確な区別はなく、複数の対象を指すこともできる（ただし特定の時期に単数或いは複数に多く用いられる傾向はある）。しかしとりわけ漢代以降になると、「等」「属」「曹」「輩」などの「ともがら／たぐい」といった意味の名詞を、代詞に（一部の人を指す名詞にも）付加して、複数であることが明示された表現が少なからずみられるようになる。訓読文では、「等」は「ら」と接辞に読み、他は「汝輩」（なんじがはい）「爾曹」（なんじがそう）のように音読みするか、「ともがら」のように訓読する。

㉑雍歯尚為レ侯、我属無レ患矣。〔雍歯すら尚お侯と為る。我が属《ともがら》患い無からん：雍歯さえ侯となった。我らが心配することはなくなった〕（『史記』「留侯世家」）

（七）謙称と敬称

以上、人称代詞を紹介してきたが、漢文では話し手・聞き手を表す場合、人称代詞を用いないことも少なくない。一人称の場合、自らの名を用いるか、次のような謙称を用いることがある。とりわけ二人称の場合、相手が目上であれば二人称代詞は用いられず、「王」「将軍」のような高い身分を表す語を呼びかけに使うか、しばしば次のような敬称が用いられる。

〈謙称（一人称）〉孤《こ》（王・諸侯が使う）、寡人《かじん》（同上）、不穀《ふこく》（同上）、臣《しん》（多くは君主に対して）、僕《ぼく》、民《たみ》（魏晋以降に目上に対して）、下官《かかん・げかん》（官位のある者が使う）、小人《しょうじん》、妾《わらは》（女性が使う）、愚《ぐ》

〈敬称（二人称）〉陛下《へいか》（帝王に対して）、足下《そっか》（目上・同輩に対して）、先生《せんせい》（学問のある年長者に対して）、吾子《ごし》（多く男性間で）、夫子《ふうし》（師・学問のある人・男性一般に対して）、執事《しつじ》（官位のあ

る人に対して。しばしば手紙の中で）、公《こう》（目上だけでなく目下に対しても）、子《し》（師・男性一般に対して）、君《きみ》（多く男性に対して。夫婦間や父母に対しても）、卿《けい》（男性一般に対して）

㉒君處二北海一、寡人處二南海一。〔君《きみ》は北海《ほっかい》に處《お》り、寡人は南海《なんかい》に處る：（楚の成王が使者を通じて、郡中の斉の桓公に言った）あなたは北方におられ、私めは南方におります〕（『左伝』「僖公四年」）

㉓吾子忍レ之。〔吾子《ごし》之を忍べ：あなたもがまんしてください〕（『左伝』「成公二年」）＊「吾子」は用例によっては「私の子ども」という意味になる場合もある。

注意すべきは、これらの謙称・敬称は、時代によって敬意の度合いに変化があることである。原則的には、時代とともに敬意の度合いが減じていく。例えば「卿」は南北朝期に至ると、親しさを表す表現としても用いられる。

㉔卿居心不浄、乃復強欲三滓二穢太清一邪。〔卿は居心不浄《きょしんふじょう》、乃ち復た強いて太清を滓穢《しえん》せんと欲するや：君は心が不浄であるので、無理にでも太清をけがそうとするのだろう〕（『世説新語』「言語」）

【コラム】人称代詞の格屈折

十九世紀に言語類型論が盛んになって以降、漢文は孤立語の典型例として扱われてきた。ところが二十世紀初頭、中国語の古代音の推定を成し遂げた著名な研究者であるベルンハルト・カールグレンが、一九二〇年に先秦の魯方言の人称代詞には、印欧語のような「格屈折」が見出されるとする説を提出した（Karlgren, Bernhard 1920. Le Poto Chinois, Langue Flexionelle, *Journal Asiatique* 11（15））。氏は、自身の隋代の推定音に基づき、一人称「吾」（*nguo）～「我」（*ngâ）、二人称「爾」（*ńźi̯ʷo）～「汝」（*ńźi̯ɑ）は、一見全くの別語であるけれども、各人称における主格・属格形たる前者と目的格形たる後者とが、韻母 *uo ～ *a を語形変化の条件とする形態論的な「格屈折」のパラダイムを形成していると主張したのである。その上で、さらに、この人称代詞の格屈折は、原始漢語―記録時代以前の漢語―に保有されていた屈折的特徴の遺留であるとみなし得るため、原始漢語は印欧語のごとく豊富な形態変化を有する屈折言語であったということまで主張した。カールグレン氏の説は様々な問題があり、今日では支持する研究者は少ない。しかし従来、漢字で表記されるため、問題の俎上に上がりにくかった、古代中国語の形態論の研究を惹起したことは重要な貢献と言えるであろう。

7 機能語の体系と用法（三）——指示代詞・疑問代詞・副詞

松江　崇

本章では前章に引き続き、准機能語たる代詞の一種である指示代詞と疑問代詞の体系と用法について解説する。その上で、やはり重要な准機能語である副詞の体系と用法についても説明する。

第一節　指示代詞

当該の代詞が、話し手から近い事物を指すのか、遠い事物を指すのかといった、指示対象の距離感によって使い分けがなされる代詞を指示代詞と言う。近い事物を指すのが近称代詞、遠い事物を指すのが遠称代詞である。なおこれら以外に、距離感は明確ではないが、状態を指示するという特徴を持つ代詞もあり、仮に指示代詞の一種に分類しておく。

【表7－1】**主な指示代詞**

〈近称〉	此《これ》、是《これ》、斯《これ》、(茲《これ》)、(之《こノ》)
〈遠称〉	彼《かれ》、[主に連体修飾語] 夫《かノ》、(其《そノ》)

〈状態指示〉	然《しかり》、爾《しかり・しかク》〔主に連体修飾語〕乃《かク》、若《かカル》

＊（　）を付したのは、使用時期の点で制限が大きいもの。
＊「此」「是」「斯」は、連体修飾語の場合は「こノ」、場所・状態を指す場合はそれぞれ「ここ」「かク」と訓読する。
＊「彼」は連体修飾語の場合は「かノ」、場所を指す場合は「かしこ」と訓読する。

（一）近称代詞「此」「是」（「斯」「之」）

代表的な近称代詞は「此」「是」であり、多くの文献で共存している。主語・連体修飾語・目的語・述語のいずれにも用いられる。「此」は対象を強く指示するもので、外界の具体物を指す場合に多く用いられる（①）。先行する文章を指すことも少なくないが、しばしば対比的なニュアンス（アレではなくコレ）を伴ったり、文章の語句そのものを指す傾向がみられる。「是」は相対的に緩やかに指示するもので、形の捉えにくい事物や、文章の内容を指す場合により多く用いられる（②）。ただし以上はあくまでも使い分けの傾向にすぎない。「斯」の機能は「此」に近く（③）、「此」の方言形である可能性が高い。

①此車一人殿レ之、可ニ以集レ事。〔此《こ》の車《くるまいちにん》一人之を殿《でん》せば、以て事を集《な》すべし：この兵車を一人が守りさえすれば、（勝利という）大事を成し遂げることができるのです〕（『左伝』「成公二年」）

②善人為レ邦百年、亦可ニ以勝レ残去レ殺矣。誠哉是言也。〔善人邦《くに》を為《おさ》むること百年、亦た以て残《ざん》に勝ち殺《さつ》を去《さ》るべしと。誠《まこと》なるかな、是《こ》の言《げん》や：善人が続いて百年も国を治めていれば、暴虐を克

服し、殺人を無くすことができるという。全くその通りだよ、この言葉は〕（『論語』「子路」）

③某在レ斯、某在レ斯。〔某《ぼう》は斯《ここ》に在り、某は斯に在り：（先生は目の不自由な冕《べん》という楽師に告げて言った）誰それはそこにいます、誰それはそこにいます〕（『論語』「衛霊公」）

「之」も指示代詞として用いられることがあるが、用例は多くはない（主に連体修飾語となる）。

④之子于帰　宜二其室家一。〔之の子、于《ここ》に帰《とつ》ぐ。其の室家に宜し：この美しい女の子が帰ぐ、その婚家にとっては好事である〕（『詩経』「周南」「桃夭」）

（二）遠称代詞「彼」「夫」

代表的な遠称指示代詞は「彼」「夫」である。「彼」は「此」と対になるもので、しばしば対比的な場面で用いられる（⑤）。

⑤彼一時也、此一時也。〔彼《かれ》は一時《いちじ》なり、此《これ》も一時なり：あの時はあの時、この時はこの時だ〕（『孟子』「公孫丑下」）

⑥微二夫人之力一不レ及レ此。〔夫の人の力微《な》かりせば此に及ばざらん：あの人の力添えがなければ、今日ここには至らなかったでしょう〕（『左伝』「僖公三十年」）

（三）状態指示代詞「然」「爾」

主として状態・性質を指示する代詞に「然」「爾」「乃」「若」がある。前二者はしばしば述語となる点が特徴的である（⑦）。「然」は形容詞接尾辞の用法もあるが（沛然《はいぜん》：雨がさかんに降るさまを表す）、この代詞の用法に由来すると考えられる。なお「爾」は魏晋以降は状態・性質以外のものを指示する用法を獲得する（⑧、主に連体修飾語となる。「そノ」と訓読）。

⑦古之賢王、好レ善而忘レ勢。古之賢士、何独不レ然。〔古の賢王、善を好みて勢を忘る。古の賢士、

何ぞ独り然らざらんや：古代の賢王は善を好んで（自分の）権勢を忘れた。（そうであれば）古代の賢士がどうしてそうでないことがあっただろうか」（『孟子』「尽心上」）

⑧許掾嘗詣二簡文一。爾夜風恬月朗、乃共作二曲室中語一。〔許掾《きょえん》嘗《かつ》て簡文《かんぶん》に詣《いた》る。爾《そ》の夜、風恬《しづか》にして月朗《あか》るく、乃ち共に曲室中《きょくしつちゅう》の語《ご》を作《な》す：許掾は以前、簡文帝を訪問した。その夜は風が静かで月が明るく、一緒に私室に行って話をした」（『世説新語』「賞誉」）

第二節　疑問代詞

疑問代詞は、聞き手に答えを要求する疑問機能を備えた代詞であり、問う対象の種類により、下位分類される。

【表7－2】主な疑問代詞

〈事物一般〉	何《なに》、奚《なに》（曷《なに》）、（胡《なに》）	〈人〉	誰《たれ》、（孰《たれ》）
〈場所〉	焉《いづク(ニ・カ)》、安《いづク(ニ・カ)》、悪《いづク(ニ・カ)》	〈数量〉	幾《いく》、幾何《いくばく》、多少《たしょう》
〈選択〉	孰《いづレ》、（何者《なにもの》）	〈理由・方法〉	何故《なんのゆゑに》、何以《なにヲもつテ》、何為《なんすレゾ》、胡《なん》 為《すレゾ》、［方法・根拠］以何《なにヲもつテ》

＊右は主要用法のみを挙げたもの。例えば「何」「奚」は〈場所〉・〈選択〉を問うこともある（それぞれ「いづク（ニ）」「いづレ」と訓読）。

＊〈事物一般〉〈場所〉を問うものが連用修飾語となった場合はしばしば〈理由〉を反語的に問う（それぞれ「なんゾ」「いづクンゾ」と訓読）。

＊（ ）を付したものは、使用時期の点で制限が大きいもの。

疑問代詞は、その文法機能に注意を要する。まず動詞や前置詞の目的語となった場合には、漢代以前には原則として当該の動詞・前置詞に前置されることが重要であり（第8章・第三節で詳述）、疑問代詞の種類によってどの文法成分となるのかに大きな違いがある点にも留意しておきたい。

（一）事物一般を問う「何」「奚」「何＋X」

〈事物一般〉を問う主要な疑問代詞には「何」「奚」がある。これらは目的語（①）・連用修飾語・述語（②、「何」のみの用法、「なんゾ」と訓読）連体修飾語（「なん（ノ）」と訓読）となるが、主語とはならない。なお後漢以降は「何等《なんら》」などの「何」から構成される二音節（二字）形式が増加したが、これらの多くは主語となることもできる。

①今病在㆓於朝夕之中㆒、臣奚能言。〔今病朝夕の中に在り、臣奚《なん》ぞ能《よ》く言わん：今（私の）病は明日をも知れぬ状態にあります。その私が何を議論できましょうか〕（『呂氏春秋』「貴公」）＊「奚」は前置目的語であるが、しばしば「なんゾ」と訓読される。

②宗廟会同、非㆓諸侯㆒而何。〔宗廟会同《そうびょうかいどう》、諸侯《しょこう》にあらずして何ぞ：宗廟や（国家間の）会合に関することが、諸侯（のすること）ではなくて、何であろうか〕（『論語』「先進」）

③陛下在、妾又何等可㆑言者。〔陛下在り、妾又た何等《なんら》の言うべき者《もの》ぞ：陛下がいらっしゃるのに、わたしめなど申し上げる言うことなどありましょうか（どんなことを申し上げられましょうか）〕

（『史記』「三王世家」）

（二） 人を問う「誰」「孰」

〈人〉を問う主要な疑問代詞は「誰」「孰」である。「誰」は目的語・主語（④）・連体修飾語（「たガ」とも訓読）となるが、「孰」は一般に主語のみに用いられる（⑤）。なお「孰」は選択疑問にも用いられる。

④其誰曰レ不レ然。〔其れ誰か然らずと曰わん：いったい誰がそのとおりでない（＝かつての言葉どおりではない）などと言うでしょうか〕（『左伝』「隠公元年」）

⑤孰謂二鄹人之子知レ礼乎。〔孰か鄹人《すうひと》の子を礼を知ると謂うや：いったい誰があの鄹人の子を礼に通暁していると言うのか〕（『論語』「八佾」）

（三） 場所を問う「焉」「安」「何処」

「焉」「安」「悪」が主要なものである。動詞目的語（⑦）或いは連用修飾語（⑥）となる。後漢以降は、「何処《いづこ》」など二音節語も用いられるようになる。

⑥仲尼焉学。〔仲尼焉《いづ》くにか学べる：仲尼はどこで学んだのか〕（『論語』「子張」）

⑦家安在。（『史記』「張釈之馮唐列伝」）〔家安《いづ》くにか在る：（ご老体は）家はどこか〕

⑧虎賁中郎省、応レ在二何処一。〔虎賁中郎省《こほんちゅうろうしょう》は、応《まさ》に何処《いづこ》に在るべき：虎賁中郎省はどこに設けるべきであろうか〕（『世説新語』「言語」）

（四） 選択を問う「孰」

「孰」は何らかの選択肢の中からいずれを選ぶのかを問う疑問代詞であり、原則として主語のみに用いられる。選択肢は主題主語として明示される場合もあれば（⑨）、文脈から推定されるだけの場合もある（⑩）。なお「孰」は問う対象が人以外の事物であれば、基本的にはこの選択を問う用法だと考えられる。

⑨礼与レ食孰重。〔礼と食と孰れか重き：礼と食とではどちらが重要か〕（『孟子』「告子下」）

⑩八佾舞二於庭一、是可レ忍也、孰不レ可レ忍也。〔八佾庭《はちいってい》に舞う、是れ忍ぶ可《べ》くんば、孰れか忍ぶ可《べ》からざらん：（天子のみに許された）八佾の舞がその廟の庭で舞われている。こんなことが耐えられるのであれば、いったいどんなことが耐えられないだろうか〕（『論語』「八佾」）

（五）疑問構文：「如何」構文・「何以為」構文・「孰与」構文・「何如」構文

疑問代詞からなる構造のうち、構造全体で特定の意味を表す構文となったものがある。以下に代表的なものを紹介しておく。

○「如何」構文

次のように「如＋（X＋）何」という構造で、「（Xを）どうするか」といった意味を表す構文である。訓読文では、「（Xヲ）いかんセン」と読む。Xが省略されることもあり、その場合は「如何」で「どのようであるか」という意味となる（「いかん」とだけ訓読することも）。「如」は元来は使役機能を備えた二重目的語をとる動詞と考えられ、「如」の第一目的語がX、第二目的語が「何」と分析される。他に「若＋（X＋）何」「奈＋（X＋）何」も同類の構文である（⑫⑬⑭）。

⑪公伯寮其如レ命何。〔公伯寮《こうはくりょう》其れ命《めい》を如何せんや：公伯寮ごときが一体天命をどうするというか〕（『論語』「憲問」）

⑫雖レ尽レ敵、其若二內讒一何。〔敵を尽くすと雖も、其れ內讒《ないざん》を若何《いかん》せん：敵を全滅しても、内部からの讒言をどうしますか〕（『国語』「晋語一」）

⑬虞兮虞兮、奈レ若何。〔虞《ぐ》や虞や、若《なんじ》を奈何《いかん》せん：虞よ、虞よ、お前をどうしよう〕（『史記』「項羽本紀」）

⑭上乃憂曰「為レ之奈何。」〔上《しょう》乃ち憂えて曰わく、之を為すこと奈何《いかん》と。：主上はそこで心配して言った「どうすればよいだろう。」〕（『史記』「留侯世家」）

なお、「何如《いかん》」「何若《いかん》」のように、「何」が「～のようである」という意味の動詞「如」「若」の目的語となり、「どのようであるか」「どのように」といった意味を表す構造もある。「如何」構文と意味上は近いが、構造的には異なるものである。

⑮貧而無レ諂、富而無レ驕、何如。〔貧にして諂《へつら》うこと無く、富みて驕ること無きは、何如《いかん》：貧乏であっても諂わず、裕福であっても驕らないというのはいかがでしょうか〕（『論語』「学而」）

○「何以為」構文

「何＋以（＋X）＋為」（「何＋用（＋X）＋為」）という構造で、「（Xで）何をするのか」といった意味を表す構文である⑯。「何」は「為」の目的語が前置されたものであり、「以（＋X）」は手段・方式を表す前置詞句であるが、訓読文では「何」を連用修飾語として読むことがある⑯。Xは省略されることもある⑰。なお、「何」が前置詞「以」の目的語となった「何以」（何ヲ以テ：何によって／どうして）とは全く別の構造である。

⑯吾奉二先帝宮室一、常恐レ羞レ之、何以レ台為。〔吾先帝《せんてい》の宮室《きゅうしつ》を奉《ほう》じ、常に之を羞《はずか》しめんことを恐る。何ぞ台《たい》を以て為《な》さん：私は先帝の（遺された）宮室をうけたまわり、これを辱めることになるのを常に恐れているのだ。露台《ろだい》など（作って）何をするというのか〕（『史記』「孝文本紀」）

⑰宝鼎事已決矣、尚何以為。〔宝鼎《ほうてい》の事は已に決《けっ》せり、尚お何をか以て為さん：宝鼎の件はすでに

解決していますこれ以上どうするというのでしょうか」（『史記』「孝武本紀」）

○「孰与」構文、「何如」構文

「孰与」構文とは「X＋孰与＋Y（＋之）（＋A＝形容詞）」の形式で、「XとYとを比較した場合いずれがAか」という意味を、Aが省略された場合は「XはYと比べてどうであるか」といった意味を表す、比較した結果を問う構文である。「何如」構文も類似の構文であり、「X＋何如＋Y」で「XはYと比べてどうであるか」という意味となる。なおこの比較した結果を問う「何如」構文は、前述の「何如」とは別の構造である。これらの構文の成立過程については諸説あるが、いずれにせよ「孰与」「何如」は後ろに目的語を要求し、疑問動詞ともいうべき機能を持っていることになる。訓読文では、どちらも「（〜ニ）いずれゾ「いづれゾ」」と読む（「何如」は「いかん」と訓読することも）

⑱梁孰‐与二身重一。〔梁は身の重きに孰与《いずれ》ぞ：梁と（王）ご自身とはいずれが大切でしょうか」（『呂氏春秋』「審應覧」「應言」）

⑲我何‐如二卿第七叔一。〔我は卿の第七叔《しちしゆく》に何如れぞ：私は（君の）七番目の叔父と比べてどうだろうか」（『世説新語』「品藻」）

第三節　副詞

副詞は、文法的には専ら述語句・文などを連用修飾する語類である。意味的にはそれが連用修飾する語句の表す事態・事物についての、程度・範囲・時間・語気・否定・敬意などを表す。

【表7－3】主な副詞

〈否定〉	不《ず》、未《いまダ〜ず》、弗《ず》、莫《なカレ》、毋《なシ》・無《なシ》、非《あらズ》、勿《なシ》、微《なシ》
〈時間〉	[已然]向《さきニ》、既《すでニ》、已《すでニ》、嘗《かつテ》、曽《かつテ》　[進行・実現中]正《まさニ》、方《まさニ》 [将然]将《まさニ〜す》、且《まさニ〜す》　[暫時]暫《しばらク》、姑《しばらク》　[短時間後]俄《にはかニ》、尋《ついデ》、旋《ついデ》　[恒常] 常《つねニ》、雅《つねニ》、素《もとヨリ》
〈程度〉	[高程度]最《もつとモ》、極《きはメテ》、至《いたツテ》、特《とくニ》、尤《もつとモ》、太《はなはダ》、大《おほイニ》、殊《ことニ》、甚《はなはダ》、頗《すこぶル》、絶《はなはダ》、 孔《はなはダ》、良《よク》 [低（中）程度]微《わずカニ》、略《やや》、稍《やや》、少《やや》 [程度増大]更《さらニ》、愈《いよいよ》、加《ますます》、益《ますます》、弥《いよいよ》、滋《ますます》
〈範囲〉	[統括]皆《みな》、尽《ことごとク》、悉《ことごとク》、咸《みな》、倶《ともニ》、挙《みな》、都《すベテ》、畢《ことごとク》、率《おほむネ》、凡《およソ》、共《ともニ》 [限定]只《ただ》、止《ただ》、第《ただ》、独《ひとリ》、徒《ただ》、唯《ただ》、特《ただ》、直《ただ》、僅《わずかニ》、但《ただ》
〈語気〉	[肯定的]固《もとヨリ》、必《かならズ》、誠《まことニ》、実《じつニ》、良《まことニ》、果《はタシテ》、信《まことニ》、乃《すなはチ》、即《すなはチ》、定《さだメテ》、則《すなはチ》 [反語的]豈《あニ》、寧《なんゾ》、庸《なんゾ》、詎《なんゾ》、独《ひとリ》 [推測]其《そレ》、蓋《なんゾ》、殆《ほとんド》　[転接]反《かへツテ》、顧《かへツテ》
〈敬意〉	[謙譲]敢《あヘテ》、窃《ひそカニ》、忝《かたじけなクモ》、伏《ふシテ》、謹《つつしンデ》、敬《つつしンデ》

	［尊敬］猥《みだりニ》、恵《めぐンデ》、幸《さいはヒニ》、辱《かたじけなクモ》
〈代詞性〉	自《みずカラ》、相《あひ》、見《る・らル》

＊「莫」は不定代詞（第6章第三節）の場合は「なシ」と訓読。「毋・無」「勿」は禁止を表す場合は「なカレ」と訓読。

以下、注意を要するものについて言及する。

（二）否定副詞「不」「未」「莫」「毋」「非」「弗」「勿」

漢文の否定表現には、否定副詞が用いられることが多い。それぞれの否定副詞には機能的差異がみとめられる。なお、否定副詞に修飾された動詞の目的語が代詞である場合、その代詞目的語はしばしば動詞に前置される（第8章・第三節参照）。以下、常用されるものについて言及する。

○不

最も一般的な否定副詞であり、行為・変化・状態の否定に広く用いられる（①②）。また、文末の「矣」と共に用いられ、「〜しないことにする」といった「新局面への移行」とも言うべき事態を表すこともある（③）。訓読文では「ず」と読むが、一般に連体形は「ぬ」ではなく「ざル」を、已然形は「ね」ではなく「ざレ」を用いる。（なお「ず」が仮定条件節の述語を否定し順接で後節へ続く場合、「ずンバ」という表現も用いられる。第6章第1節例文④⑤等）。

①昭王南征而不レ復。〔昭王南征《なんせい》して復《かへ》らず：昔周の昭王が南に巡狩せられたままお帰りにならな

かった」（『左伝』「僖公四年」）

②日月逝矣、歳不㆓我与㆒。（日月逝《じつげつゆ》く、歳《とし》我と与《とも》ならず：日月は過ぎてゆく、歳月も私と一緒にはいない」（『論語』「陽貨」）

③祭肉、不㆑出㆓三日㆒。出㆓三日㆒、不㆑食㆑之矣。（祭肉《さいにく》は、三日《みっか》を出《い》ださず。三日を出だせば、之を食らわず：供え物の肉は、三日を越えないようにする。三日を越えたら、食べないことにする」（『論語』「郷黨」）

○未

「未」は、時間の観念を含んだ否定副詞であり、ある行為・変化が当該の時点では実現していないことを表す（④、「まだ～ない」）。その他、婉曲的な否定を表す場合にも用いられる（⑤）。訓読文では再読文字として読む（「いまダ～ず」）。

④今既数月矣、未㆑可㆓以言㆒与。（今《いま》既に数月《すうげつ》なるも、未だ以て言う可《べ》からざるか：今は（あなたが職に就かれてから）もう数ヶ月になるのに、まだ意見を言っておられないのでしょうか」（『孟子』「公孫丑下」）

⑤美則美矣、而未㆑大也。（美は則ち美なり。而れども未だ大ならざるなり：すばらしいことはすばらしいです。しかしながら偉大ではありません」（『荘子』「天道」）

○莫、毋

「莫」は否定代詞として「仕手・変化主体が存在しない」という意味を表すが（第6章・第三節参照）、禁止を表す副詞としても常用される（⑥、「～するな」）。「毋」（「無」と表記されることもある）もしばしば禁止に用いられる（⑦、ただし行為の否定にも用いられる）。

⑥卿莫レ近二禁臠一。〔卿禁臠《きんれん》に近づく莫《な》かれ：君、陛下に献上する肉（＝ここでは謝混という人物のこと）に近づくな〕（『世説新語』「排調」）

⑦諸侯還レ自二沂上一、盟二于督揚一、曰「大毋レ侵レ小。」〔諸侯沂上《きじょう》より還《かえ》り、督揚《とくよう》に盟《ちか》う。曰わく、大は小を侵《おか》すこと毋《な》かれと：諸侯は沂上から引き上げ、督揚で盟約を結び、「大国は小国を侵してはならない」とした〕（『左伝』「襄公十九年」）

○非

判断の否定（「〜ではない」）を表す（⑧）。名詞述語を否定することが多いのが特徴である。

⑧謂二之君子一而射レ之、非レ礼也。〔之を君子と謂いて之を射るは、礼に非ざるなり：すぐれた人だと言っておいてその人を射止めるのは非礼である〕（『左伝』「成公二年」）

○弗、勿

否定詞「弗」「勿」は、基本的にはそれぞれ「不之」・「毋之」（「無之」）に相当する機能を持つ。すなわちそれ自身に動詞の目的語「之」が含まれていると解釈できる（⑨⑩）。ただし、「弗」「勿」が修飾する動詞にさらに目的語を付加して、その目的語を強調することもある。

⑨有二業屨於牖上一、館人求レ之弗レ得。〔業屨《ぎょうく》牖上《ゆうじょう》に有り、館人《かんじん》之を求むれども得《え》ず：もともと窓《まど》台《だい》の上に編みかけのわらじがあったのだが、離宮の人がそれ（＝わら靴）を探しても見つからなかった〕（『孟子』「尽心下」）

⑩左右皆曰二不可一、勿レ聴。〔左右皆不可と曰うも、聴く勿れ：重臣たちが皆、だめだと言っても聞き入れてはいけません〕（『孟子』「梁恵王」）

（二）時間副詞「既」「已」「将」「且」

「既」「已」は「すでニ」と訓ずるが、常用されるのは、連続する行為のうち先行する行為が完了することを表す用法（「～すると／してから」）である。もう一つの用法は訓読の「すでニ」という語感に近く、ある時点において当該の行為が完了済みであることを表すものである。

⑪勃既定レ燕而帰、高祖已崩矣。以二列侯一事二孝恵帝一。〔勃既に燕を定めて帰るや、高祖已に崩ぜり。列侯を以て孝恵帝に事う：周勃が燕を平定して帰ると、高祖はすでに亡くなっていた。（周勃は）列侯の身分で孝恵帝に仕えた〕（『史記』「絳侯周勃世家」）

「既」「已」が行為ではなく、ある種の性質を表す語句に付加されることもある。この時、「（もともと）～であった」と訳せることが多い。

⑫楊済既名氏雄俊不レ堪、不レ坐而去。〔楊済既に名氏の雄俊《ゆうしゅん》にして、堪えず、坐せずして去る：楊済はもともと名門の英才であったので我慢できず、席につかずに立ち去った〕（『世説新語』「方正」）

「将」「且」は「行為・変化が実現しようとしている」という将然を表す。訓読文では再読文字として「まさニ～（ント）す」と読む（「ント」を前の語句に補読することが多い）。

⑬屈潰。夷吾将レ奔レ翟。〔屈潰《つい》ゆ。夷吾将《まさ》に翟《てき》に奔《はし》らんとす：屈軍は壊滅した。（屈にいた）夷吾は翟に逃げようとした〕（『史記』「晋世家」）

⑭今往、晋必移レ兵伐レ翟。翟畏レ晋、禍且レ及。〔今往かば、晋必ず兵を移して翟《てき》を伐たん。翟晋を畏る。禍且《まさ》に及ばんとす：今（あなたまで翟に行かれたら、晋は必ず軍を動かして翟を打つでしょう。翟は晋を恐れています。禍が及ぶことになるでしょう〕（『史記』「晋世家」）

(三) 程度副詞「頗」

程度副詞のうち、特に注意すべきものに「頗」がある。程度が高いことを表すだけでなく（⑮）、「ある程度」「やや」というほどの程度をも表す（⑯）。漢代以前では後者の用例が多い。

⑮袁悦有㆓口才㆒、能㆓短長説㆒、亦有㆓精理㆒。始作㆓謝玄参軍㆒、頗被㆓礼遇㆒。〔袁悦口才《えんえつこうさい》有り、短長《たんちょう》の説を能《よ》くし、亦た精理《せいり》有り。始め謝玄の参軍《さんぐん》と作《な》り、頗る礼遇せらる：袁悦は口舌の才があった。遊説家の弁舌を得意とし、また理屈もしっかりしていた。最初に謝玄の参軍となり、よく礼遇されていた。〕（『世説新語』「讒険」）

⑯渉㆓浅水㆒者見㆑蝦、其頗深者察㆓魚鼈㆒、其尤甚者観㆓蛟龍㆒。〔浅水を渉る者は蝦《か》を見、其の頗る深き者は魚鼈《ぎょべつ》を察《み》、其の尤も甚だしき者は蛟龍《こうりゅう》を観る：浅い川を渡る者はガマガエルをみかける。やや深い（川を渡る）者は魚やすっぽんを見つけ、最も深い（川を渡る）者は蛟龍（みずち）に出会う〕（『論衡』「別通」）

(四) 範囲副詞「挙」「悉」

「皆」「尽」「悉」「咸」「倶」「挙」「都」は「すべて」「ことごとく」といった統括の意味を表す。いずれが用いられるかは時代による差異が大きい。注意すべきは、意味上、主語に関連する場合と（⑰）、述語句に関連する場合とがある点である（⑱）。唐代以降は後者の用例が減少する。

⑰故凡同㆑類者、挙相似也。〔故に凡そ類を同じくする者は、挙相似《みなあい》たるなり：だから同じ類に属するものは、みなお互い似通っているのである〕（『孟子』「告子上」）

⑱後秦滅㆓六国㆒、而始皇帝使㆘蒙恬将㆓十万之衆㆒北撃㆖㆑胡、悉収㆓河南地㆒。〔後秦六国を滅ぼし、始皇帝蒙恬をして十万の衆を将いて北のかた胡を撃たしめ、悉く河南の地を収む：その後、秦は六国

を滅ぼし、始皇帝は蒙恬に十万の軍勢を率いて北方に匈奴を攻撃させ、河南の地をすべて版図に収めた」（『史記』「匈奴列伝」）

（五）敬意副詞「窃」「辱」

謙譲表現に用いられるものに「窃」「忝」「謹」などが（⑲）、尊敬表現に用いられるものに「猥」「幸」「恵」「辱」などがある（⑳）。

⑲臣聞吏議レ逐レ客、窃以為レ過矣。〔臣聞く、吏客を逐うを議すと。窃《ひそ》かに以て過りと為す：わたくしは官吏が国外からのものを追放しようと議論していると聞いていますが、恐れながら間違っていると考えます」（李斯「諫逐客書」）

⑳君恵徼二福於敝邑之社稷一、辱収二寡君一、寡君之願也。〔君恵《きみめぐ》みて福《ふく》を敝邑《へいしゅう》の社稷《しゃしょく》に徼《もと》め、辱《かたじけな》くも寡君を収めば、寡君の願いなり：貴君には私どもの国に恩恵をお与え下さい。わが君を諸侯の仲間に入れて下されば、（それは）わが君の願いであります」（『左伝』「僖公四年」）

（六）代詞性副詞「相」「見」

代詞性副詞とは、副詞でありながら意味的には行為の関与者に代替する機能を持つものである。「自」については人称代詞の項で述べたが、他に「相」「見」がある。

「相」は「互いに」「引き続いて」という意味を表す用法が主であるが（㉑）、その他に「行為の相手（一・二・三人称のいずれか）に～する」意味となることもある（㉒㉓㉔）。後者では、主語が一人称、対象が二人称の場合が最も多く（㉒㉓）、しばしば話し手が対象に対する親密さを強調するニュアンスが感じられる。

㉑天下者、高祖天下。父子相伝、此漢之約也。〔天下とは、高祖《こうそ》の天下なり。父子相伝《あいつた》う、此れ漢

の約なり∴天下は、高祖が創始された世です。父子が代々受け継ぐべきもので、これは漢の約束事であります」（『史記』「魏其武安侯列伝」）

㉒今王与レ耳旦暮且レ死、而公擁二兵数万一、不レ肯二相救一。〔今王と耳《じ》と旦暮《たんぼ》に且《まさ》に死せんとするに、公兵数万《こうへいすうまん》を擁《よう》し、相《あい》救うを肯《がえ》んぜず∴今、王とわたし耳（＝張耳）は死の瀬戸際にいます。それなのにあなたは数万の兵を抱えながら、私を救おうとはしません」（『史記』「張耳陳余列伝」）

㉓我今故与二林公一来相看、望下卿擺二撥常務一、応対共言上。〔我、今故《ことさら》に林公《りんこう》と来りて相看《あいみ》る。卿《けい》、常務《じょうむ》を擺撥《はいはつ》し、応対して共に言うを望む∴私が今わざわざ林公と一緒に君に会いにきたのだ。君には日常の仕事をやめてもらって、道理についてともに語り合ってもらいたいのに（『世説新語』「政事」）

㉔新婦識二馬声一、躡レ履相逢迎。〔新婦馬声を識り、履を躡《ふ》みて相逢迎《あいほうげい》す∴新婦は馬の鳴き声を聞き知っていたので、くつを履いて迎えに出て来た〕（『孔雀東南飛』）

「相」の他、後漢以降では「見＋他動詞」における「見」が、一人称（稀に三人称）に代替している用例がみられる（主語が二人称で、「見」が一人称に代替する用例が多い）。この時、主語（多くは二人称）に対する敬意が感じられることが多い。なおこの「見」は、受動の助動詞「見」に由来すると考えられ（第8章・第五節参照）、訓読では受動の助動詞と同様に読む。

㉕先公以レ礼見レ待、故得二以レ礼進退一。〔先公、礼を以て待《たい》せらる、故に礼を以て進退するを得たり∴お父上は礼をもって私に対して下さったので、（私も）礼の規範によって進退を決めることができたのです」（『世説新語』「言語」）

【コラム】丁寧さ・敬意の表現

体系的な敬語のシステムを持っている日本語と比べて、漢文は丁寧さや敬意の表現は乏しい印象を受ける。それは事実である一方、本節で触れた代詞性副詞「見」のように、一見すると敬意の表現とは無縁な敬意の表現手段もみられる。この他、東京大学の大西克也氏によれば、第６章第三節で触れた三人称代詞「其」「之」が一人称・二人称を指す用法も、指示の間接化を利用した丁寧さ・敬意の表現の一種だという（大西克也「論上古漢語代詞「之」和「其」的替代功能」「第九届国際古漢語語法検討会」発表論文）。

8 活用・構文・重要表現——品詞の活用・複合的構造・特殊語順・受動表現・数量表現

松江 崇

本章では、例外的な文法現象を取り上げることとし、品詞の活用や複合的構造・特殊語順などについて解説する。さらに漢文では「受動」「数量」といった概念がどのような形式で表現されるのかを整理して紹介する。

第一節 品詞の活用

品詞の「活用」とは、特定の語が、その語の属する品詞が通常備えている文法機能を超えて使用される現象を言う。（一）～（四）のように動詞化あるいは動詞の特殊用法に関わるものが多い。

（一）名詞の動詞化

通常は名詞として用いられる語が、動詞として用いられる現象である。意味的には大凡《おおよそ》、（ア）～（エ）のように分類できる。なお、この他（二）（三）で言及するような、特殊な意味が加わるタイプのものもある。訓読文では、名詞に「ス」を付したサ変動詞として読むことが多いが、他の読み方がなされることもある（（ウ）など）。

（ア）名詞として表す事物を手段・方法とする行為を表す場合

①范増数目二項王一〔范増、数《しばしば》項王に目《めくばせ》し：范増は何度も項王に目くばせして〕（『史記』「項羽本紀」）

②師還、館二于虞一、遂襲レ虞、滅レ之。〔師《し》還《かえ》り、虞《ぐ》に館《かん》し、遂《つい》に虞を襲い、之を滅ぼす：（晋）軍は帰る際、虞に宿泊し、そのまま虞を襲撃して、滅ぼした〕（『左伝』「僖公五年」）

（イ）名詞として表す事物を受け手とする行為を表す場合

③孟嘗君怪二其疾一也、衣冠而見レ之、曰〔孟嘗君其の疾《はや》きを怪しむや、衣冠して之を見、曰わく：孟嘗君はそれ（＝食客の馮諼《ふうけん》の帰り）がはやいのをいぶかしみ、衣服と冠をつけて彼に会うと言った〕（『戦国策』「斉策」）

（ウ）名詞として表す事物を結果状態とする行為を表す場合

次のような場合は、訓読文では名詞に「アリ」を送る。

④中古之世、天下大水。〔中古の世、天下大水《たいすい》あり：中古の時代は、世界の各地で大洪水があった〕（『韓非子』「五蠹」）

（エ）名詞として表す方向に向かう行為を表す場合

⑤吾亦欲レ東耳。〔吾も亦た東《ひがし》せんと欲するのみ：私はさらに東方に進撃しようと思っている〕（『史記』「淮陰侯列伝」）

⑥左、乃陥二大澤中一。〔左《ひだり》すれば、乃ち大澤《たいたく》の中に陥《おちい》る：左のほうへ行くと、広大な沼沢地に入り込んだ〕（『史記』「項羽本紀」）

（二）意動用法

意動用法とは、動詞化の一種であり、名詞や形容詞が他動詞化されると同時に、「目的語を、名詞・形容詞として表す事物・状態のようにみなす」という認定の意味を表す用法である。訓読文では、一般に名詞・形容詞に「トス」（「ス」はサ変動詞）を送る。

○名詞の意動用法

⑦宝二珠玉一者、殃必及レ身。〔珠玉《しゅぎょく》を宝《たから》とする者は、殃《わざわい》必ず身に及ばん：珠玉を宝と考える者は、禍がきっとその身にふりかかるだろう〕（『孟子』「尽心下」）

○形容詞の意動用法

⑧孟嘗君客レ我。〔孟嘗君我を客とす：孟嘗君は私を食客とみなしてくれた〕（『戦国策』「斉策」）

⑨邑人奇レ之、稍稍賓二客其父一。〔邑人《ゆうじん》之を奇とし、稍稍《しょうしょう》其の父を賓客とす：村人たちは彼（＝仲永）を優れたものとみなし、しだいに彼の父を食客とみなすようになった〕（王安石「傷仲永」）

⑩孔子登二東山一而小レ魯、登二泰山一而小二天下一。〔孔子東山《とうざん》に登りて魯を小《しょう》とし、泰山《たいざん》に登りて天下を小とす：孔子は東山に登って（魯国を眺めて）魯を小さいと思い、泰山に登って（天下を眺めて）天下を小さいと思った〕（『孟子』「尽心上」）

（三）使動用法

使動用法は、動詞または動詞化された形容詞・名詞が目的語をとり、使役的意味を表す用法である。最も多いのは自動詞・形容詞の使動用法である。

○動詞の使動用法

動詞が自動詞の場合、「目的語に対して、当該の行為を行わせる／当該の状態を生ぜしめる」という意味を表す。例えば、動詞「怒」は自動詞用法では、行為主体（X）が主語となり「X＋怒」で「Xが怒る」意味を表す。⑪の中のものは使動用法であるが、「怒る」行為の主体（X）が目的語で示されており、主語はそのような状況を引き起こす使役者（Y）となっている（Y＋怒＋X）。⑫の「来」、⑬の「止」も同様である。この使動用法に常用される自動詞は多く、「怒」「来」の他に「亡」「傷」「敗」「興」「懼」などが挙げられる。⑬の「食」「見」は、他動詞の使動用法である。なお「来」「食」「見」などは、使動用法の場合には、一般の用法とは異なる発音（中国語音の発音）がされていた可能性がある。訓読文では、動詞によって他動詞として読む場合と、助動詞「シム」を読み添える場合とがある。

⑪若二子怒レ楚、楚人乗レ我、喪レ師無レ日矣。〔若《も》し二子《にし》楚を怒《いか》らし、楚人《そひと》我に乗《じょう》ぜば、師《し》を喪《うしな》わんこと日無からん：もし彼ら二人の使者が楚を怒らせ、楚軍が急襲してきたら、わが軍が壊滅するまで幾日もないであろう〕（『左伝』「宣公十二年」）

⑫客肯為二寡人一少来二静郭君一乎。〔客肯《あ》えて寡人《かじん》の為に少しく静郭君《せいかくくん》を来たさんか：あなたには私のために静郭君を来るようにしていただけないだろうか〕（『呂氏春秋』「季秋紀」「知士」）

⑬止二子路一宿、殺レ鶏為レ黍而食レ之、見二其二子一焉。〔子路を止《とど》めて宿《しゅく》せしめ、鶏《にわとり》を殺し黍《しょ》を為《つく》りて之に食《く》らわしめ、其の二子《にし》を見《まみ》えしむ：（その老人は）子路を止めて自分の家に泊まらせ、鶏をつぶし、黍《きび》の飯を炊いて彼（＝子路）に食べさせ、自分の二人の子供を（子路に）に会わせた〕（『論語』「微子」）＊「止子路宿」は、使動用法の「止」の目的語「子路」が、後ろの動詞「宿」の主語を兼ねる兼語構造（第二節参照）である。

○形容詞の使動用法

「目的語を、動詞化された当該の形容詞の表す性質・状態にする」という意味を表す。訓読文では、形容詞に「ス」（サ変動詞）を読み添える。

⑭匠人斲而小レ之、則王怒、以為レ不レ勝二其任一矣。〔匠人《しょうじん》斲《けず》りて之を小さくせば、則ち王怒《いか》りて、以て其の任に勝《た》えずとなさん：大工が（せっかくの大きな材木を）削ってそれを小さくしたら、王は怒って、仕事ができないと考えるでしょう〕（『孟子』「梁恵王下」）

⑮君子之学也以美二其身一。〔君子の学ぶや以て其の身を美《び》にす：君子の学びは、自分自身を立派にする〕（『荀子』「勧学」）

○名詞の使動用法

「目的語を、動詞化された当該の名詞の表す事物にならしめる」という意味を表す。訓読文では、名詞に「ス」（サ変動詞）を読み添える。

⑯先破二咸陽一者王レ之。〔先ず咸陽を破る者は之を王とせん：最初に咸陽を撃破した者については、その者を王とする〕（『史記』「項羽本紀」）

⑰夫子所謂生レ死而肉レ骨也。〔夫子《ふうし》の所謂《いわゆる》死を生《い》かして骨に肉するなり：私は申叔に会いましたが、あの方は、死んだものをよみがえらせ、骨に肉をつける（骨を再び肉のついた状態にする）という方であります〕（『左伝』「襄公二十二年」）

（四）名詞の連用修飾用法

通常、名詞は連用修飾語としては用いないが、「活用」されて連用修飾語となることがある。その場合、次のような意味を表す。

（ア）行為の方式を比喩的に表す場合

訓読文では、名詞に「ノゴトク」「トシテ」などを補読することが多いが、熟語として読むこともある（⑲）。

⑱豕人立而啼。〔豕《し》人《ひと》のごとく立ちて啼《な》く：ぶたが人のように起ち上がって鳴き声をあげた〕（『左伝』「荘公八年」）

⑲君為レ我呼入、我得レ兄二事之一。〔君《きみ》我が為《ため》に呼び入れよ、我之に兄事《けいじ》するを得《え》ん：貴公はわしのために（項伯を）呼び入れてくれ。私は彼を兄として対することにしたい〕（『史記』「項羽本紀」）

（イ）行為の手段或いは根拠を表す場合

訓読文では、名詞に「モテ」などを補読する。

⑳晋楚不レ務レ徳而兵争、与二其来者一可也。〔晋楚は徳を務《つと》めずして兵もて争う。其の来たる者に与して可なり：晋と楚は徳行をなすことに力を入れずに武力でもって争っている。攻めてきた方に従っておけばよい〕（『左伝』「宣公十一年」）

㉑失レ期、法皆斬。〔期《き》を失わば、法《ほう》もて皆斬《き》らる：期日に間に合わなければ、法にもとづいて全員斬刑に処せられる〕（『史記』「陳渉世家」）

（ウ）行為の場所や時間を表す場合

訓読文では、名詞に「ニ」「ニテ」などを補読する。

㉒黎丘之鬼效二其子之状一、扶而道苦レ之。〔黎丘《れいきゅう》の鬼、其の子の状《じょう》に効《なら》い、扶《たす》けて道に之を苦《くる》しむ：黎丘の化け物は、彼（＝老人）の息子に化け、ささえる振りをしながら、道中で彼を苦しめた〕（『呂氏春秋』「慎行論」「疑似」）

第二節　複合的構造—兼語構造

「兼語構造」とは、動目構造と主述構造とが複合した構造であり、「動詞＋目的語（＝後ろの述語の主語）＋述語」のように動目構造の目的語が直後の主述構造の主語を兼ねる――――このような目的語を「兼語」と呼ぶ――――構造を指す。次例では「斉」が兼語を担っている。

①勧レ斉伐レ燕、有レ諸。（『孟子』「公孫丑下」）〔斉を勧《すす》めて燕を伐《う》たしむ、と。諸《これ》有りや：あなたが斉を説得して燕を伐つようにしむけたというのは、本当にあったことなのですか〕

兼語構造は、第一動詞が目的語に対する何らかの「働きかけ」の意味を含む場合（＝広義の使役表現）、或いは第一動詞が「有」などの事物の存在を表す場合（＝存在表現）において多用される。以下、それぞれについて紹介する。

（一）広義の使役表現

使役を表す兼語構造のうち、最も典型的なものは、第一動詞に純粋な使役を表す「使」「令」を用いたものである（②、③の「令」）。その他、第一動詞が派遣の意味を持つものである場合も少なくない（③の「使」、④）。その他の兼語構造でも、第一動詞が目的語に対して、何らかの「働きかけ」の意味を含むものであることが多い（①）。訓読文では、第一動詞が「使」「令」の場合は、兼語に「ヲシテ」を補読し、第二動詞句を読んでから「使」「令」に返って「しム」（助動詞）と読む。第一動詞が「使」「令」以外であれば、一般に第一動詞句・第二動詞句の順に読み、第二動詞に「シム」を送る。

②子路使三子羔為二費宰一。〔子路《しろ》子羔《しこう》をして費《ひ》の宰《さい》為《た》らしむ：子路が子羔を費の地の宰（封地のとりしまり）にした〕（『論語』「先進」）

③寡君使下群臣為二魯衛一請上曰「無レ令三輿師陥二入君地一」。〔寡君《かくん》、群臣《ぐんしん》をして魯衛の為に請《こ》わしめて曰わく、輿師《よし》をして君《きみ》の地に陥入せしむること無かれと：わが君は私たちを使わし、魯衛のために

（あなたに対して斉の軍隊を引き上げることを）お願いさせたのであり、「軍隊は斉君の地に深く入れてはならない」と言われました）（『左伝』「成公二年」）

④乃遣二其子宋襄一相レ斉。〔乃ち其の子宋襄《そうじよう》を遣《や》りて斉に相《しよう》たらしむ：そして（宋義は）自分の子の宋襄を派遣して斉の宰相とした〕（『史記』「項羽本紀」）

なお、使役動詞「令」には、状態の実現を願う文に用いられることもある。

⑤上二汝一栝酒一、令二汝寿万春一。〔汝に一栝《いつぱい》の酒を上《たてまつ》る、汝が寿《じゆ》をして万春ならしめん：お前に一杯の酒をささげよう。万年までも長寿であれ〕（『世説新語』「排調」）

（二）存在表現

兼語構造は、広義の使役表現に用いられる以外に、第一動詞に存在動詞「有」「多」などを用い、その目的語（兼語）の表す不定の事物を文脈に導入する場合にも常用される（⑥⑦⑧）。第一動詞の主語として場所や時間が置かれることも少なくない（⑦⑧）。訓読文では、兼語を存在動詞の単なる目的語として読むだけの場合と（⑥⑦）、「兼語動詞＋第二動詞句」全体を存在動詞の目的語として読む場合とがある（⑧）。

⑥有二美人一、名虞、常幸従。〔美人有り、名は虞《ぐ》、常に幸せられて従う：（項羽の陣中に）美しい女性で虞というものがおり、常に（項羽に）寵愛されてつき従っていた〕（『史記』「項羽本紀」）

⑦渭南姜部郎第、多二鬼魅一、常惑レ人。〔渭南《いなん》の姜部郎《ぶろう》の第《だい》は、鬼魅《きみ》多く、常に人を惑わす：渭南の姜長官の屋敷は、物の怪が多くおり、しばしば人を惑わせていた〕

⑧一日有三金陵客寓二其家一。〔一日《いちじつ》、金陵の客の其の家に寓する有り：ある日金陵からの客があり、彼（＝馬子才）の家に泊まった〕（『聊斎志異』「黄英」）

【コラム】「有」の用法

漢文の「有」は存在と所有とを表す動詞であり、その用法は多様である。例えば、人の性質や状態の存在なども「有」で表現されるし（「人人有説色」〔人人説《ひとびとよろこ》ぶ色《いろ》有り：人々はみな喜んでいる様子だった〕『世説新語』「政事」）、また、単に存在しているという静態的な状態だけでなく、「出現した」という動態的な事態を表すこともあることは注意を要する（「忽有一蜂子、飛上十娘面上。」〔忽ち一蜂子《ほうし》有り、十娘《じゅうじょう》の面上《めんじょう》に飛び上《のぼ》れり。：突然一匹の蜂が現れ、十娘の顔に飛び上がった〕『遊仙窟』）。

第三節　特殊語順（一）—目的語前置構文

漢文では、既述したように、動目構造（前目構造）は「動詞／前置詞＋目的語」の語順をとるが、特定の条件のもとでは目的語が動詞・前置詞に前置されることがある（ただし主語があればその後に位置する）。その条件は大凡、（一）疑問代詞が目的語となった場合、（二）疑問代詞が修飾語する語句が目的語となった場合、（三）否定文において代詞が目的語となった場合、（四）その他、のように整理できる。

（一）疑問代詞目的語の前置

疑問代詞が目的語となった場合、漢代以前には原則として動詞・前置詞に前置される。

①吾何執。執レ御乎、執レ射乎。〔吾何をか執《と》らん。御《ぎょ》を執らんか、射《しゃ》を執らんか：私は何をしようか。御者をやろうか、弓矢をとろうか〕（『論語』「子罕」）

②何以能育。〔何を以て能《よ》く育《いく》せん：（先祖を欺く非礼なかたちで夫婦となっても）どうして（子

孫を）生み育てることなどできようか」（『左伝』「隠公八年」）

　動詞目的語が前置される場合、どこまで前移されるのかは複雑な問題である。述語部分が複雑であり、動詞の前に助動詞や否定副詞があっても、漢代以前には目的語はその前まで移動するのが原則である（③④、ただし前漢では「助動詞＋前置目的語＋動詞」となる）。また動詞の前に「以／用＋目的語」という前置詞句があった場合も、動詞目的語はその前にまで移動する（⑤）。

③臣実不才、又誰敢怨。〔臣実《しんじつ》に不才《ふさい》なり、又《ま》た誰をか敢《あ》えて怨《うら》みん：私は全くの不才でして、いったい誰を怨んだりできましょうか〕（『左伝』「成公三年」）

④誰不レ如。〔誰にか如《し》かざらん：（林不狃が言った）「私が誰に及ばないというのか」〕（『左伝』「哀公十一年」）

⑤子何以二其志一為哉。〔子何ぞ其の志を以て為さんや：お前は人の（行いの）動機ばかり論じてどうするのか〕（『孟子』「滕文公下」）

　なお、動詞目的語が長い語句を越えて前置された場合（⑤）、訓読文では連用修飾語に読まれることが多い。

　疑問代詞が目的語となっても、動詞や前置詞が特殊なものであれば、前置されない。判断動詞「為」「是」（⑥）、動詞「云」（⑦）、前置詞「於」「于」などである（⑧）。この他、二重目的語の第二目的語も前置されないため、「（Xを）どうするか」という意味の「如（＋X）何」（疑問代詞の項を参照）、「（Xを）何というか」という意味の「謂（＋X）何」の第二目的語「何」も前置されない（⑨）。

⑥夫執レ輿者為レ誰。〔夫《か》の輿《よ》を執《と》る者は誰と為《な》す：あの馬車の手綱を執っているのは誰です〕（『論

語』「微子」）

⑦子夏云レ何〔子夏は何と云える：子夏は何と言ったか〕（『論語』「子張」）

⑧盗窃之行、於レ誰責而可乎。〔盗窃の行い、誰に於いて責めて可ならんや：窃盗という行いについては、誰に対して責めるべきであろうか〕（『荘子』「則陽」）

⑨子謂レ何。〔子何をか謂える：あなたは（優施に）何と言ったのですか〕（『国語』「晋語二」）

なお、後漢以降においては、動詞・前置詞の種類に拘わらず、疑問代詞目的語は前置されない用例が増える。とりわけ「誰」や二音節（二字）の疑問代詞は目的語となっても前置されなくなる。

(二) 疑問代詞が修飾する目的語の前置

「疑問代詞＋名詞」のように疑問代詞が修飾する語句が目的語となった場合も、漢代以前は原則として動詞・前置詞に前置される（⑩⑪）。動詞と前置目的語との間には「之」（時に「是」）が置かれることが多い。

⑩君子居、何陋之有。〔君子居《お》らば、何の陋《いや》しきことかこれ有らん：君子がそこに住めば、どうして下品なことがあろうか〕（『論語』「子罕」）

なお、この形式は多く反語的疑問を表す。純粋な疑問を表す場合、動詞（「有」などが想定される）が省略されて、「何＋名詞」を述語とする形式が用いられる（⑪、ただしこの形式で反語を表すことも皆無ではない）。

⑪雖レ怨二季孫一、魯国何罪。〔季孫を怨むと雖も、魯国何の罪かあらん：季孫を恨んでみても魯国には何の罪があろうか〕（『左伝』「昭公元年」）

(三) 否定文における代詞目的語の前置

漢代以前において、動詞が否定副詞に修飾され（或いは否定代詞が動詞の主語となり）、なおかつ動詞の目的語が代詞である場合、その代詞目的語は前置されることがある（⑫、ただし前置されないこともある）。とりわけ否定副詞「未」、否定代詞「莫」が使われた場合、動詞の代詞目的語は前置されることが多い（⑬）。

⑫不㆑患㆓人之不㆒己知㆒、患㆑不㆑知㆑人也。〔人の己を知らざるを患えず、人を知らざるを患う：人が自分を理解してくれないのは気にかけない。人を理解していないのを気にかけるだけだ〕（『論語』「学而」）

⑬故曰何道之近、而莫㆓之与能服㆒也。〔故に曰く、何ぞ道の近きなるに、之と与《とも》に能く服する莫きやと：だから、どうして道は近くにあるのに、それと共にあって（それに）従うことができるものはいないのか、と言うのだ〕（『管子』「白心」）

（四）その他の目的語前置

先述した（一）～（三）の条件以外にも、目的語が前置されることがある。（ア）指示代詞「是」が目的語となった場合（⑭）、（イ）強調のために目的語を前置したことを明示する「之」「是」などがつけられた場合（⑮）などである。なお、後者の場合、目的語の前にしばしば「惟」「唯」などが置かれる（⑮）。

⑭敏而好㆑学、不㆑恥㆓下問㆒、是以謂㆓之文㆒也。〔敏にして学《がく》を好み、下問《かもん》を恥じず、是《ここ》を以て之を文と謂うなり：聡明で学を好み、下の者にたずねるのを恥としなかった。そのために彼を『文』と呼ぶのだ〕（『論語』「公冶長」）＊一般に「是以」の「是」は「ここ」と読む。

⑮父母、唯其疾之憂。〔父母は、唯だ其の疾《やまい》をこれ憂う：父母にはただ子供の病気のことだけを

心配させるようにしなさい」（『論語』「為政」）

第四節　特殊語順（二）―目的語前置以外の特殊語順

目的語前置の他、次のような特殊語順が存在する。

（一）感嘆文における述語の前置

述語を主語の前まで移動することで、感歎の語気を明示することもある。

①直哉、史魚。邦有レ道如レ矢、邦無レ道如レ矢。〔直《ちょく》なるかな、史魚《しぎょ》。邦に道有れば矢の如く、邦に道無きも矢の如し：真っ直ぐなことだな、史魚は。国に道があるときも矢のよう（に真っ直ぐ）であるし、国に道が無いときも矢のよう（に真っ直ぐ）だ〕（『論語』「衛霊公」）

（二）疑問代詞述語の前置

疑問代詞が述語である場合に、主語の前に前置されることがある。

②何哉、爾所謂達者。〔何《なん》ぞや、爾が所謂達《いわゆるたつ》とは：どのようなことかな。お前の言う「達」とは〕（『論語』「顔淵」）

第五節　受動表現形式

受動表現とは、意味上、他動詞の目的語にあたるものが主語となり、その主語が他動詞の表す行為を「受ける」意味を表す現象を指す。主要なものに以下の（一）～（五）の形式がある。なお、これら以外にも、第六章で述べたように、助動詞「可」「難」等が付加された場合も、その主語は意味上、他動詞の行為の受け手に相当することが多いが、これらの助動詞は「～できる」「～し難い」といった意味を表すことに重点があるため、受動表現の形式とはみなさない。

（二）無標の受動表現形式

無標の受動表現形式とは、形式上、受動であることを示す標識を欠くにも拘わらず、受動の意味を表す形式である。次例のようなものは、特に受動であることを示す標識がないが、受動的意味を表している。例えば①の「斬」は行為の受け手である「殺されるもの」が主語となった自動詞用法の例であるが、他動詞用法にも用いられ、その場合は「殺されるもの」を目的語にとる。①②のような用例は、動詞の性質そのものによって受動表現となっているのである。「斬」のような動詞は、他動詞用法と自動詞用法との双方を備え、自動詞用法の場合、その主語が意味上、他動詞の目的語に相当するのであり、自動詞用法の際には、意味上、行為の受け手を主語にした受動文のようになる。「殺」「辱」「伐」「囚」「幸」をはじめとして少なからぬ動詞がこの類に属する。訓読文では、動詞に「ル」「ラル」を読み添える。

①信方斬、曰〔信方《しんまさ》に斬られんとして、曰わく：韓信はまさに殺されようとする時に言った〕（『史記』「淮陰侯列伝」）

②有レ功亦誅、無レ功亦誅。〔功有るも亦た誅せられ、功無きも亦た誅せらる：（あなたは）功績があっても誅罰を受け、功績が無くても誅罰を受けるでしょう〕（『史記』「項羽本紀」）

それ以外に、修辞的な要因により無標の受動文が構成される場合もある。③の「侵」は「斬」類の動詞ではないが、後ろの句との対応によって主語が行為の受け手となっている。

③則人主日侵而人臣日得。〔則《すなわ》ち人主《じんしゅ》日《ひ》に侵《おか》されて、人臣《じんしん》日に得《う》：（臣下が君主に阿《おもね》れば、君主が臣下の過ちを責めることができなくなり）君主（の力）は日々侵されて、臣下が日々（力を）得て

いくことになる」（『呂氏春秋』「審分覧」「君守」）

（二）前置詞「於」型：「他動詞＋於＋〈仕手〉」

「他動詞＋於＋〈仕手〉」のように他動詞の後に「於」前置詞句を置くことによって受動を表す場合がある（④）。第5章で述べたように、前置詞「於」（「于」）は多機能的であり、様々な意味関係の名詞を導くことがある。行為の仕手を導く用法は、行為の起点を導く用法（「〜から」）が拡張されたものと考えることができる。訓読文では、仕手たる前置詞目的語に「ニ」を補読し、動詞に「ル」「ラル」を読み添える。前置詞「乎」もこの用法に使われることがある（⑤）。

④夫惟無レ慮而易レ敵者、必擒二於人一。〔夫《そ》れ惟《た》だ慮《おもんぱかり》なくして敵を易《あなど》る者は、必ず人に擒《とりこ》にせらる：そもそも何の考えもなく敵をあなどるだけの者は、必ず敵人に捕えられるだろう〕（『孫子』「行軍篇」）

⑤不レ信二乎朋友一、不レ獲二乎上一。〔朋友に信ぜられずんば、上に獲られず：友人に信用されなければ、上位の者からも信用されない〕（『礼記』「中庸」）

（三）助動詞「見」型：「見＋他動詞」

「見」型の「見」は、知覚動詞に由来する助動詞だと考えられる。そのためであろうか、助動詞「見」の主語は原則として人など有情物に限られる（⑥⑦）。また「見＋他動詞」の形式をとり、「見」がその後ろに直接、動詞句を伴うため、この形式だけでは行為の仕手を明示することができない。文中に仕手を導く場合、「於」型を併用することになる（⑦）。訓読文では、「見」自体を「る」「らる」と助動詞に読む。

⑥厚者為レ戮、薄者見レ疑。〔厚き者は戮《りく》せられ、薄き者は疑わる：ひどい場合は刑に処せられ、軽

い場合でも疑われる〕（『韓非子』「説難」）

⑦吾長見レ笑二於大方之家一。〔吾長く大方《たいほう》の家《いえ》に笑われん：私は長らく大道を理解した人々から笑われたことでしょう〕（『荘子』「秋水」）

（四）「為」型：「為＋（〈仕手〉＋）（所＋）他動詞」

動詞「為」が、「〈仕手〉＋他動詞」或いは「〈仕手〉＋所＋他動詞」（＝「所」構造）を目的語としてとった形式だと考えられる（⑧⑨、ただし「為」は漢代以降、前置詞化する）。なお行為の仕手が省略されることもあり、「為＋〈仕手〉＋之＋所＋他動詞」という「之」が挿入された形式をとることもある。訓読文では、「為」を「（…ト）なル」と動詞に読む（「所」がない場合、「為」を「る」「らル」と読むことも）。

⑧兎不レ可二復得一、而身為二宋国笑一。〔兎は復た得《う》可からずして、身は宋国の笑いと為れり：兎は二度とは得られず、その人は宋の人たちに笑われることとなった〕（『韓非子』「五蠹」）

⑨吾聞先即制レ人、後則為二人所レ制。〔吾聞く、先んずれば即ち人を制し、後るれば則ち人の制する所と為ると：私は、先手を打てば人を制し、後手に回れば人に制せられると聞いている〕（『史記』「項羽本紀」）

（五）「被」型：「被＋（〈仕手〉＋）他動詞」

「被」は元来「蒙る」意味の動詞であり、後ろに他の動詞を目的語として伴うことがあった。ここから「行為を被る」という受動に繋がる用法が生じて、後漢以降に行為の仕手が後ろに置かれるようになり、受動文を構成するようになった（⑩）。訓読文では、「被」自体を「る」「らル」と日本語の助動詞に読む。

⑩亮子被二蘇峻害一、改適二江虨一。〔亮《りょう》の子蘇峻《そんしゅん》に害《がい》せらるるや、改めて江虨《こうひん》に適《とつ》ぐ：庾亮の子が蘇峻に殺されると（彼に嫁いでいた諸葛恢《かい》の長女は）改めて江虨に嫁いだ〕（『世説新語』「方正」）

第六節　数量表現

本節では事物や行為の「数量」を表現する形式を整理しておく。数量の表現形式には、大別して「数量」を名詞句・動詞句に対する修飾語として前置する方法と、述語や補語として後置する方法とがある。本節では、まず数量を表す語句の基礎となる「数」自体の表現に関して注意を要する点を述べ、その後、数量表現の概要を解説する。

（一）注意すべき「数」の表現

○位数を含む数の表現

「十」「百」「千」といった位数を含む数を表す場合、当該の位数とそれ以下の数の間に「有」（或いは「又」）が挿入されることがある。

①吾十有五而志二乎学一。〔吾十有《ゆう》五にして学に志す：私は十五歳で学問を志した〕（『論語』「為政」）

○分数の表現

「分母＋之／分＋分子」という表現が基本である（②の「五之一」「九之一」）。その他、分母部分自体が「数詞＋名詞」「数詞＋分＋名詞」からなる表現も用いられるが（②の「参国」）、これは「名詞を数詞の数に分割した（うちの）」という意味になる。さらに、分母が位数の場合、単に「分母＋分子」で表現されることもある（③、なお「什」は「十」の別表記）

②大都不レ過二参レ国之一一、中五之一、小九之一一。〔大都《たいと》は国《くに》を参《さん》にするの一《いつ》、中《ちゅう》は五の一、小《しょう》は

九の一を過《す》ぎず：（地方の城邑で）大きな城邑は本国の三分の一を越えず、中程度のものは五分の一小さいものは九分の一を越えません」（『左伝』「隠公元年」）

③会二天寒一、士卒堕レ指者什二三。〔天寒《てんさむ》きに会《あ》い、士卒《しそつ》の指を堕《おと》す者、什《じゅう》に二三《にさん》：寒い時期だったので、（凍傷で）指を失ったものは十人中二三人いた」（『史記』「高祖本紀」）

○倍数の表現

動詞「倍」（二倍にする）を用い、二倍以上の場合、その前に数詞をつけて表現する（④）。「蓰《し》」（五倍にする）や「什」（十倍にする）のような表現もある（⑤）。

④田肥以易則出レ実百倍。〔田肥えて以て易《おさ》まれば、則ち実を出だすこと百倍す：田が肥えて、よく手入れされれば、収穫は百倍になる」（『荀子』「富国」）

⑤夫物之不レ斉、物之情也。或相倍蓰、或相什百、或相千万。〔夫《そ》れ物《もの》の斉《ひと》しからざるは、物の情《じょう》なり。或《あるい》は相倍蓰《あいばいし》し、或は相什百《じゅうひゃく》し、或は相千万《せんばん》す：そもそも物が同じでないというのは、物の道理である。あるときは二倍、五倍、あるときは十倍、百倍、ある時は千倍、万倍（の違い）になる」（『孟子』「滕文公上」）

○概数の表現

近接する数詞を並べて表現することが多い（⑥）。さらに、数詞の後に「許」（ばかり）・「所」（ばかり）・「余」（あまり）などを付加するか（⑦）、数詞の前に「可」（ばかり）・「且」（まさニ…ナラントス）などをつけて表現することもある（⑧）。

⑥冠者五六人、童子六七人。〔冠者五六人《かんしゃごろくにん》、童子六七人《どうしろくしちにん》：冠をつけた者（＝大人）五六人、子供六七人」（『論語』「先進」）

⑦臨レ去、都下人因附二百許函書一。〔去るに臨み、都下《とか》の人、因りて百許《ばか》りの函書を附す：（殷洪喬が赴任に伴い都を）離れる際、都の人々は彼に百通ほどの手紙をことづけた〕（『世説新語』「任誕」）

⑧大宛在二匈奴西南一、在二漢正西一、去レ漢可二万里一。〔大宛《だいえん》は匈奴の西南に在り、漢の正西に在り、漢を去ること万里可《ばか》り：大宛は匈奴の西南にあり、漢の真西にあります。漢からは一万里ほど離れています〕（『史記』「大宛列伝」）

（二）数量の表現

○名量表現（事物の数量表現）

個体として存在する事物の数量は、名詞句に数詞を修飾語として前置するか（⑨、訓読文では「ノ」を補読）、数詞或いは「数詞＋量詞」を述語として名詞句に後置するのが基本である（⑩）。後者の方が数量を強調した言い方である。また名詞が不可算の事物である場合、個体の事物を何らかのまとまりを設定して数える場合には、必ず数詞と名詞の間に量詞（単位詞）をおく（⑪）。このとき、「数詞＋量詞＋之＋名詞」の形式が用いられることもある。また、個体を数えるのではなく、個体の性質を数量で表現する場合もあるが、このときには数量は必ず名詞に前置される（⑫）。

⑨会有二一道士一在レ門。〔会《たま》たま一道士の門に在《あ》る有り：ある日、一人の道士が家の門のあたりにいた〕（『聊斎志異』「青娥」）

⑩景公有二男子五人一。〔景公男子五人有り：景公に息子が五人いた〕（『晏子春秋』「諫上」）

⑪賢哉、回也。一簞食、一瓢飲。在二陋巷一。〔賢《けん》なるかな回《かい》や。一簞《いったん》の食《し》、一瓢《いっぴょう》の飲《いん》、陋巷《ろうこう》に在《あ》り：立派なものだなあ、回は。竹のわりご一杯だけの食事に、瓢《ひさご》一杯分の飲み物で、狭苦しい路地の小屋に暮らしている〕（『論語』「雍也」）

⑫百里之国、足二以独立一矣。〔百里の国、以て独立するに足るなり：百里ほどの小国でも独立していくことができるのである〕（『荀子』「富国」）

　魏晋期以前は、前述のように個体の数量は、量詞を使わずに数詞だけで表現するのが原則である。ただし人を数える「人」や「馬」を数える「匹」などの量詞は用いられることがあった（⑬）。魏晋期以降は、他の個体名詞も量詞を使って数えることがしだいに増加し、「枚」「個」「条」「片」など様々な量詞が使われるようになる（⑭）。

⑬烏孫多レ馬、其富人至レ有二四五千匹馬一。〔烏孫は馬多く、其の富人は四五千匹の馬有るに至る：烏孫は馬が多くあり、富裕な人は四五千匹もの馬を所有していた〕（『史記』「大宛列伝」）

⑭因下二玉鏡台一枚一、姑大喜。〔因《よ》りて玉《ぎょく》の鏡台一枚《きょうだいいちまい》を下《くだ》せば、姑《おば》大いに喜ぶ：そこで玉の鏡台を一つ送ると、おばは大変喜んだ〕（『世説新語』「假譎」）

○動量表現（行為・変化の数量）

　行為・変化を数える場合、一般には数詞を連用修飾語として動詞に前置する形式がとられる（⑮）。動詞句を主語とし、数詞を述語として動詞句に後置する表現もあるが、これは動作量がより強調された表現である（⑯）。訓読文では、一般に数詞に「タビ」を読み添える。

⑮斉侯免、求二丑父一、三入三出。〔斉侯免れ、丑父《ちゅうほ》を求めて、三《み》たび入り三《み》たび出《い》づ：斉侯は免れたが、（自分の身代わりとなった）丑父をとりかえそうとして、（晋の陣地に）三たび突入し、三たび出てきた〕（『左伝』「成公二年」）

⑯挙二所レ佩玉玦一以示レ之者三。〔佩《お》ぶる所の玉玦《ぎょくけつ》を挙げて之に示すこと三《み》たび：三度も身に佩びていた玉玦（＝腰に下げる玉の飾り物）を挙げて彼（＝項王）に示した〕（『史記』「項羽本紀」）

なお南北朝以降になると、動作量を数える量詞（動量詞）も使われるようになり、動量補語として動詞に後置される表現が次第に増加する。動量詞には「下」「次」「過」「番」「遍」「通」「出」等がある。

⑰今日与㆓謝孝㆒劇談一出来。〔今日《こんにち》、謝孝と劇談一出《げきだんいっしゅつ》して来たる：今日は謝孝と一回激論してからここに来た〕（『世説新語』「文学」）

【5章～8章】参考文献

・太田辰夫（一九五八）『中国語歴史文法』、東京：江南書院
・太田辰夫（一九六四）『古典中国語文法』、（出版地不明）大安、（一九八六）『古典中国語文法』（改定版）、東京：汲古書院
・太田辰夫（一九八八）『中国語史通考』、東京：白帝社
・大西克也（一九八八）上古中国語の否定詞「弗」「不」の使い分けについて―批判説の再検討―、『日本中国学会報』四〇
・小方伴子（一九九七）古漢語研究における使動用法の扱いについて、『開篇』一六
・魏培泉（二〇〇四）『漢魏南北朝称代詞研究』（『語言暨語言學』専刊甲種之六）、台北：中央研究院語言學研究所
・古田島洋介（二〇一二）『これならわかる漢文の送り仮名―入門から応用まで―』、東京：新典社
・佐藤進・濱口富士雄（編）（二〇一六）『全訳　漢辞海』（第四版）、東京：三省堂
・戸内俊介（二〇一八）『先秦の機能語の史的発展―上古中国語文法化研究序説―』、東京：研文出版
・松江崇（二〇一〇）『古漢語疑問賓語詞序變化機制研究』東京：好文出版
・松江崇（二〇〇五）上古漢語における人称代詞の「格屈折」をめぐって、『饕餮』一三
・松江崇（二〇一三）上古中期漢語の否定文における代詞目的語前置現象の生起条件、『木村英樹教授還暦記念・中国語文法論叢』、東京：白帝社
・山田大輔（二〇一六）上古漢語のテクストにおける〈逆順提示〉を担う形式の変遷について――文末の「矣」と時間副詞「已」を中心に、『中国語学』二六三

9　思想書講読（一）墨子の言語論理学

近藤浩之

『墨子』小取篇

《解説》

墨子《ぼくし》は、魯《ろ》の人（あるいは宋の人）で、本名は墨翟《ぼくてき》。墨子のことは、先秦の文献では『孟子』滕《とう》文公《ぶんこう》下篇に初めて見えて墨氏および墨翟《ぼくてき》と称される。孔子の語録である『論語』には見えないので、生卒年は不明だが、おそらく孔子（前五五一～四七九）の後、孟子（前三九〇ころ～三〇五）の前に活躍した人物であろう。具体的には、『墨子』貴義《きぎ》篇に見える楚《そ》の献恵《けんけい》王に会見を断られた（前四三九と推定される）事と、魯問《ろもん》篇に見える魯陽《ろよう》の文君に鄭《てい》攻撃中止を求めた（前三九四か前三九三と推定される）事とをその上限と下限とする約五十年間が活躍時期である（浅野裕一『墨子』、講談社学術文庫、一九九八年を参照）。なお、墨翟について『史記』には孟子荀卿《じゅんけい》列伝の最後に「蓋《けだ》し墨翟は宋の大夫、守禦《しゅぎょ》を善くし、節用を為す、或いは曰く、孔子の時と竝《なら》ぶと、或いは曰く、其の後に在りと」とわずか二十四字の言及があるだけ。

『墨子』七十一篇は、墨翟とその後継者、墨家集団の思想を伝える著述であるが、現在、うち五十三篇が伝存しており、他は篇名のみある。墨子の中心的な思想は第八～三十七篇に見える十論と呼ばれる主張である。尚賢・尚同・兼愛・非攻・節用・節葬・天志・明鬼・非楽・非命という十種の政治政策に関するスローガンを提唱する。

それ以外に特に、第四十「経上」、第四十一「経下」、第四十二「経説上」、第四十三「経説下」、第四十四「大取」、第四十五「小取」の六篇は墨辯《ぼくべん》とよばれ、主として論理学を説き、墨子の弟子たちが戦国期を通じて発展させたものと考えられる。

その中でも小取篇は、整然とした構成で、最初に、「辯」とは何かその定義と技術を概論し、次に、言説の論理形式を五つの類型、①「是而然」型、②「是而不然」型、③「不是而然」型、④「一周而一不周」型、⑤「一是而一非」型に分類して示し、そして次に、その類型ごとに具体的な論理叙述および命題論証を試みる、という内容である。ここでは以下、五類型の分類を示している箇所と、③「不是而然」型の具体的な論述を行っている箇所を取り上げて検討してみよう。『墨子』の原文は、原則として呉毓江《ごいくこう》『墨子校注』（西南師範大学出版社、一九九二年）に據《よ》る。

《論理形式の五類型》

《本文》

夫物或乃「是而然」、或「是而不レ然」、或「不レ是而然」、或「一周而一不レ周」、或「一是而一非」也。不レ可二常用一也。故言多レ方、殊レ類異レ故、則不レ可二偏観一也。

夫《そ》れ物、或いは乃《すなは》ち「是《ぜ》にして然《しか》り」、或いは「是《ぜ》にして然《しか》らず」、或いは「是《ぜ》ならずして然《しか》り」、或いは「一は周《あまね》くして一は周《あまね》からず」、或いは「一は是《ぜ》にして一は非《ひ》」なり。常には用ふべからざるなり。故に言は方多く、類を殊《こと》にし故《こ》を異《こと》にすれば、則《すなは》ち偏り観《み》るべからざるなり。

そもそも物事（の論理形式）には、あるいは「（前文が）肯定文で（後文も）肯定文である」もの、あるいは「（前文が）肯定文で（後文が）否定文である」もの、あるいは「（前文が）否定文で（後文が）肯定文である」もの、あるいは「一方はすべてだが一方はすべてではない」もの、あるいは「一方は正しいが一方は正しくない」もの（という五つの類型）がある。その一つだけがいつでも有用なのではない。そういうわけで、言説の類型は多岐にわたり、枠組みも異なり論拠も異なるのだから、どれか一つだけに偏って考えてはいけないのである。

〔文法・語句の説明〕

「夫」＝〔それ：そもそも〕文の初めに置いて議論の話題を提示する。

「是」＝〔ぜナリ：ただしい〕「非」〔ひナリ：ただしくない、まちがい〕と対になり、もと正しい、正しくないという是非判断を表すことばだが、この小取篇の論述では「是」が肯定を、「非」が否定を表している。

「然」＝〔しかリ：そうである、そのとおり、ただしい〕もと同意や肯定的な回答を示すことばだが、ここでは「然」（しかり）が肯定を、「不㆑然」（しからず）が否定を表している。

「常」＝〔つねニ：いつも、どんな場合でも〕「不㆑可常」は部分否定（つねにというわけではない）。「常不㆑可」は全否定（つねにしてはいけない）。ただし、ここの「不㆑可㆓常用㆒」は「常用すべからず」と読んだ方がわかりやすい。五類型に、いつでもどんな場合でも適用できる万能の類型はない、という意味である。似た部分否定の表現として『墨子』経下篇に「五行毋常勝」（五行に常勝毋《な》し）とあるが、火に水が、水に土が、土に木が、木に金が、金に火が勝つように五行に、その一つがいつでも勝つような万能なものは存在しないという意味である。

[内容の説明]

「（前文が）肯定文で（後文も）肯定文である」ものとは、例えば「白馬は馬なり。白馬に乗るは馬に乗るなり。」のように、前文の肯定判断の主部と述部とに「乗る」を加えてできる後文も肯定判断になる類型である。「A、B也。f㆑A、f㆑B也。」と形式化できる。

「（前文が）肯定文で（後文が）否定文である」ものとは、例えば「車は木なり。車に乗るは木に乗るに非ざるなり。」（車は木でできている。しかし、車に乗るのは木に乗ることではない。）のように、前文の肯定判断の主部と述部とに「乗る」を加えてできる後文が否定判断になる類型である。「A、B也。f㆑A、非㆑f㆑B也。」と形式化できる。特にこの類型では、Aに「盗（人）」、Bに「人」を入れて、fに「多」「無」「悪多」「欲無」等を代入しながら最終的にfに「殺」を代入した「盗人は人なりと雖も、盗人を殺すは人を殺すに非ざるなり」という命題を論証する。ただし、後に『荀子』正名篇で「盗を殺すは人を殺すに非ずとは、此れ名を用ふることに惑ひて以て名を乱る者なり」（盗賊を殺すのは人を殺すことではないというのは、名づけ方を誤って、適正な名の秩序を乱すものだ）と批判される。

「（前文が）否定文で（後文が）肯定文である」ものについては、後述する。

「一方はすべてだが一方はすべてではない」ものとは、例えば馬に乗ったことがあるというのはすべての馬に乗る必要はないが、馬に乗ったことがないというのはすべての馬に乗らないことが必要であるというように、一方の判断は概念の外延をすべて尽くさなくてよいが、一方の判断はすべて尽くす必要がある類型である。

「一方は正しいが一方は正しくない」ものとは、「人の病《やまい》を問《と》ふは人を問ふなり。人の病を悪《にく》むは人を悪むに非ざるなり。」（人の病気を見舞うのは人を見舞うことである。しかし、人の病気を憎むのは人を憎むことではない。）のように、同じ文構造なのに、（「問ふ」か「悪む」か）動詞によって、一方は正しい（肯定文になる）が、一方は正しくない（否定文になる）類型である。

《「不是而然」型の論述》

《本文》

且夫読レ書、非レ書也。好レ読レ書、好レ書也。且闘レ鶏、非レ鶏也。好レ闘レ鶏、好レ鶏也。

a且レ入レ井、非レ入レ井也。止レ且レ入レ井、止レ入レ井也。且レ出レ門、非レ出レ門也。止レ且レ出レ門、止レ出レ門也。

若若レ是、**b**且レ夭、非レ夭也。寿レ且レ夭、寿レ夭也。執レ有レ命、非レ命也。非レ執レ有レ命、非レ命也。無レ難矣。**b**此与レ**a**彼同類。世有レ**a**彼而不二自非一也、墨者有レ**b**此而非レ之。無二也〈他〉故一焉。所謂内膠外閉与、心毋レ空乎。内膠而不解也。此乃**「不是而然」**者也。

且《か》つ夫《そ》れ書を読《よ》むは、書に非《あら》ざるなり。書を読むを好むは、書を好むなり。且《か》つ鶏を闘《たたか》はすは、鶏に非ざるなり。鶏を闘はすを好むは、鶏を好むなり。且《まさ》に井に入《い》らんとするは、井に入るに非ざるなり。且《まさ》に井に入《い》らんとするを止《とど》むるは、井に入《い》るを止むるなり。且《まさ》に門を出《い》でんとするは、門を出《い》づるに非《あら》ざるなり。且《まさ》に門を出《い》でんとするを止むるは、門を出《い》づるを止むるなり。

若《も》し是《かく》の若《ごと》ければ、〔則ち〕且《まさ》に夭《よう》せんとするは、夭《よう》するに非《あら》ざるなり。且《まさ》に夭《よう》せんとするを寿《じゅ》するは、夭《よう》するを寿《じゅ》するなり。命有るを執《と》るは、命に非《あら》ざるなり。命有るを執《と》るを非《ひ》とするは、命を非《ひ》とするなり。

難《かた》きこと無きなり。此と彼と同類なり。世彼有りて自《みずか》ら非《ひ》とせざるなり、墨者此有りてこれを非《ひ》とす。

也〈他《ほか》〉の故《ゆゑ》無きなり。所謂内に膠《にかわ》して外に閉づるか、心に空毋《な》きか。内に膠《にかわ》して解《と》かざればなり。

此れ乃ち**「是ならずして然る」**者なり。

さてそもそも、本を読むことは、本そのものではない。（しかし）本を読むのが好きなのは、本が好きということである。さらに、闘鶏（鶏を闘わせる競技）は、鶏そのものではない。（しかし）闘鶏が好きなのは、鶏が好きということである。井戸に落ちそうであるのは、井戸に落ちたことではない。（しかし）井戸に落ちそうであるのを止めるのは、井戸に落ちるのを止めることである。門を出ようとするのは、門を出たことではない。（しかし）門を出ようとするのを止めるのは、門を出るのを止めることである。

もしもそうであるならば、将来若死にするだろうというのは、若死にしたことではない。（しかし）将来若死にするだろうというのを長生きさせる（止める）ことは、若死にするのを止めることである。宿命が有ると主張するのは、宿命（が有ること）ではない。宿命が有ると主張するのを否定することは、宿命（が有ること）を否定することである。

何も難しいことは無い。此（こっちの言説）と彼（あっちの言説）と同類である。世間の人々は、彼の言説が有ってもそれを自分で否定しないが、墨者が此の言説を述べることが有るとそれを否定する。それは他でもない。いわゆる心が膠《にかわ》でかためたようにこり固まって外に閉ざしているというものではないか。心に（他者の意見を入れる）寛大さがないのか。心がこり固まってほぐれないからである（頭が固いのである）。

以上のようなのが、**「是ならずして然る」**（前文が否定文で、後文が肯定文である）型である。

［文法・語句の説明］

「且夫」＝〔かツそレ：さて、そもそも〕「且」も「夫」も、文頭において議論の話題を起こす語気をそえる。

「且」＝〔かツ：その上さらに、かつまた〕累加を表す。

「且」＝〔まさニ…セントス：いまにも…しそうである、…しようとしている〕再読文字として読み、近い将来に行われることを表す。

「入レ井」＝井戸に落ちる。『孟子』公孫丑上篇に「今、人乍《たちま》ち孺子《じゅし》将《まさ》に井に入らんとするを見れば」（今もし突然に、子供が井戸に落ちそうになっているのを見たならば）とある。

「若」＝〔もシ：もし…であれば〕条件節の動詞の前において、仮定の条件を表す。主節の「則」と呼応することが多い。

「若レ是」＝〔かくノごとシ：このようである〕

「夭」＝〔ようス：若くして死ぬ、夭折する〕「寿」はその対義語で「長生きする」こと。ただし、ここの「寿」は、夭する（若死にする）ことを〈止める〉、夭折するのを〈救う〉という意味なので、「寿する」（長生きさせる）と動詞で読むべきである。

「執レ有レ命」＝〔めい・あルヲ・とル：宿命が有るという考えを固持する、宿命の存在を主張する〕「有命」は、文字通り命が有ること、すなわち、宿命が存在するということ。「執」は、固執すること、ある主張を固持すること。

「此」＝これ。近い方の言説（**b**波線部）を指す。逆に「彼」（かれ）は、遠い方の言説（**a**傍線部）を指す。

〔内容の説明〕

最初の「読レ書、非レ書也。好レ読レ書、好レ書也。」については、古代漢語として形式化するならば、**「fレA、非A也、好レfレA、好レA也」（fは動詞）**である（好レ闘レ鶏も同じ論理形式）。

次の「且レ入レ井、非レ入レ井也。止レ且レ入レ井、止レ入レ井也。」も、古代漢語として形式化すれば、**「且レB、非レB也、gレ且レB、gレB也」（gは動詞）**である。そして、これと同じ文構造の形式だから、「若《も》し是《かく》の若《ごと》ければ、〔則ち〕」以下では「且レ夭、非レ夭也、寿レ且レ夭、寿レ夭也」（B＝夭、g＝寿）と言える。そして、さらに「執レ有レ命、非レ命也、非レ執レ有レ命、非レ命也」と言えるのである。

「執レ有レ命、非[1]レ命也、非[2]レ執レ有レ命、非[2]レ命也」は、実は**「且レB、非レB也、gレ且レB、gレB也」**形式の更なる一般化であり、「且レX、非[1]レX也、非[2]レ且レX、非[2]レX也」（Xはあらゆる宿命論的「有レ命」）のことである。ただし、文構造の形式は厳格に守られており、「非[1]」は副詞（〜にあらず）であるが、「非[2]」は動詞gの一般化で、非とする・否定する意味の動詞であることに注意。墨者にとっては、「執レ有レ命」＝「且レX」（Xはあらゆる宿命論的「有レ命」）なのであり、それを否定することこそが墨家の重要な主張の一つである「非命」（運命の存在を否定する）にほかならない。

具体的には、次のように説明できる。例えば、『墨子』非命上篇に次のように云う。

執レ有レ命者言曰、「命富則富、命貧則貧、命衆則衆、命寡則寡、命治則治、命乱則乱、命寿則寿、命夭則夭。」……執レ有レ命者言曰、「上之所レ罰、命固且レ罰、不二暴故罰一也。上之所レ賞、命固且レ賞、非二賢故賞一也。」以レ此為レ君則不レ義、為レ臣則不レ忠、為レ父則不レ慈、為レ子則不レ孝、為レ兄則不レ良、為レ弟則不レ弟。而強レ執レ此者、此特凶言之所二自生一、而暴人之道也。

『墨子』では、もとよりそうなる宿命なのだという世の人々の言い方を「命固且レX（命固《もと》より且にXせんとす）」と表現する。この「且レ賞」「且レ罰」「且レ貧」「且レ富」「且レ寿」「且レ夭」……という「有レ命」（宿命が存在すること）を主張するのが「執レ有レ命者」である。したがって、「執レ有レ命、非レ命也」とは、「且レ賞、非レ賞也」「且レ罰、非レ罰也」……の意味であり、「非レ執レ有レ命、非レ命也」とは、「非二命固且一レ賞、非二命賞一也」「非二命固且一レ罰、非二命罰一也」……の意味である。

この論法は例えば、「且レ入レ井」を宿命とみなして説明するとわかりやすい。生まれた子が、「且レ入レ井」（＝井戸に落ちる宿命であると予言される）ことは、（まだ実際に）井戸に落ちたわけではない。そして、「止レ且レ入レ井」（＝井戸に落ちそうになった所を止めた）ならば、それは「止レ入レ井」（＝井戸に落ちることを止めた）ことになる。宿命とは将来必ずそうなるはずのことであるが、宿命として「井戸に落ちる」予定であった人がそうなろうとする所を「止める」すなわち「阻止」したならば、それは必ずそうなるはずの「井戸に落ちる」宿命を「阻止」したことになる。ということは、そもそも〈必ずそうなるはずの宿命〉など無いことになり、宿命の存在を否定すること＝「非命」になる。

要するに全体は一見ことば遊びのように見える、同様の文構造の形式の文（「読書」「闘鶏」の文・「入井」「出門」の文・「夭」「命」の文）を比《なら》べることによって、実際には大真面目に、墨家の十論のうちの「非命」の主張を、論理的に論証しているのである。おおよそ〈「読書」「闘鶏」の文・「入井」「出門」の文、（若若レ是）「夭」「命」の文〉という全体が一つの論証であり、「読書」「闘鶏」の文・「入井」「出門」の文という妥当な前提を論拠として、「夭」「命」の文の結論を証明する形になっている。

「是ならずして然る」（前文が否定文で、後文が肯定文である）者とは、前文の否定判断の主部と述部とに「好む」や「止む」などの動詞を加えてできる後文が肯定判断になる類型である。

参考文献

〔墨子の論理学に関するもの〕
・加地伸行『中国人の論理学　諸子百家から毛沢東まで』中公新書、一九七七年
・加地伸行『中国論理学史研究』研文出版、一九八三年
・関口順「釋名辯—「名家」と「辯者」の間—」、『埼玉大学紀要』教養学部、第29巻、一九九三年、一八七〜一六九頁
・浅野裕一『古代中国の言語哲学』、岩波書店、二〇〇三年
〔墨子とその思想に関するもの〕
・本田済『墨子』人類の知的遺産6、講談社、一九七八年
・浅野裕一『墨子』講談社学術文庫、一九九八年
・金谷治『墨子』中公クラシックス、中央公論新社、二〇一八年

10 思想書講読（二） 荘子の斉物論と郭象の注

近藤浩之

『荘子』斉物論篇

《解説》

『史記』によれば、荘子は名を周といい、蒙《もう》の人で、梁《りょう》（魏《ぎ》）の恵王（前三七〇～三一九在位）や斉の宣王と同時代であったとされている。また楚の威王（前三三九～三二九在位）が荘周《そうしゅう》を宰相に召し抱えようとした話が伝わっているし、荘子の論敵である恵施《けいし》は、魏の恵王と襄王（前三一八～二九六在位）の宰相として仕えたので、荘子の主な活動時期もほぼ同様だろう（戦国時代中期）。

中国古代の諸子百家は、基本的に戦国の国家分立と対立を条件として生まれ、特に戦国中期においては、国家の分立状況を維持する立場で立論し、「辯《べん》」（是非の議論）を駆使した。例えば『孟子』滕文公《とうぶんこう》下篇には次のような話がある。《門人の公都子が（孟子に）たずねた。「世間の人たちはみな、先生をたいへん辯を好む（議論好き）と申していますが、どうしてなのでしょうか。」と。孟子が答えて言うには、「なにも辯（議論）が好きなのではないが、やむを得ず辯（議論）しているのです。……諸侯はわがまま放題で、在野の学者たちは勝手きままに無責任な議論をし、中でも楊朱《ようしゅ》や墨翟《ぼくてき》の言説が天下に満ちあふれ、天下の言論は楊朱の説に賛成しなければ、必ず墨翟の説に賛成するという有様です。……私は（このようなご時勢に黙ってはいられず）やむを得ず辯（議論）しているのです。言論によって楊朱・墨翟の邪説を排撃できる者こそが聖人の徒なのです。」と。》「辯」については、『墨子』経説下篇に「辯なる者は、或るものこれを是と謂《い》ひ、或るものこれを非と謂ひ、當なる者勝つなり。」とあるように、主張の正当な方が論争に勝利すると認識されていて、楊朱や墨翟をはじめ、孟軻《もうか》（孟子）・慎到《しんとう》・田駢《でんべん》・恵施《けいし》・公孫龍《こうそんりゅう》など、多くの思想家たちが相互に論争を挑み合っていた。

『荘子』天下篇に「桓団《かんだん》・公孫龍（前二八四～二五六頃）は辯者の徒にして、人の心を飾り、人の意を易《か》え、能《よ》く人の口に勝つも、人の心を服す能《あた》はず。辯者の囿《ゆう》なり。」とあるように「辯者」と評される公孫龍らは、いわば「辯」そのものを研究し、原理的技術的に「辯」に勝つことだけを追求した人々で、実際的常識的正しさから、抽象化された論理的形式的正しさへ偏執していき、口では論争に勝っても、心からの信服は得られないという限界を見せはじめる。これでは「辯」（論争）に勝っても、本当に是か非か分からない。そんな状況の中で、荘子とその後継者たちは、その著『荘子』の斉物論篇《せいぶつろんへん》において、是非の対立論争について考察を深める。そのわずかな一端を読んでみよう。そしてそれと併せて、晋の郭象《かくしょう》（二五二～三一二）の注も読んでみよう。

《『荘子』斉物論篇の本文―対立者同士が同類―》

《本文》

今且有レ「言二」於此一。

不レ知二其与レ是「類」乎、其与レ是「不レ類」乎一。
「類」与レ「不レ類」、相与為レ「類」、
則与レ彼無二以異一矣。

今且《も》し、ここに「言」有り。
其《そ》の是《これ》と「類する」か、其の是と「類せざる」かを知らず。
「類する」と「類せざる」と、相《とも》に「類」を為《な》せば、
則ち彼と以て異なる無し。

今かりに、ここにある「発言」（主張や言説）があったとしよう。其《そ》の発言が、是《こ》の発言と「類する」（同類）のか、「類しない」（同類でない）のか、どうであろうか。「類する」と「類しない」とは、どちらも共に「類」（同類）となるので、（是《こ》の発言と対立する）彼《かれ》の発言と異ならない（同じ）事になる。（つまり、どんな「発言」をしようとも対立する発言と同類になってしまう。）

〔文法・語句の説明〕
「且」＝〔もシ：もしも、かりに〕条件節において仮定を表す。「今且」は、「今仮に…だとして」という仮定を表している。
「不レ知」＝（…かどうか）分からない、の意。実際は、「（…かどうか）はたしてどうであろう

か」と疑問を呈する表現なので、「…は、どうであろうか」と疑問に訳す方が自然な口語訳になる場合がある。

「彼」＝『荘子』斉物論篇のここでは、「是」との対立者を指している。例えば前の文に、「彼出㆓於是㆒、是亦因㆑彼。「彼是方生」之説也。」（彼は是より出で、是も亦た彼に因る。「彼と是と方《なら》び生ずる」の説なり。）とある。

「与彼無以異」＝肯定文ならば「与㆑X以㆑Y異」（XとはYの点で異なる）という構文だが、それを「無」で否定して「与㆑X無㆓以異㆒」とすれば、Xとは何ら異なる点が無い、Xと同じである、という意味になる。なお「与㆑X無㆓以異㆒」は、「与」（と）ではなく「於」（に）を用いて「無㆔以異㆓於X㆒」とも表現できる。例えば『孟子』告子上篇に「白㆓馬之白㆒也、無㆕以異㆔於白㆓人之白㆒」（馬の白を白とすること、以て人の白を白とすることに異なる無し）、また（不㆑識…歟、どうだろうかと疑問を呈する構文の中に）「長㆓馬之長㆒也、無㆕以異㆔於長㆓人之長㆒」（馬の長を長とすること、以て人の長を長とすることに異なる無し）という表現が見える。

［内容の説明］

正直な所、当初この文章を読んだだけでは、荘子が何を言いたいのかよく理解できない。「類」と「不㆑類」とは同類となると言うが、何故そうなるのか皆目わからないという印象しかない。

ところが、郭象（字は子玄、晉の河内の人。『荘子』を三十三篇本に刪定《さんてい》し、注解を施し、そこに自分自身の哲学思想を表現している。）という学者が次に示すような注解を施している。

《郭象の注》

《本文》

今以レ言レ「無二是非一」、則不レ知下其与二言レ「有」者一類乎不レ類乎上。欲レ謂二之「類一」、則我以レ「無」為レ是、而彼以レ「無」為レ非、斯不レ類矣。然此雖二是非不一レ同、亦固未レ免三於「有二是非一」也、則与レ彼類矣。故曰、『「類」与レ「不レ類」又相与為レ「類」、則与レ彼無二以異一』也。

今、「是非《ぜひ》無し」と言ふを以てすれば、則ち、其の、「有り」と言ふ者と類するか類せざるかを知らず。これを「類す」と謂はんと欲すれば、則ち、我は「無し」を以て是《ぜ》と為し、而して彼は「無し」を以て非《ひ》と為せば、斯《すなは》ち類せざるなり。然るにこれ是非同じからずと雖も、亦た固より未だ「是非有る」を免れざれば、則ち彼と類するなり。故に曰く、「類する」と「類せざる」と、又た相与《とも》に「類」を為せば、則ち彼と以て異なる無しと。

今かりに、「（この世に）是《ぜ》（正しい）非《ひ》（正しくない）という区別は無い」と言う（主張する）とすれば、それは「（正しい・正しくないという区別が）有る」と主張する者と同類なのか同類でないのか、どうであろうか。

それを「同類だ」と結論づけようとするならば（こういう理屈である）、すなわち、（意見が対立する我と彼のうち）我が「是非は無い」ことを是（正しい）と主張し、彼が「是非は無い」ことを非（正しくない）と主張しているので、すなわち（彼と我とは）同類ではないということになる。

ところがこの両者は、その是か非かの判断が同じではないにもかかわらず、そもそも「是非が有る」という状態から抜け出していない（「是非は無い」という主張に対して是か非か判断をしていること自体が、「是非が有る」ことを認めてしまっている）ので（「是非は無い」を是とする我は）、（「是非は無い」を非とする）彼と（どちらも是非がある議論をしているという点で）「同類だ」ということになる。故に（『荘子』に）「『類する』と『類せざる』と、又た相与《とも》に『類』を為せば、則ち彼と以て異なる無し。」と言うのだ。

［文法・語句の説明］

「不レ知」＝（…かどうか）分からない、の意。実際は、「（…かどうか）はたしてどうであろうか」と疑問を呈する表現なので、「…は、どうであろうか」と疑問に訳す方が自然な口語訳になる場合がある。

「言レ有レ者」＝「言」は（なんらかの言説を）主張すること。ここの「言レ有レ者」は、本来「言レ有二是非一者」（是非有りと言ふ者）とあるべきだが、「是非」を省略して「有」だけにしていることに注意。訳すときは省略しないで、「是非が有る」と主張する者、などと訳せばよい。

「以レ無為レ是」＝「以レA為レB」（Aを以てBと為す）は、よく使われる重要な句法で「AをBと思う」、「AをBとみなす」と訳す。ここの「以レ無為レ是」は、本来「以レ無二是非一為レ是」（是非無きを以て是と為す）とあるべきだが、句法のAにあたる「無是非」（是非無し）を、「是非」を省略して「無」だけにしていることに注意。訳すときは省略しないで、「是非が無い」ことを是（正しい）とみなす、などと訳せばよい。

「然」＝〔しかルニ：しかしながら〕逆接を表す。

「雖」＝〔いへどモ：…ではあっても、…ではあるけれど〕譲歩を表す。しばしば下に「亦」がくる。「雖A亦B」の構文は、「Aであっても（Aであるが）Bだ」という意味。

「亦」＝〔また〕ここの文章は、本文の「雖」の文「雖二是非不レ同一」（是非判断が同じではないが）と「亦」の文「亦固未レ免二於有一是非一」（そもそも是非が有る状態から免れていない）とが対応し、「雖A亦B」の構文をなす。

「固」＝〔もとヨリ：本来、もともと〕ここでは、根本的にの意で「そもそも」と訳す方がよい。

「未」＝〔いまダ……ず：まだ…していない〕打消の副詞として述語の前において、再読文字として用いられる。

［内容の説明］

「この世に是非など無い」と主張する者が、自分の方が「是」だと言い張ること自体、すでに「是非が有る」ことを前提にしているので、「是非が有る」ことを主張する対立者と同類だというわけである。「是非が無い」と「是非が有る」という明らかな対立者同士が、互いに自分の是非を論争すれば、どちらも「是非が有る」ことを認める同類になる。

『荘子』天下篇には、「独《ひと》り天地の精神と往来して、万物に敖倪《ごうげい》せず、是非を譴《せ》めず、以て世俗と処《お》る。」（ただ独りこの世界万物のあちこちに思索をめぐらせて（自由に行き来させて）、何者をも見下さず、何者をも否定せず、世俗に紛れて黙然と生きる。）という荘子の生き方が語られている。

荘子に言わせれば、結局、どちらが是か非か、迷い悩むようなことは、どちらも同類であり大差の無いことなのだろう。なぜなら、明らかに是（正しい）ならば、思い悩む必要など全くないはずだし、また明らかに非（間違っている）ならば、やはり思い悩む必要など全くない、「辯」ずるまでもないことだから。是か非か悩むのは、そのどちらもが我々にとって明らかな差の無い同類なもの同士だから、迷い悩むのである。どちらも同類だからこそ、どちらがいいか迷い悩むのだということに気づけば、どちらを選んでもいいし、どちらを選んでも後悔することはないだろう。たとえどちらを選んでも、きっと人は、自分の選んだ方でよかったのだと思えるように、選んだ道で頑張ってゆける。斉物論篇にいわゆる「両行」（演習問題を参照）も、是非のいずれをも取捨選択することなく、対立する両者どちらでも順調に運ぶことを言っているのかもしれない。

『荘子』斉物論篇には、また次のような文章がある。

《本文》

有「始也」者。

有『未始有「始也」』者。

有【未始有夫『未始有「始也」』】者。

有「有也」者、有「無也」者。

有『未始有「無也」』者。

有【未始有夫『未始有「無也」』】者。

俄而「有無」矣。而未知「有」「無」之果孰有孰無也。


「始めなる」者有り。

『未だ始めより「始めなるもの」有らざる』者有り。

【未だ始めより夫《か》の『未だ始めより「始めなるもの」有らざるもの』有らざる】者有り。

「有るなる」者有れば、「無きなる」者有り。

『未だ始めより「無きなるもの」有らざる』者有り。

【未だ始めより夫《か》の『未だ始めより「無きなるもの」有らざるもの』有らざる】者有り。

俄《には》かにして「無きこと有り」けり。而して未だ、「無き」こと「有り」の果たして孰《いづ》れか有りて孰《いづ》れか無きを知らざるなり。


漢文の「有…者」とは、「…」の状態が「有る」という表現で、例えば「…」の箇所に「無也」（何かが無い）を入れると、「有「無也」者」（何かが「無い」という状態が「有る」）という表現になる。「有無」（無きこと有り）、これは果たして「有る」こと「無い」ことどちらであろうか？このような論法で、『荘子』では、有と無、生と死など、全く同類とは思えないものどうしも実は同類なのだと気づかせようとする。我々が深刻に悩む生死や有無の区別さえ荘子にとっては、どちらでもよいことのようである。

【演習問題】

『荘子』斉物論篇には次のような喩《たと》え話も語られている。［本文］と［通釈］とを参考にして［訓読］（書き下し文）を作ってみよう。

［本文］

労㆓神明㆒為㆑一、而不㆑知㆓其同㆒也、謂㆓之朝三㆒。

何謂㆓朝三㆒。

曰、狙公賦㆑茅、曰、朝三而莫四。衆狙皆怒。曰、然則朝四而莫三。衆狙皆悦。

名実未㆑虧、而喜怒為㆑用。亦因㆑是也。

是以聖人和㆑之以㆓是非㆒、而休㆓乎天鈞㆒。是之謂㆓両行㆒。

［通釈］

神経を疲れさせて同一な事を為しながら、それが同じであることがわからないのを、「朝三」と言うのだ。

「朝三」とはどういうことか。

それはこういうことだ。すなわち、《ある猿使いの親方が芧《とち》の実を分け与えるのに、「朝は三つで暮は四つにする。」と言うと、猿たちはみな怒った。「では、朝は四つ暮は三つにしよう。」と言うと、猿たちはみな喜んだ。》

（合計七つという）名目にも、（実際に与えられた）実質にも、欠けた点はないのに、猿たちは喜怒の感情を作用させた（神経を疲れさせた）わけだ。これまた（猿たちが朝四つ暮三つを）是《ぜ》だとすること（目先の是非判断）に因《よ》ったからである。

そこで聖人は、是と非とを融和させて、「天鈞《てんきん》」（自然の均斉化均質化作用）の中に休息する（神経を安定させる）のである。この境地を「両行」（対立する両《ふた》つがどちらも順調に運ぶ）と言うのである。

この所謂《いわゆる》「朝三暮四」の話の場合、親方が分け与える芧《とち》の実は、実質一日七つということに変わりはなく、これが自明の事実。しかし、猿たちは、朝方に三つ（暮れ方四つ）だと怒って反対し、朝方四つ（暮れ方三つ）だと喜んで賛成した。つまり、実質的な一日七つという自明の事実に対して一喜一憂するのではなく、結局は同じ事である「朝三」か「朝四」かに一喜一憂している。戦国時代において儒家の主張か墨家の主張かいずれが是か非かという論争も、荘子の目にはこの猿たちの喜怒のように見えたのだろう。

参考文献

〔「辯」と諸子百家に関するもの〕
・関口順「釋名辯―「名家」と「辯者」の間―」、『埼玉大学紀要』教養学部、第29巻、一九九三年、一八七～一六九頁
・大塚伴鹿『諸子百家』教育社、一九八〇年
・湯浅邦弘編著『名言で読み解く　中国の思想家』ミネルヴァ書房、二〇一二年
・戸川芳郎『古代中国の思想』岩波現代文庫、岩波書店、二〇一四年
〔荘子と老荘思想に関するもの〕
・池田知久『老荘思想』放送大学教育振興会、一九九六年、改訂版、二〇〇〇年
・福永光司・興膳宏訳『老子　荘子』世界古典文学全集第一七巻、筑摩書房、二〇〇四年
・池田知久訳注『荘子（上）全訳注』講談社学術文庫、講談社、二〇一四年
・池田知久訳注『荘子（下）全訳注』講談社学術文庫、講談社、二〇一四年
・湯浅邦弘『入門　老荘思想』ちくま新書、筑摩書房、二〇一四年

11　文学書講読（一）

和田英信

「李賀小伝」（唐・李商隠）

《解説》

作者紹介

李商隠《りしょういん》（八一一～八五八）字《あざな》は義山《ぎざん》、原籍は懐州河内《かだい》（河南省沁陽《しんよう》市）、実際の出身地は鄭州滎《けい》陽《よう》（河南省滎陽市）。下層士大夫の出身で、科挙に登第したものの高級官員への道を上ることなく、一生の多くを節度使《せつどし》の幕下で文書作成に従事して過ごした。典故を駆使し、多くの比喩と象徴を散りばめたその詩は難解さをもって知られるが、朦朧《もうろう》とした美をたたえた叙情性豊かな作品は、中国詩史に独特の位置を占めている。典故を多用するため、「獺祭魚《だつさいぎょ》」（カワウソが捕った魚を祭るように並べる）と称された。また、駢文《べんぶん》と古文をともによくする文章の名手としても知られる。

作品の背景

本作は、李商隠がもっとも敬愛する李賀《りが》の伝記。李賀（七九〇？～八一六？字は長吉）は、中唐期を代表する詩人の一人で、華麗な措辞と幻想的な詩風で知られる。「鬼才」「白玉楼中《はくぎょくろうちゅう》の人」ということばは、いずれも元は李賀を称することばであった。李賀に関する記事は、他に『唐摭言《とうせきげん》』『劇談録《げきだんろく》』『宣室志《せんしつし》』など、唐末から五代にかけて成立した筆記小説に少なからず見いだされる。そこに語られるのは、唐王朝の主たる李氏の傍流の血筋を受け継いでいること、幼いときから楽府《がふ》（歌謡の辞）の名手として名を知られ韓愈らの高い評価を受けていたこと、父の諱《いみな》（実名）が晋《しん》粛《しゅく》で進士《しんし》の進と音が同じであったため、家諱を侵すものとして科挙の進士科受験を非難する者たちがいたこと、このため韓愈が「諱弁」という文章を書きその理不尽さを説いたこと、しかし韓愈の弁護も空しくその科挙受験はかなわないまま若くして亡くなったこと、等々である。一方、李商隠の「李賀小伝」には、こうした情報についてはほとんど触れることなく、李賀の日常と交友関係、そして臨終の際のエピソードのみが語られる。そしてそこに描かれる日常、とくに詩を作る際のようすや臨終の特異な情景は、中国の文学史上他に類をみない李賀の特色ある文学の本質を如実にものがたっている。

《本文》

李賀小伝

京兆杜牧為㆓李長吉集序㆒、状㆓長吉之奇㆒甚尽、世伝㆑之、長吉姉嫁㆓王氏㆒者、語㆓長吉之事㆒尤備、

京兆《けいちょう》の杜牧《とぼく》、李長吉集《りちょうきつしゅう》の序《じょ》を為《つく》り、長吉《ちょうきつ》の奇《き》を状《じょう》して甚《はなは》だ尽《つく》せり、世《よ》にこれを伝《つた》う。長吉《ちょうきつ》の姉《あね》の王氏《おうし》に嫁《か》せる者《もの》、長吉《ちょうきつ》の事《こと》を語《かた》りて尤《もっと》も備《そな》われり。

○京兆　首都近辺をいう。唐代では長安。　○杜牧　八〇三～八五二年、字は牧之《ぼくし》。李商隠とほぼ同世代の、晩唐を代表する詩人。李賀の詩集編纂の経緯を述べる「李賀歌詩集序」（『樊川文集』巻一〇）がある。　○長吉之奇　「長吉」は李賀の字（諱《いみな》、すなわち本名のほかに用いる呼び名）。伝記の中では対象人物はふつう諱で称される。「長吉」と字で称するところに、筆者の李賀に対する特別な感情が読み取られる。「奇」とは、他者と異なりかつ優れていること。　○長吉姉　のちに見える王参元《おうしんげん》に嫁いだという説がある。王参元は李商隠の妻の父、すなわち舅である王茂元《おうもげん》の弟。説が正しいならば、以下の記述は李賀の肉親であり、かつ自らの身内でもある人物からの情報に拠ることになろう。「小伝」の記述の信憑性をアピールする。　○嫁　嫁となる。とつぐ。

京兆の杜牧は「李長吉集序」を書き、長吉の文学の他者と異なるすぐれた点を十分に述べ尽くして、世に伝わっている。いっぽう彼の姉で王氏に嫁いだ人が、長吉の事跡を語ってもっとも詳細である。

長吉細瘦、通眉、長指爪、能苦吟疾書、

長吉《ちょうきつ》は瘦細通眉《そうさいつうび》、長《なが》き指爪《しそう》にして、能《よ》く苦吟《くぎん》し、疾書《しっしょ》す。

○通眉　眉が濃く、一本につながっている。　○長指爪　爪を長く伸ばす。また指が長いと解する説もある。以上は身体的な特徴。李賀を直接に知る人からの情報にふさわしいリアリティを帯びる。常と異なる身体的特徴は、「異人」の相として、『列仙伝《れっせんでん》』、『神仙伝《しんせんでん》』などにしばしば記載される。たとえば「陽都女」という女仙について、「生まれつき異相の持ち主で、眉が連なり耳が細長く、ひとびとはこれを不思議がり、天人かと疑った（生有異相、眉連、耳細長、衆以為異、疑其天人也）」と（『列仙伝』巻下「犢子」、『太平広記《たいへいこうき》』巻六〇「陽都女」）。「長指爪」もまた麻姑《まこ》（仙女の名。つめの長いことで知られる）の「鳥爪」を想起させる（『太平広記』巻六〇「麻姑」）。〇苦吟　苦心して詩文を制作すること。

長吉は痩せてほっそりとした体つき、両眉がつながり、爪を長く伸ばしていた。苦吟しつつも素早く書くことができた。

最先為二昌黎韓愈所一レ知、所二与遊一者、王参元、楊敬之、権璩、崔植為レ密、毎旦日出、与二諸公一遊、

最《もつと》も先《ま》ず昌黎《しようれい》の韓愈《かんゆ》の知《し》る所《ところ》と為《な》る。与《とも》に遊《あそ》ぶ所《ところ》の者《もの》は、王参元《おうしんげん》・楊敬之《ようけいし》・権璩《けんきよ》・崔植《さいしよく》を密《みつ》と為《な》す。毎旦《まいたん》、日出《ひい》ずれば、諸公《しよこう》と遊《あそ》ぶ。

〇最先一句　「為A所B」は受け身。AにBされる。「昌黎」（河北省東北部）は韓愈の郡望《ぐんぼう》（本籍）。中国の文人はしばしば実際の出身地ではなく本籍を名乗る。「韓愈」は李賀のよき理解者であり、後ろ盾でもあった。〇王参元　李商隠の舅王茂元の弟。八〇七年の進士。〇楊敬之　王と同年の進士。戸部郎中、連州刺史などをつとめ、検校工部尚書に至った。李賀「出城」詩は楊に宛

てたもの。○権璩　宰相権徳輿《けんとくよ》の子。王と同年の進士。李賀「出城」詩は権に宛てたもの。○崔植　のちに宰相をつとめた。

まず最初に韓愈の知遇を得た。交際のあった者のなかでは、王参元、楊敬之、権璩、崔植と仲がよかった。毎朝、日の出とともに諸公と出かけた。

未下嘗得レ題然後為レ詩、如二他人一思量牽合、以レ及二程限一為上レ意、

未《いま》だ嘗《かつ》て題《だい》を得《え》て然《しか》る後《のち》に詩《し》を為《つく》り、他人《たにん》の如《ごと》く思量《しりよう》牽合《けんごう》して、程限《ていげん》に及《およ》ぶを以《もつ》て意《い》と為《な》さず。

○未嘗一句　テーマをあらかじめ設け、それに合わせたり、詩作の規則に則ることを気にかけなかったという。テーマを決めた詩作を題詠という。その場合、テーマに合わせた素材や典故、用語が自ずと決まっており、それに合わせて詩を作るということが他の詩人においては一般的であった。「未嘗」は、強い否定。これまでに…したことがない。「思量」は思案する。「牽合」は無理に合わせる。「程限」は詩作の規律をいうものであろう。詩には押韻や平仄などといった決まりが少なくなかった。実際、李賀の作品は、規則に縛られることの少ない、古詩や楽府がほとんどを占める。「及」は（規則に）十分に準拠しているの意。

未だ嘗て詩題を予め設けてから、他の人のように無理にそれに合わせ、きまりに則ることを気に

かけて詩を作るということはなかった。

恒従二小奚奴一、騎二距驢一、背二一古破錦嚢一、偶有レ所レ得、即書投二嚢中一、及レ暮帰、太夫人使二婢受一レ嚢、出レ之、見二所レ書多一、輒曰、「是児要当下嘔二出心一始已上耳」、上レ灯与レ食、長吉従レ婢取レ書、研レ墨畳レ紙、足二成之一、投二他嚢中一、非二大酔及弔葬日一、率如レ此、過亦不二復省一、王楊輩、時復来、探取写去、長吉往往独騎往二還京洛一、所レ至或時有レ著、随棄レ之、故沈子明家所レ余四巻而已、

恒《つね》に小奚奴《しょうけいど》を従《したが》えて、距驢《きょきょ》に騎《の》り、一《いつ》の古《ふる》き破錦嚢《はきんのう》を背《せ》にし、偶《たま》たま得《う》る所《ところ》有《あ》らば、即《すなわ》ち書《しょ》して嚢中《のうちゅう》に投《とう》ず。暮《く》るるに及《およ》びて帰《かえ》る。太夫人《たいふじん》、婢《ひ》をして嚢《ふくろ》を受《う》けしめ、之《これ》を出《いだ》す。書《しょ》する所《ところ》多《おお》きを見《み》れば、輒《すなわ》ち曰《いわ》く、「是《こ》の児《こ》、要《かなら》ず当《まさ》に心《しん》を嘔出《おうしゅつ》して、始《はじ》めて已《や》むべきのみ」と。灯《ひ》を上《あ》げて食《しょく》を与《あた》う。長吉《ちょうきつ》、婢《ひ》より書《しょ》を取《と》り、墨《すみ》を研《す》り紙《かみ》を畳《たた》み、之《これ》を足成《そくせい》して他《た》の嚢中《のうちゅう》に投《とう》ず。大酔《たいすい》と弔喪《ちょうそう》の日《ひ》に非《あら》ざれば、率《おおむ》ね此《かく》の如《ごと》し。過《す》ぐれば亦《ま》た復《ま》た省《かえり》みず。王《おう》・楊《よう》の輩《はい》、時《とき》に復《ま》た来《き》たり、探《さが》し取《と》り写《うつ》して去《さ》る。長吉《ちょうきつ》、往々《おうおう》独《ひと》り騎《き》して京洛《けいらく》を往還《おうかん》し、至《いた》る所《ところ》、或《ある》いは時《とき》に著《あらわ》す有《あ》るも、随《したが》って之《これ》を棄《す》つ。故《ゆえ》に沈子明《しんしめい》の家《いえ》に余《あま》す所《ところ》の四巻《しかん》のみ。

○小奚奴　下僕。　○距驢　ロバの類。メスのラバにオスの馬を交配したもの。　○背　背負う。
○一古……投嚢中　「錦嚢」は錦で作った袋。このエピソードから、優れた詩作を「錦嚢」と称する。破れた古袋に無造作に投げ込まれる詩稿は、現在わたしたちが目にする李賀の文学作品のイ

メージに通じる。詩編全体の統一性や論理的脈略に欠ける一方、個々の部分に見いだされる詩の言葉としての密度の高さは、李賀詩の大きな特徴である。○及　…になって。時間の到達を示す。○太夫人　もとは諸侯の母をいう。後には官吏の母親を広く称する。ここでは子である李賀の文学を深く理解する母親として、印象描かれる。○使　使役の語。○輒　…のたびに。前の行為・事態の後に、後の結果がきまって出現する。○要当　きっと…なる。○率　行為・状況にほぼ例外がないことを表す。○不復　もはや…ない。行為がふたたび現れない。○沈子明　沈《しん》述師《じゅつし》、字は子明。李賀の友人。○而已　…だけ。

つね日ごろ、奴僕をつれて驢馬に乗り、古びてほつれた錦の袋を背に出かけた。そして詩興が湧けばそれを書き付け袋の中に投じ入れる。夕暮れには帰宅する。太夫人（母親）は下女に言いつけて袋を受け取り、中から書き付けを出させる。その多さを見るにつけいった、「この子はきっと心を吐き尽くすまで詩を作ることをやめないでしょう」と。灯をともし食事をとらせる。長吉は下女から書き付けを受け取り、墨を磨り紙を用意し、手を加えて完成させ、他の袋に入れる。酒に酔ったり、或いは弔葬のある日でないかぎりは、おおむねこうであった。時間をおいてから手を加えるということはしない。王参元・楊敬之らが時に訪れ、探し出して詩稿を書き写してゆく。長吉はしばしば一人で馬に乗り、京師や洛陽に出かけた。そして時に出先で詩を作っても、そのままその場に書き捨ててくる。それ故、沈子明の家に残されていた詩が僅か四巻あるのみであった。

長吉将㆑死時、忽昼見㆘一緋衣人、駕㆓赤虬㆒、持㆗一版㆖、書若㆓太古篆、或霹靂石文㆒者、云、「当㆑

召二長吉一、長吉了不レ能レ読、欻下レ榻、叩頭言、「阿𡢃老且病、賀不レ願レ去」、緋衣人笑曰、「帝成二白玉楼一、立召レ君為レ記、天上差楽、不レ苦也」、長吉独泣、辺人尽見レ之、少レ之、長吉気絶、常所レ居窓中、勃勃有二煙気一、聞二行車嘒管之声一、太夫人急止二人哭一、待レ之、如下炊二五斗黍一許時上、長吉竟死、王氏姉非下能造作謂二長吉一者上、実所レ見如レ此、

長吉《ちようきつ》の将《まさ》に死せんとする時《とき》、忽《たちま》ち昼《ひる》なるに、一緋衣《いちひい》の人《ひと》の、赤虬《せききゆう》に駕《が》し、一版《いちばん》を持《も》つを見《み》る。書《しよ》は太古《たいこ》の篆《てん》、或《ある》いは霹靂《へきれき》の石文《せきぶん》の若《ごと》き者《もの》にして、云《い》う、「当《まさ》に長吉《ちようきつ》を召《め》すべし」と。長吉了《ちようきつつい》に読《よ》む能《あた》わず。欻《たちま》ち榻《とう》より下《お》り、叩頭《こうとう》して言《い》う、「阿𡢃《あび》は老《お》い且《か》つ病《や》めり。賀《が》、去《さ》ることを願《ねが》わず」と。緋衣《ひい》の人《ひと》、笑《わら》いて曰《いわ》く、「帝《てい》、白玉楼《はくぎよくろう》を成《つく》り、立《た》ちどころに君《きみ》を召《め》し、記《き》を為《つく》らしむ。天上《てんじよう》は差《や》や楽《たの》し。苦《くる》しからざるなり」と。長吉《ちようきつ》、独《ひと》り泣《な》く。辺《あた》りの人《ひと》尽《ことごと》く之《これ》を見《み》る。之《これ》を少《しばら》くして、長吉《ちようきつ》の気絶《きた》ゆ。常《つね》に居《お》る所《ところ》の窓中《そうちゆう》、勃勃《ぼつぼつ》として煙気《えんき》あり。行車嘒管《こうしやけいかん》の声《こえ》を聞《き》く。太夫人《たいふじん》、急《きゆう》に人《ひと》の哭《こく》するを止《とど》め、之《これ》を待《ま》つこと五斗《ごと》の黍《きび》を炊《た》くばかりの時《とき》の如《ごと》くにして、長吉《ちようきつ》、竟《つい》に死《し》せり。王氏《おうし》の姉《あね》は、能《よ》く造作《ぞうさ》して長吉《ちようきつ》を謂《い》う者《もの》に非《あら》ず。実《まこと》に見《み》し所此《ところかく》の如《ごと》し。

○将…時　「将」はまもなく…する、…となる。再読文字で「まさに…せんとす」と読む。○緋衣人　朝廷の官員（ここでは天帝の従官）の衣服を身に付けた人。○駕赤虬　「駕」は乗り物に乗る、あやつる。「赤虬」は、紅いみずち。仙界の人物の乗る動物。みずちは角の無い龍。○太古篆　「篆」は古い書体。○霹靂石文　「霹靂」は雷鳴。雷鳴とともにもたらされた石ということで隕石のことか。○当　…しなければならない。再読文字で「まさに…べし」と読む。○了

まったく。ついに。否定を強調する。○欻 さっと。にわかに。動作の速やかなさま。○榻 中国式のベッド。○叩頭 ひたいを床につける。最敬礼。○阿彌 母親を呼ぶ呼称。おかあちゃん。○帝 天帝。○白玉楼 このエピソードにより、文人逝去をいう際、「白玉楼」の語を用いるようになる。○記 白玉楼の完成を記念する文章。すなわち李賀を天界の書記として招いたことになる。○差 だいたい、やや。○勃勃 盛んなさま。「煙気」の立ち上るさまをいう。○行車嘒管 「行車」は車を進める。「嘒管」は楽器の音を形容する。双声の語。○哭 声をあげて泣く。○許 …ほど。○竟 とうとう、最後には。○非能造作謂長吉者 右の異常な情景が真実であると強調する。

長吉が亡くなる直前、白昼ひとりの緋《あか》い衣服の人が、赤いみずちにのり、一枚の木ふだをもって現れた。その書体は太古の篆文あるいは隕石の文様にも思われた。そしていうには、「長吉を召しにきた」と。長吉は読むことができず、にわかに寝台から下りると叩頭し、「お母ちゃんは年老い病んでいます。わたしは行きたくはありません」と。緋衣の人は笑みを浮かべながら「帝は白玉楼をお建てになった。君を召して記を作らせようとの思し召しだ。天上界はおよそ楽しいところで苦しくはない」。長吉はひとり泣き、それを周りの人々はみな見ていた。しばらくすると、長吉は気絶した。居所の窓の向こうからもくもくともやが立ちこめ、車鈴とともに車が進み管弦の鳴る音が聞こえてきた。太夫人はすぐさま周りの人の哭声を制した。五斗の黍が炊き上がるほどの時間が経過し、長吉はついに亡くなった。王氏に嫁いだ姉は、長吉について話を作り上げるような人ではない。本当に見たところである。

嗚呼、天蒼蒼而高也、上果有レ帝耶、帝果有二苑囿宮室観閣之玩一耶、苟信然、則天之高邈、帝之尊厳、亦宜レ有下人物文彩愈二此世一者上、何独番二番於長吉一、而使二其不一レ寿耶、噫、又豈世所謂才而奇者、不二独地上少一、天上亦不レ多耶、長吉生二十四年、位不レ過二奉礼太常中一、当時人亦多排‐擯二・毀‐斥之一、又豈才而奇者、帝独重レ之、人反不レ重耶、又豈人見会勝レ帝耶、

嗚呼《ああ》、天《てん》は蒼々《そうそう》として高《たか》きなり。上《かみ》に果《はた》して帝《てい》ある耶《か》。帝《てい》に果《はた》して苑囿《えんゆう》、宮室《きゅうしつ》、観閣《かんかく》の玩《がん》ある耶《か》。苟《いや》しくも信《まこと》に然《しか》らば、則《すなわ》ち天《てん》の高邈《こうばく》、帝《てい》の尊厳《そんげん》、亦《ま》た宜《よろ》しく人物《じんぶつ》、文彩《ぶんさい》のこの世《よ》に愈《まさ》れる者《もの》有《あ》るべし。何《なん》ぞ独《ひと》り長吉《ちょうきつ》に番番《はんはん》として、其《それ》をして寿《じゅ》ならしめざる耶《か》。噫《ああ》、又《ま》た豈《あ》に世《よ》に所謂才《いわゆるさい》ありて奇《き》なる者《もの》は、独《ひと》り地上《ちじょう》に少《すく》なきのみならず、天上《てんじょう》にも亦《ま》た多《おお》からざる耶《か》。長吉《ちょうきつ》、生《う》まれて二十四年《にじゅうしねん》。位《くらい》は奉礼太常中《ほうれいたいじょうちゅう》に過《す》ぎず。当時《とうじ》の人《ひと》、亦《ま》た多《おお》くは之《これ》を排擯《はいひん》、毀斥《きせき》す。又《ま》た豈《あ》に才《さい》ありて奇《き》なる者《もの》は、帝《てい》独《ひと》り之《これ》を重《おも》んじ、人《ひと》は反《かえ》りて重《おも》んぜざる耶《か》。又《ま》た豈《あ》に人《ひと》の見《み》るは会《かなら》ず帝《てい》に勝《まさ》れる耶《か》。

○嗚呼　感歎の語。以下この節は、文学の才に富みながら短命であった李賀を悼む。天に疑問を投げかけるのは、『楚辞』「天問」以来の文学伝統による。○蒼蒼　空の青々と広がるさま。○果　そもそも、結局は。根源を問いかける語気を表す。○耶　疑問の語気を表す文末の語。○玩　めでる。楽しむ。○苟　もし。仮定の節を導く語。「いやしくも」と読む。○宜　動詞の前に置き、その動詞が表す状態や行為が適切であると判断されることを表す。…であるはずだ。…するのがよい。再読文字で「よろしく…べし」と読む。○番番　ひとたび、またひとたび、の意。

ここでは、しつこくの意か。別本は「眷眷」に作るが、そうであれば思いを寄せるさま。○寿長生き。○噫　感歎の語。○豈「豈」は反語の語気を表すことが多いが、ここでは推測あるいは疑問の語気を表す。…なのだろう。…なのだろうか。○二十四年　李賀の享年。ただし李賀は二十七で亡くなったという説が有力。○奉礼太常中　礼楽祭祀を掌《つかさど》る官署である太常寺の奉礼郎。従九品上という下級官員。これが生前の李賀に与えられた官職であった。○当時人亦多排擯毀斥之　父の諱のため、進士科の受験を断念せざるを得なかったことなどをいう。○又豈人見会勝帝耶「人」は世人、「見」は、見解、みかた。「会」は可能性を表す。

ああ、蒼々として高き天、その上に果たして天帝はいますのか。天帝もまた、園圃・宮殿・楼閣を構え、楽しまれるのか。もしそうならば、高く遥かな天、尊くかしこき天帝のもと、この世に優る文才の持ち主はきっといるはずではないか。なぜひとり長吉に目をかけられ、その命を奪われたのか。ああ。それとも才ありて他に勝れた者は、この世のみならず天上においても少ないのか。長吉の生は二十四年。位階は奉礼太常中にとどまる。当時の人は長吉を妬み、しばしば排斥した。才ありて他に勝れる者は、天帝のみがこれを重んじ、世の人はかえって重んじないのか。それともまた、この世の人の見識が上帝にまさるということがあるのか。

参考文献

・小川環樹・西田太一郎『漢文入門』（岩波全書）
・西田太一郎『漢文法要説』（朋友書店）
・黒川洋一『李賀詩選』（岩波文庫）
・原田憲雄『李賀歌詩選』(1)(2)(3)（平凡社東洋文庫）
・川合康三『李商隠詩選』（岩波文庫）

12 文学書講読（二）

和田英信

「赤壁賦」（宋・蘇軾）

《解説》

作者紹介

蘇軾《そしょく》（一〇三六～一一〇一）字は子瞻《しせん》、眉州眉山《びしゅうびざん》（四川《しせん》省眉山市）の人。宋代を代表する士大夫であり、詩人・文章家。父の蘇洵《そじゅん》、弟の蘇轍《そてつ》とともに三蘇《さんそ》と称される。唐宋八大家《とうそうはちたいか》のひとり。王《おう》安石《あんせき》の首唱した新法（急進的な政治改革）に抗したため、たびたびの左遷を余儀なくされたが、つねに闊達《かったつ》さを失うことなく、大らかな生の喜びをその作品のなかにうたった。

作品の背景

元豊《げんぽう》二年（一〇七九）、作者蘇軾は朝政誹謗《ひぼう》のかどで捕縛され、御史台《ぎょしだい》（官員の弾劾を掌る）の取り調べを受けることとなる。死罪は免れたものの黄州《こうしゅう》（湖北省黄岡市）に左遷され、翌三年から元豊七年（一〇八四）に許されるまで黄州の地にあった。本作品は、元豊五年（一〇八二）七月、その流罪の地、黄州で作られたもの。「赤壁」は、後漢末の建安十三年（二〇八）、魏の曹操《そうそう》が呉の孫権《そんけん》・蜀の劉備《りゅうび》の連合軍と戦った場所。孫権配下の周瑜《しゅうゆ》が火攻めの計を用い、曹操の水軍を大いに破った。その位置は現在の湖北省赤壁市であったが、蘇軾が遊んだのは左遷先の黄州城外の赤壁と称された赤鼻磯。蘇軾はそれを知りつつあえて過去の英雄ゆかりの古戦場を、有限の人間の生命に思いを馳せる舞台として作品によみあげた。「賦」は朗唱される有韻の文学形式。もとは戦国期の『楚辞』の流れをくみ、漢代に叙事文学として隆盛を迎え、多くの長編の大作が生まれた。作品内に複数の人物が登場し対話・問答の中に華麗な措辞を繰り広げるものが多い。六朝以降は叙情的要素を帯びてやや短篇化し、唐代では科挙受験の際に課され、厳密な押韻・対句が要求された（「律賦」と称される）。本作は欧陽脩の「秋声賦」に倣った、自由な形式と叙情性に特色がある「文賦」の代表的な作品。

《本文》

赤壁賦

壬戌之秋、七月既望、蘇子与レ客泛レ舟、游ニ於赤壁之下一、清風徐来、水波不レ興、挙レ酒属レ客、誦ニ明月之詩一、歌ニ窈窕之章一、

壬戌《じんじゅつ》の秋《あき》、七月《しちがつ》の既望《きぼう》、蘇子《そし》客《かく》と舟《ふね》を泛《うか》べて、赤壁《せきへき》の下《もと》に游《あそ》ぶ。清風《せいふう》徐《おもむ》ろに来《きた》って、水波《すいは》興《おこ》らず。酒《さけ》を挙《あ》げて客《かく》に属《しょく》し、明月《めいげつ》の詩《し》を誦《しょう》し、窈窕《ようちょう》の章《しょう》を歌《うた》う。

○壬戌　十干（甲《きのえ》・乙《きのと》・丙《ひのえ》・丁《ひのと》・戊《つちのえ》・己《つちのと》・庚《かのえ》・辛《かのと》・壬《みずのえ》・癸《みずのと》）と十二支（子《ね》・丑《うし》・

寅《とら》・卯《う》・辰《たつ》・巳《み》・午《うま》・未《ひつじ》・申《さる》・酉《とり》・戌《いぬ》・亥《い》）を用いる紀年法。六十年で一周する。「壬戌」は、みずのえいぬの歳、元豊五年（一〇八二）にあたる。○既望　旧暦の十六日。「望」は朔（一日）に対する十五日。○蘇子　蘇軾自らを作品世界内の人物として客観的にいう。○游　あそぶ。遊に通じる。○於　動作の起こる場所を表す。述語の後にある場合の訓読では、置き字として読まない。○属　酒をつぐ。あるいは薦める。○明月之詩　南朝宋・謝荘「月賦」（『文選』巻十三）は、親友である応瑒《おうとう》・劉楨《りゅうてい》を失った魏・曹植《そうしょく》が王粲《おうさん》に月をうたう歌を作るよう命じ、月を愛でつつ寂しさを慰める様子をうたう。その「斉章《せいしょう》を沈吟《ちんぎん》し、陳篇《ちんぺん》に殷勤《いんぎん》なり」を踏まえる。「斉章」は『詩経』斉風《せいふう》「東方之日《とうほうしじつ》」の「東方の月、彼の姝《しゅ》なる子（美しき娘）は、我が闥《たつ》（かど口）に在り」を指し、「陳篇」は『詩経』陳風《ちんぷう》「月出《げっしゅつ》」の「月出でて皎《こう》たり（白く輝き）、佼人《こうじん》（なまめく人）は僚《りょう》たり（美しい）」を指す。いずれも『詩経』の詩のうち、月をうたう篇。○窈窕之章　『詩経』周南《しゅうなん》「関雎《かんしょ》」の「窈窕たる（しとやかな）淑女は、君子の好逑《こうきゅう》（よきつれあい）」を踏まえる。謝荘の「月賦」に「美人は邁《ゆ》きて音塵《おんじん》闕《た》え、千里を隔てて明月を共にせん」とあるように、美人への思慕はしばしば明月への思いに重ねて詠じられる。このように文学表現の元となる古典的作品およびその表現を典故といい、典故を用いること（用典という）は中国の古典文学において大きな位置を占める。作品を正確に読む際、どのような典故を踏まえているのかを確認することが重要となる。

壬戌（みずのえいぬ）の年の秋の七月、既望（十六日）の夜、蘇子は友人と舟に乗り、赤壁に遊んだ。さわやかな風がしずかに吹き寄せ、長江は波もなく流れてゆく。酒盃を手にとって友人にすすめ、明月の詩をくちずさみ、しとやかな女性を求める歌をうたう。

少焉、月出㆓於東山之上㆒、徘㆓徊於斗牛之間㆒、白露横㆑江、水光接㆑天、縦㆓一葦之所㆒㆑如、凌㆓万頃之茫然㆒、浩浩乎如㆓馮㆑虚御㆑風、而不㆒㆑知㆓其所㆒㆑止、飄飄乎如㆓遺㆑世独立、羽化而登仙㆒、

少焉《しばらく》にして、月《つき》は東山《とうざん》の上《うえ》に出《い》で、斗牛《とぎゅう》の間《かん》に徘徊《はいかい》す。白露《はくろ》江《こう》に横《よこ》たわり、水光《すいこう》天《てん》に接《せつ》す。一《いち》葦《い》の如《ゆ》く所《ところ》を縦《ほしいまま》にして、万頃《ばんけい》の茫然《ぼうぜん》たるを凌《しの》ぐ。浩浩乎《こうこうこ》として虚《きよ》に馮《よ》り風《かぜ》に御《ぎよ》して、其《そ》の止《とど》まる所《ところ》を知《し》らざるが如《ごと》く、飄飄乎《ひようひようこ》として世《よ》を遺《わす》れて独《ひと》り立《た》ち、羽化《うか》して登仙《とうせん》するが如《ごと》し。

○少焉　「少」は、しばらく。「焉」は接尾語。○徘徊　行きつ戻りつする。ゆっくりと移ろう。畳韻の語。唐・李白「月下独酌」（『全唐詩』巻一八二）に「我歌えば月徘徊し、我舞えば影零乱《れいらん》（入り乱れる）す」。○斗牛之間　二十八宿《しゅう》（月などの天体の位置を示す目立つ星宿）のうち斗宿（いて座のφ《ファイ》星を標準星とする。いわゆる南斗六星）と牛宿（やぎ座のβ《ベータ》星を標準星とする）のあたり。○白露横江　『礼記《らいき》』月令《がつりょう》の孟秋《もうしゅう》の月（七月）に「涼風至り、白露降る」。露もまた天から降るものとされたが、川面をおおう霧をその露と見た。○縦　なりゆきに任せる。○一葦　「葦」は、あし。ここでは小舟にたとえる。『詩経』衛風《えいふう》「河広《かこう》」に「誰か河を広しと謂う、一葦もて之を杭《わた》らん」。○如　ゆく。進む。○凌　こえる。勢いよく進む。○万頃　「頃」は広さの単位。「万頃」できわめて広いことをいう。○茫然　果てしなく広がるさま。○浩浩乎　広大なさま。「乎」は後の「飄飄乎」の「乎」と同様、形容語につく接尾語。○馮虚御風　「馮」

は依る。「憑」に通じる。「虚」は虚空。「御」は車馬をあやつる。乗り物に乗る。『荘子』逍遥遊に「列子　風に御して行く」。　○飄飄乎　さまようさま。　○羽化而登仙　仙人は身体に羽が生えていると考えられていた。

しばらくすると、月は東の山のうえにのぼり、斗宿と牛宿のあたりを移ろいがてに浮かんでいる。白露は川の流れのうえに広がり、月光に輝く水面はやがて空につながる。身は一葉の葦の流れるに任せ、果てなく広がる水のうえを渡りゆく。はるばると虚空に浮かんで風に乗り、行く当ても知らぬようであり、ひらひらと俗世を忘れておのれの意のまま、羽を生やして仙人となって天界にのぼるかのよう。

於レ是飲レ酒樂甚、扣レ舷而歌之、歌曰、桂棹兮蘭槳、撃二空明一兮泝二流光一、渺渺兮予懐、望二美人兮天一方一、

是《ここ》に於《お》いて酒《さけ》を飲《の》んで楽《たの》しむこと甚《はなは》だし。舷《ふなばた》を扣《たた》いて歌《うた》う。歌《うた》に曰《いわ》く、「桂《かつら》の棹《さお》　蘭《らん》の槳《かい》、空明《くうめい》に撃《う》ちて　流光《りゅうこう》に泝《さかのぼ》る。渺渺《びょうびょう》たり　予《わ》が懐《おも》い、美人《びじん》を天《てん》の一方《いっぽう》に望《のぞ》む」と。

○扣舷而歌之　「扣」は、たたく。「叩」に通じる。『楚辞』「漁父《ぎょほ》」に「枻《ふなべり》を鼓して去る」。その王逸《おういつ》の注に「船舷を叩くなり」。「之」は動作を表す語の後に添える。　○桂棹兮蘭槳　「桂」は、もくせい。「蘭」は、木蘭。いずれも香り高い植物。徳ある人物の象徴として『楚辞』によく見え

る。「棹」は、さお。「槳」は、かい。いずれも船をこぎ進める道具。『楚辞』九歌「湘君」に「桂の櫂《さお》　蘭の枻《かじ》」。「兮」は詩や賦のなかに用いられる語調を整える語。訓読では読まない。◯撃空明　「空明」は広々として澄明な空間。ここでは月明かりに照らされた水面を、さお・かいを用い船を進める。◯流光　月の光り。魏・曹植《そうしょく》「七哀詩」（『文選』巻二十三）に「明月　高楼を照らし、流光　正に徘徊す」。◯渺渺　果てしなく広がるさま。◯望美人兮天一方　月への思いを美人を思慕するかのようにうたう。『楚辞』九歌「少司命《しょうしめい》」に「美人を望めども未だ来たらず」。「天一方」は遠く離れた地。漢・蘇武《そぶ》「詩四首」其四（『文選』巻二十九）に「良友　遠く離別し、各《おの》おの天の一方に在り」。

さては酒を飲んで楽しみは尽きることなく、船端を叩きつつ歌をうたう。その歌は、「かつらの棹と蘭の櫂もて、輝きのなかに棹さして流れる月の光をさかのぼる。はるばると広がるわが思い、美しき人を天のかなたに望む」と。

客有下吹二洞簫一者上、倚レ歌而和レ之、其声嗚嗚然、如レ怨如レ慕、如レ泣如レ訴、余音嫋嫋、不レ絶如レ縷、舞二幽壑之潜蛟一、泣二孤舟之嫠婦一、

客《かく》に洞簫《どうしょう》を吹《ふ》く者有《ものあ》り、歌《うた》に倚《よ》って之《これ》に和す。其《そ》の声《こえ》　嗚嗚然《おおぜん》として、怨《うら》むが如《ごと》く慕《した》うが如《ごと》く、泣《な》くが如《ごと》く訴《うった》うるが如《ごと》し。余音《よいん》　嫋嫋《じょうじょう》として、絶《た》えざること縷《る》の如し。幽壑《ゆうがく》の潜蛟《せんこう》を舞《ま》わしめ、孤《こ》舟《しゅう》の嫠婦《りふ》を泣《な》かしむ。

○客有吹洞簫者　「客」は、蘇軾の同郷の友人で道士の楊世昌《ようせいしょう》であるとされる。蘇軾「次韻孔毅父久旱已有甚雨三首」其三に「楊生　自ら言う音律を識り、洞簫　手に入りて清く且つ哀れなり」。「洞簫」は尺八のような笛。○嗚嗚然　むせび泣くような低い音。洞簫の音を表す。「然」は形容語につく接尾語。○嫋嫋　細く長く続くさま。○縷　いと。○幽壑　奥深い山の谷。○潜蛟　「蛟」は、みずち。龍の一種。笛の名手李牟《りぼう》が月夜に舟を浮かべて笛を吹いていると、蛟龍が人の姿になって現れ、さらに吹いてくれと求めたという（『唐国史補《とうこくしほ》』下）。○嫠婦　未亡人。

友人のひとりに洞簫の名手があり、歌にあわせて吹いてみせた。その音色は低く響いて、恨むかのように、また慕うかのよう。泣くかのように、また訴えかけるかのよう。余韻は嫋々として糸すじのように細長くつづく。それを耳にすれば幽谷に潜む蛟は舞い、孤舟の寡婦は涙を流すだろう。

蘇子愀然、正レ襟危坐而問レ客曰、何為其然也、客曰、月明星稀、烏鵲南飛、此非二曹孟徳之詩一乎、西望二夏口一、東望二武昌一、山川相繆、鬱乎蒼蒼、此非下孟徳之困二於周郎一者上乎、方下其破二荊州一、下二江陵一、順レ流而東上也、舳艫千里、旌旗蔽レ空、釃レ酒臨レ江、横レ槊賦レ詩、固一世之雄也、而今安在哉、況吾与レ子、漁二樵於江渚之上一、侶二魚鰕一而友二麋鹿一、駕二一葉之扁舟一、挙二匏樽一以相属、寄二蜉蝣於天地一、渺滄海之一粟、哀二吾生之須臾一、羨二長江之無一レ窮、挾二飛仙一以遨遊、抱二明月一而長終、知レ不レ可二乎驟得一、託二遺響於悲風一、

蘇子《そし》愀然《しゅうぜん》として、襟《えり》を正《ただ》し危坐《きざ》して客《かく》に問《と》いて曰《いわ》く、「何為《なんす》れぞ其《そ》れ然《しか》るや」と。客曰《かくいわ》く「『月明《つきあき》

らかに星稀《ほしまれ》に、烏鵲《うじやく》南《みなみ》に飛《と》ぶ』とは、此《こ》れ曹孟徳《そうもうとく》の詩《し》に非《あら》ずや。西《にし》のかた夏口《かこう》を望《のぞ》み、東《ひがし》のかた武昌《ぶしよう》を望《のぞ》めば、山川《さんせん》相繆《あいまと》い、鬱乎《うつこ》として蒼蒼《そうそう》たり。此《こ》れ孟徳《もうとく》の周郎《しゆうろう》に困《くる》しめられし者《ところ》に非《あら》ずや。其《そ》の荊州《けいしゆう》を破《やぶ》り、江陵《こうりよう》に下《くだ》り、流《なが》れに順《したが》いて東《ひがし》するに方《あた》りてや、舳艫千里《じくろせんり》、旌旗《せいき》空《そら》を蔽《おお》う。酒《さけ》を釃《した》みて江《こう》に臨《のぞ》み、槊《さく》を横《よこ》たえて詩《し》を賦《ふ》す。固《まこと》に一世《いつせい》の雄《ゆう》なり。而《しか》るに今《いま》安《いず》くに在《あ》りや。況《いわ》んや吾《われ》と子《し》と、江渚《こうしよ》の上《ほとり》に漁樵《ぎよしよう》し、魚鰕《ぎよか》を侶《とも》として麋鹿《びろく》を友《とも》とし、一葉《いちよう》の扁舟《へんしゆう》に駕《が》し、匏樽《ほうそん》を挙《あ》げて以《もつ》て相属《あいしよく》し、蜉蝣《ふゆう》を天地《てんち》に寄《よ》す、渺《びよう》たる滄海《そうかい》の一粟《いちぞく》なるをや。吾《わ》が生《せい》の須臾《しゆゆ》なるを哀《かな》しみ、長江《ちようこう》の窮《きわ》まり無《な》きを羨《うらや》む。飛仙《ひせん》を挾《わきばさ》みて以《もつ》て遨遊《ごうゆう》し、明月《めいげつ》を抱《いだ》きて長《とこし》えに終《お》えんこと、驟《にわ》かには得《う》可《べ》からざるを知《し》り、遺響《いきよう》を悲風《ひふう》に託《たく》せり」と。

○愀然　はたと顔色をあらためるさま。○危坐　正しい姿勢で座る。「危」に端正の義がある。○何為　どうして。理由や目的を問う。○月明二句　魏・曹操（字は孟徳）の「短歌行」（『文選』巻二十七）の一節。小説『三国演義』（第四十八回）では、赤壁の戦いの前に曹操はこの詩を歌う。○此非一句　「非……乎」は、……ではないか、という疑問の形式。○夏口　湖北省武漢市。○武昌　湖北省鄂州市。○繆　糸がまつわるように入り組む。○鬱乎　木々が茂るさま。「乎」は形容語につく接尾語。○此非孟徳一句　「A於B」はBにAされるという受身の表現。「周郎」は呉の将周瑜《しゅうゆ》。「者」は、ここでは地点を表す。○其破荊州　「江陵」は湖北省を中心とする地域。赤壁の戦いに先だち曹操はこの地に拠っていた劉表の子劉琮《りゅうそう》を破った。○下江陵　「江陵」は湖北省荊州市。「荊州」の中心地。○舳艫千里　「舳」はへさき（船首）、「艫」は、とも（船尾）。それが接しながら「千里」も続く。大軍をいう。○旌旗　軍旗。○釃酒

「釃」は、濁酒を竹かごで漉《こ》す。ここでは水神に酒を捧げ、戦勝を祈る。◯横槊賦詩　「槊」は武器の一種、ほこ。唐・元稹《げんしん》「唐故工部員外郎杜君墓誌銘」に「曹氏父子は鞍馬《あんば》の間に文を為《つく》り、往往にして槊を横たえて詩を賦す」。小説『三国演義』の先の場面でも、曹操は槊を横たえて「短歌行」を歌う。◯一世之雄　一時代を代表する英雄。◯安　場所を問う疑問の代詞。ここでは反語で、どこにもいない、の意。◯況　さらに程度が進むことをいう抑揚の表現。曹操のような英雄でさえこうなのだから、まして「吾」と「子」ではさらに。◯漁樵　「漁」は魚をとる。「樵」は木を切る。いずれも隠者として暮らすことをいう。◯侶魚鰕一句　「侶」「友」は親しく交わる。「魚鰕」は、さかな。「麋鹿」は、しか。一句もまた俗世を棄てた日々をいう。◯扁舟　小さな舟。「扁」は小さいの意。◯匏尊　「匏」は、ひょうたん。「樽」は酒器。◯寄　かりそめに預ける。◯蜉蝣　かげろう。はかない命の象徴。◯粟　あわ。穀物の代表。微小さを象徴する。◯須臾　短い時間。畳韻の語。◯挾　引き連れる。◯飛仙　飛翔する仙人。◯遨遊　「遨」も遊ぶ。◯知不可乎驟得　「驟」は、たやすく。『楚辞』九歌「湘夫人」に見える表現を踏まえる。◯遺響　余音。

蘇子は表情をかえ、居ずまいを正して友人に問いかけた、「なぜにかくも哀しげな音色を奏でなさるのか」と。

友人は答える。「『月は明るく星影もまばらに、烏鵲は南に翔けてゆく』。これはたしか曹孟徳の詩ではありませんか。西に夏口を見やり、東に武昌を眺めやれば、山と川はあい重なって続き、青い木々がうっそうと茂っております。ここぞ孟徳がかの周郎に苦しめられた場所ではございませんか。荊州を攻め落として江陵へと下り、川の流れに乗って東に軍を進めたとき、そのいくさ船は千里にわたって続き、軍旗は空を被ってはためいたことでしょう。川べりに臨んで酒を水神に捧げ、槊を横たえて詩を賦したのは、これぞまことに一代の英雄にほかなりません。しかしながら、かの人は今どこにおりましょうか。ましてや、わたしとあなたは、川べりに漁師と樵をなりわいとし、魚や鹿を友として、一葉の舟に身を託し、ひさごの酒を酌み交わしつつ、はかない命を天地の間にしばしあずけるだけの、広大な海に浮かぶ一粒の粟にすぎません。瞬く間に終わる命をはかなみ、長江の流れの尽きるときのないのが羨まれます。しかし、空飛ぶ仙人と手を携えて遊び、明月を抱いて永遠の命を得ることは、たやすくできることではありません。その哀しみを洞簫の余韻に託し悲しく吹き寄せる風に乗せたのです。

蘇子曰、客亦知㆓夫水与㆒㆑月乎、逝者如㆑斯、而未㆓嘗往㆒也、盈虚者如㆑彼、而卒莫㆓消長㆒也、蓋将自㆓其変者㆒而観㆑之、則天地曽不㆑能㆓以一瞬㆒、自㆓其不㆑変者㆒而観㆑之、則物与㆑我皆無㆑尽也、而又何羨乎、且夫天地之間、物各有㆑主、苟非㆓吾之所㆒㆑有、雖㆓一毫㆒而莫㆑取、惟江上之清風、与㆓山間之明月㆒、耳得㆑之而為㆑声、目遇㆑之而成㆑色、取㆑之無㆑禁、用㆑之不㆑竭、是造物者之無尽蔵也、而吾与㆑子之所㆓共食㆒、

蘇子《そし》曰《いわ》く、「客《かく》も亦《ま》た夫《か》の水《みず》と月《つき》とを知《し》るか。逝《ゆ》く者《もの》は斯《かく》の如《ごと》きも、未《いま》だ嘗《かつ》て往《ゆ》かざるなり。盈虚《えいきょ》する者《もの》は彼《か》の如《ごと》きも、卒《つい》に消長《しょうちょう》する莫《な》きなり。蓋《けだ》し将《は》た其《そ》の変《へん》ずる者自《ものよ》りして之《これ》を観《み》れば、則《すなわ》ち天地《てんち》も曽《すなわ》ち以《もっ》て一瞬《いっしゅん》なること能《あた》わず、其《そ》の変《へん》ぜざる者自《ものよ》りして之《これ》を観《み》れば、則《すなわ》ち物《もの》と我《われ》と皆《みな》

尽《つ》くる無《な》きなり。而《しか》るを又《ま》た何《なん》ぞ羨《うらや》まんや。且《か》つ夫《そ》れ天地《てんち》の間《かん》、物各《ものおの》おの主《しゅ》有《あ》り。苟《いやしく》も吾《われ》の有《ゆう》する所《ところ》に非《あら》ざれば、一毫《いちごう》と雖《いえど》も取《と》ること莫《な》し。惟《た》だ江上《こうじょう》の清風《せいふう》と、山間《さんかん》の明月《めいげつ》とは、耳《みみ》之《これ》を得《え》て声《こえ》を為《な》し、目《め》之《これ》に遇《あ》いて色《いろ》を成《な》す。之《これ》を取《と》るも禁《きん》ずる無《な》く、之《これ》を用《もち》うれども竭《つ》きず。是《こ》れ造物《ぞうぶつ》者《しゃ》の無尽蔵《むじんぞう》なり。而《しか》して吾《われ》と子《し》の共《とも》に食《くら》う所《ところ》なり」。

○逝者如斯　留まることのない時間の流れを川の流れにたとえた孔子のことばにもとづく。『論語』子罕《しかん》に「子　川の上《ほとり》に在りて嘆じて曰く、『逝《ゆ》く者は斯《かく》の如きか、昼夜《ちゅうや》を舎《お》かず』と」。○未嘗往　「未嘗」は今までに生起したことがない。強い否定。「往」は行ってしまって無くなる。○盈虚　月の満ち欠けをいう。「盈」は満ちる。望月となる。「虚」は欠ける。朔月となる。○卒　結局。○蓋　語勢を転じ議論を説き起こす語。訓読では「けだし」と読む。○将　仮定の条件を導く。「もし」と読んでもよい。主節にはしばしば「則」を伴う。○自其変者而観之　事物はすべて相対的なものであるという『荘子』の思想にもとづく。『荘子』徳充符《とくじゅうふ》に「其の異なる者自り之を視れば、肝胆も楚越なり。其の同じき者自り之を視れば、万物は皆な一なり」。○曽不「曽」は否定を強調する。○物各有主　万物はすべて所有者がある。○苟　仮定の条件を導く。訓読では「いやしくも」と読む。○毫　ごく細い毛。○惟江上清風　蘇軾の「臨皐閑題」（『東坡志林』巻四）に「江山風月、本もと常主無し。閑なる者、便ち是れ主人なり」。○造物者　天地万物の創造者　『荘子』大宗師《だいそうし》に「偉なる哉　造物者」。○無尽蔵　もと仏教語で徳の広大さをいう。ここでは尽きることのない宝庫の意。○食　享受する。

蘇子はいう。「あなたもあの水と月をご存じでしょう。水は絶え間なく流れてゆきますが、決して流れ去ったまま尽きるということはありません。月はあのように満ち欠けしますが、消え去ったり大きくなったりはいたしません。そもそも、もし変化ということからいうならば、天地のすべては一瞬たりとも不変ではありません。また変化しないということからいえば、あらゆる物はわたしを含めて尽きることはないのです。されば何を羨むことがありましょう。そもそも天地のあいだにあっては、すべての物には所有者があります。かりそめにも自分の所有でなければ、一筋の毛といっても取ってはいけません。ただ川の上をわたる清風と山あいにのぼる明月だけは、耳に聴いてその響きを楽しみ、目に見てその美しさを愛でることができるのです。いくら取っても咎められることはなく、いくら使っても尽きることはありません。これこそ造物者の与えてくれた尽きることのない蓄えなのです。そしてわたしもあなたも共に楽しむことができるのです。

客喜而笑、洗レ盞更酌、肴核既尽、杯盤狼籍、相与枕二藉乎舟中一、不レ知二東方之既白一、

客《かく》喜《よろこ》びて笑《わら》い、盞《さかずき》を洗《あら》いて更《さら》に酌《く》む。肴核《こうかく》既《すで》に尽《つ》き、杯盤《はいばん》狼籍《ろうぜき》たり。相与《あいとも》に舟中《しゅうちゅう》に枕藉《ちんしゃ》し、東方《とうほう》の既《すで》に白《しら》むを知《し》らず。

○盞　さかずき。　○肴核　肉や果実。酒のさかな。『詩経』小雅「賓《ひん》之《し》初筵《しょえん》」に「殽（肴）核維れ旅《つら》ぬ」。　○杯盤狼籍　酒杯や料理の皿が乱雑にちらばる。『史記』滑稽列伝《こっけいれつでん》に見える語。　○枕藉　「藉」は、敷物。たがいを枕とし敷物として眠る。

友人は喜びかつ笑い、酒盃を洗ってあらためて飲んだ。酒肴はもはやなくなり、酒杯と皿は散らかったまま。折り重なるように舟中に眠り、東の空の明け白むのに気づかなかった。

参考文献

・小川環樹・西田太一郎『漢文入門』（岩波全書）
・西田太一郎『漢文法要説』（朋友書店）
・小川環樹・山本和義『蘇東坡詩選』（岩波文庫）

13 歴史書講読（一）

小寺 敦

『史記』管晏列伝第二

《解説》

これは、いわゆる春秋五覇《ごは》の一人とされる斉《せい》の桓公《かんこう》の補佐役、管仲《かんちゅう》の伝記である。『史記《しき》』はもと『太史公書《たいしこうしょ》』といい、前漢武帝《ぜんかんぶてい》期（位前一四一～前八七年）に太史令《たいしれい》の職にあった司馬談《しばだん》（?～前一一一年?）・司馬遷《しばせん》（前一四五?、一三五?～前八七?、八六?年）父子が編纂し、前漢元帝《げんてい》（位前四八～前三三年）から成帝《せいてい》（位前三三～前七年）にかけて博士《はくし》の官にあった褚少孫《ちょしょうそん》が補筆したもので、後に経《けい》・史《し》・子《し》・集《しゅう》の四部《しぶ》分類における「史部」に分類される。

『史記』は、本紀《ほんぎ》一二・表《ひょう》一〇・書《しょ》八・世家《せいか》三〇・列伝《れつでん》七〇巻の全一三〇巻からなる。本紀は五帝から前漢武帝に至る帝王の伝記、表は五帝から前漢末の前二〇年に至る年表、書は国家の制度・体制を記したもの、世家は諸侯やそれに準ずるとされる人々の伝記、列伝はそれ以外の人々の伝記である。これは紀伝体《きでんたい》をとる初の通史であり、後の王朝ごとの断代史の手本となった。『史記』の代表的注釈としては、劉宋《りゅうそう》の裴駰《はいいん》『史記集解《しっかい》』・唐の司馬貞《しばてい》『史記索隠《さくいん》』・張守節《ちょうしゅせつ》『史記正義』のいわゆる三家注《さんかちゅう》があり、研究上『史記』を利用する際には必ず参照されねばならない。

漢代の太史とは、天文・暦算や国家の文書管理を行う官僚で、太史令はその長官である。大雑把に例えれば、司馬談・司馬遷は親子二代で、今日の国立天文台・国立国会図書館・国立公文書館といった機関の長を兼ねたような立場にあったわけである。彼らは各地で資料収集を行い、かつ宮中に所蔵されていた貴重な書籍を閲覧できるという、他の者には極めて困難なことをなし得る地位にあった。なお、司馬遷が武帝の面前で李陵《りりょう》を弁護して宮刑《きゅうけい》となり（赦免後の官は中書令《ちゅうしょれい》）、ために発憤して『史記』を編纂したと語られることもあるが、それ以前、しかも父の司馬談の代から編纂作業が行われているので、俗説に過ぎない。

本テキストでは『管子《かんし》』からの引用が見られる。『管子』は管仲の言行録でその作とされるが、実際は戦国時代の斉の稷下《しょっか》の学者集団が編纂し、これに加えて前漢初期に付加された部分から成ると考えられている。思想内容は、道家・法家・名家から天文・経済・農業など、様々な要素が混交している。全二四巻、前漢の劉向《りゅうきょう》が校定したのが八六篇、その中、今日まで残ったのは八類七六篇である。近年、出土《しゅつど》文献である清華《せいか》大学が所蔵する戦国時代の竹簡《ちくかん》に、その内容から『管仲』と題された短篇が発見され、『管子』との関連が議論されている。

本テキストの舞台である斉は、今日の中国山東《さんとう》省に位置し、周《しゅう》（西周《せいしゅう》）が殷《いん》（商《しょう》）を滅ぼす際に功績があったとされる太公望呂尚《たいこうぼうりょしょう》を始祖とする国である。西周から春秋にかけては「姓《せい》」という同姓不婚《どうせいふこん》を基礎とする血縁による族組織があった。周王の一族が封建された魯《ろ》・晋《しん》などは姫《き》姓《せい》、斉は姜《きょう》姓、楚《そ》は羋《び》姓、秦《しん》は嬴《えい》姓、第14章で現れる陳《ちん》は嬀《ぎ》姓といった具合である。姓は永久不変の建前であり、女性名にのみつき、男性名にはつかない。斉の桓公の名は小白《しょうはく》だが、姜小白とは名乗らないのである。秦の始皇帝の名は政、秦は嬴姓で、彼は嬴政と書かれることもあるが、これは戦国時代以降、姓・氏《し》が混同されて、姓も氏と同様にみなされたからである。氏は姓とは異なるもので、排行《はいこう》・始祖の字・地名・官職名などによって名づけられ、姓より下位の族集団を表し、男性名にもつき、変更したり複数の氏を持つことがあった。例えば魯の国君は姫姓であり、魯の桓公の子孫である孟《もう》（仲孫《ちゅうそん》）氏は、孟・仲孫を氏とし、その傍系子孫には孔子の弟子を輩出した南《なん》宮《きゅう》氏などがいる。テキストに現れる管・鮑《ほう》は氏である。管仲は姫姓の後ともされ、それならば周の王室と同姓、斉の桓公《かんこう》と異姓になる。鮑叔《ほうしゅく》は姒《じ》姓ともされるので、それなら斉の公室や管仲とは異姓になる。太公望呂尚とその子孫である姜姓の斉の君主の事績については、『史記』斉太公世家（斉世家）が詳しい。とはいえ、太公の死後、春秋初期まではほとんど即位と死没に関する記事で占められており、本章テキストとも関連する襄《じょうこう》公の殺害から、ようやく事件の記載が増える。

斉の桓公小白は釐《き》（僖《き》）公の子で、襄公の弟である。斉の襄公の十二年（前六八六年）に公孫《こうそん》無知《むち》がクーデターを起こして襄公を殺害し、国君に即位したがすぐに殺され、テキストにもあるように、後継者を巡って争いになった。『史記』斉世家によれば、襄公の時に亡命していた公子の中、母が衛の出身で莒《きょ》に逃げていた公子《こうし》小白と、魯の出身でそこにかくまわれていた公子糾《きゅう》とが有力で、斉で代々執政にあたる卿《けい》を務めていた国《こく》・高《こう》氏の支持を得た小白は、魯の援助で攻めてきた糾を破って斉の国君に即位した。

テキストには、桓公が鮑叔の推薦に従って敵方だった管仲を執政としたことが書かれているが、春秋時代以前は君主が官僚によって領域を統治するシステムは存在せず、姓による族組織を基礎とした、階層構造をなす、独立性の高い邑《ゆう》の連合体というべきものであった。「官」は春秋以前からあるが、戦国時代以降の官僚とは異なり、多くは本人の能力よりも、その属する族組織を優先して任命される役職だった。斉では公室の出、つまり姜姓である国氏・高氏が代々卿の地位にあって政務を担当していた。それ以外の要職も基本的には担当する資格のある氏族が限られていた。管氏も斉の公室の子孫、鮑氏は姜姓ではないが有力な氏族であり、管仲も鮑叔も公子の守り役にあてがわれるほどの人物であるから、決して庶民の出ではなく、同じく格式ある氏族の出身であった。しかしこのテキストには若き日の管仲・鮑叔の苦労話などに見られるように、戦国時代以降顕著になる、高位高官は血縁によってのみ保証されるものではないという、能力主義的なニュアンスが含まれている。実際、ここでは若いころの管仲・鮑叔は、戦国時代になると広く見られるようになる游《ゆう》侠《きょう》の徒《と》のごとく描かれている。族組織から自由な游侠の徒は、これより後の時代である戦国時代以降の都市に多く発生し、血縁にとらわれない人間関係によって人々を結合させたが、戦国王権は権力基盤を固めるために彼らの組織力を利用・活用した。『史記』にはこうした人々をとりあげた游侠列伝が収められている。なお第14章でとりあげる『左伝』にも、管仲・鮑叔が登場するものの、彼らに関する游侠的な記載はない。

　殷・西周時代には、集落ないし都市である邑がその力関係によって階層構造をなし（「邑制《ゆうせい》国家」ともいう）、その頂点に最大勢力の邑の支配者である殷・周王が鎮座して統治がなされていた。こうした邑による累層的《るいそうてき》支配秩序は西周後期以降動揺し、それが端的に現れたのは西周の滅亡と周の東遷《とうせん》である。斉の桓公の覇業とは、葵丘《ききゅう》の会《かい》（前六五一年）に見られるように、諸侯（＝邑制国家）が盟約を結ぶ会盟の場を斉が統括したことをいう。盟約そのものは西周以前にさかのぼる儀式であり、もともとその種の行為を取り仕切る最高位者は周王であった。覇者は、こうした階層構造をもつ邑による支配システムを、なお強力に存在した周王の権威を利用しながら会盟を通してまとめなおしたといえる。つまりこれは西周の支配体制を手直ししながら何とか延命させようとしたもので、あくまでも邑制国家の枠内にとどまっていた。そしてそれは春秋後期以降に出現して整備が進み、戦国王権につながる領域国家とは本質的に異なるものであった。斉の桓公の死後、斉は後継者を巡って混乱し、かわって今日の山西省にあった晋と、これに対抗して南方である湖北省から急速に勢力を拡大した楚とが覇者として諸侯をとりまとめた。楚は中原とは異質な文化をもち、自ら王を名乗って周王の権威ぬきに邑の階層秩序の頂点に立とうとした。晋・楚以外に西方の陝西《せんせい》省の秦、なおも大国であり続けた東方の斉も加わり、更に春秋後期になると江南《こうなん》の異文化圏から呉《ご》・越《えつ》が中原《ちゅうげん》方面へ進出するようになった。これら諸国は諸侯のはたがしらの座を求めて抗争を繰り返すことになる。

《本文》

『史記』管晏列伝第二

管仲夷吾者、潁上人也。少時常与二鮑叔牙一游、鮑叔知二其賢一。管仲貧困、常欺二鮑叔一、鮑叔終善遇レ之、不二以為レ言。已而鮑叔事二斉公子小白一、管仲事二公子糾一。及三小白立為二桓公一、公子糾死、管仲囚焉。鮑叔遂進二管仲一。管仲既用、任二政於斉一。斉桓公以覇、九三合諸侯一、一二匡天下一、管仲之謀也。

管仲夷吾《かんちゅういご》は、潁上《えいじょう》の人なり。少《わか》き時常に鮑叔牙《ほうしゅくが》と游び、鮑叔其の賢なるを知る。管仲貧困にして、常に鮑叔を欺くも、鮑叔終《つい》に善く之を遇し、以て言《げん》を為さず。已にして鮑叔斉《せい》の公子小白《こうししょうはく》に事《つか》え、管仲公子糾《きゅう》に事う。小白立ちて桓公《かんこう》と為《な》るに及び、公子糾死して、管仲囚《とら》わる。鮑叔遂《つい》に管仲を進む。管仲既に用いられ、政《まつりごと》に斉に任ず。斉の桓公以て霸《は》たりて、諸侯を九合《きゅうごう》し、天下を一匡《いっきょう》するは、管仲の謀なり。

○管仲夷吾　管は氏、仲は字《あざな》、夷吾は名。○潁　淮水《わいすい》の支流　○鮑叔牙　鮑は氏、叔は字、牙は名。○已而　「すでニシテ」、ほどなくの意味で読む。○公子小白　斉の釐（僖）公の子、襄公の弟。公子は諸侯の子。○公子糾　公子小白の庶兄。○管仲囚焉　『左伝』（第14章参照）荘公《そうこう》九年には「管仲請囚」とあり、管仲が望んで斉の桓公に捕らわれたことになっている。○遂　ここは「そして」「なりゆき上」の意。○霸　諸侯の盟主。○九合　集めて合わせること。九は多いことを表す。○一匡　正すこと。

管仲夷吾は潁水のほとりの人である。若い時は常に鮑叔牙と交遊があり、鮑叔は彼が賢であることを知っていた。管仲は貧しく、常に鮑叔をだましたが、それでも鮑叔は彼とよく付き合い、何も言わなかった。鮑叔は斉の公子小白に仕え、管仲は公子糾に仕えた。小白が即位して桓公となると、公子糾は死んで、管仲は捕らえられた。そこで鮑叔は管仲を推薦した。管仲が登用されると、斉の政治を委ねられた。それで斉の桓公が覇者となり、諸侯を集めて合わせ、天下を正したのは、管仲のはかりごとである。

管仲曰、「吾始困時、嘗与二鮑叔一賈、分二財利一多自与、鮑叔不二以レ我為一レ貪、知二我貧一也。吾嘗為二

鮑叔一謀レ事而更窮困、鮑叔不二以レ我為レ愚、知三時有二利不利一也。吾嘗三仕三見レ逐二於君一、鮑叔不三以レ我為二不肖一、知二我不レ遭レ時也。吾嘗三戦三走、鮑叔不二以レ我為レ怯、知三我有二老母一也。公子糾敗、召忽死レ之、吾幽囚受レ辱、鮑叔不三以レ我為二無恥一、知下我不レ羞二小節一而恥中功名不上レ顕二于天下一也。生レ我者父母、知レ我者鮑子也。」

管仲曰く、「吾《われ》始め困《くるし》みし時、嘗《かつ》て鮑叔と賈《こ》し、財利を分つに多く自ら与うるも、鮑叔我を以て貪《たん》と為さざるは、我が貧なるを知ればなり。吾嘗《かつ》て鮑叔の為《た》めに事を謀りて更に窮困するも、鮑叔我を以て愚《ぐ》と為さざるは、時に利不利有るを知ればなり。吾嘗て三たび仕え三たび君に逐《お》わるるも、鮑叔我を以て不肖と為さざるは、我の時に遭《あ》わざるを知ればなり。吾嘗て三たび戦いて三たび走るも、鮑叔我を以て怯《きょう》と為さざるは、我に老母有るを知ればなり。公子糾敗れ、召忽《しょうこつ》之に死し、吾幽囚《ゆうしゅう》せられて辱《はずかし》めを受くるも、鮑叔我を以て無恥と為さざるは、我の小節《しょうせつ》に羞《は》じずして功名の天下に顕《あらわ》れざるを恥ずるを知ればなり。我を生む者は父母、我を知る者は鮑子なり。」と。

○管仲曰　『呂氏春秋《りょししゅんじゅう》』などにも以下と同様の説話がある。　○賈　（店を構えた）商人。　○不以我為貪　「以為」は「思う」の意。　○召忽　斉の大夫で公子糾の守り役。

管仲は次のように言った。「私は最初貧困だった時、鮑叔と商売を行い、利益を分割した際に自分の方を多くしたが、鮑叔は私を貪欲と考えなかったのは、私が貧しいことを知っていたからである。私は鮑叔のために事業を行い、更に窮乏することになったが、鮑叔は私を愚かと考えなかったのは、時に良し悪しのあることを知っていたからである。私は三度仕えて三度主君に追放されたが、鮑叔は私を才能がないと考えなかったのは、私が時運にめぐり合わなかったことを知っていたからである。私は三度戦って三度敗走したが、鮑叔は私を卑怯と考えなかったのは、私に老母のいることを知っていたからである。公子糾が敗れると、召忽はそれと死を共にしたのに、私は囚われて屈辱を受けたが、鮑叔は私を無恥と考えなかったのは、私が小さな節義を恥じるのではなく、功名が天下に現れないことを恥じることを知っていたからである。私を生んだのは父母であり、私を知るのは鮑子である。」と。

鮑叔既進二管仲一、以レ身下レ之。子孫世禄二於斉一、有二封邑一者十余世、常為二名大夫一。天下不レ多二管仲之賢一而多二鮑叔能知一レ人也。

鮑叔既に管仲を進め、身《み》を以て之に下る。子孫世《よよ》斉に禄し、封邑《ほうゆう》を有《たも》つ者《こと》十余世、常に名大夫為《た》り。天下管仲の賢を多《た》とせずして鮑叔の能く人を知るを多とするなり。

○以身　みずから　○子孫　ここは鮑叔の子孫のこと。　○大夫　周代の世襲身分の一つ。諸侯の下、士の上で、拠点となる封邑を代々保ちつつ、諸侯国の政治に関与する。大夫の中で特に身分が高く、執政に携わる者を卿という。卿・大夫には上・中・下の区別がつくことがある。　○多　賛美する。

鮑叔は管仲を推挙すると、みずから彼の下位となった。子孫代々斉で俸禄を食み、封邑を保つこと十代余り、常に名大夫であった。天下は管仲の賢を讃えず、鮑叔が人物をよく知ることを讃えた。

管仲既任レ政相レ斉、以三区区之斉在二海濱一、通レ貨積レ財、富レ国彊レ兵、与レ俗同二好悪一。故其称曰、「倉廩実而知二礼節一、衣食足而知二栄辱一、上服度則六親固。四維不レ張、国乃滅亡。下レ令如二流水之原一、令順二民心一。」故論卑而易レ行。俗之所レ欲、因而予レ之。俗之所レ否、因而去レ之。

管仲既に政に任じて斉に相《しょう》たり、区区《くく》たる斉の海濱《かいひん》に在るを以て、貨《か》を通じ財を積み、国を富ましめ兵を彊《つよ》くし、俗と好悪《こうお》を同じくす。故に其れ称して曰く、「倉廩《そうりん》実《み》ちて礼節を知り、衣食足りて栄辱《えいじょく》を知り、上《かみ》の服度《ふくど》あれば則ち六親《りくしん》固し。四維《しい》張《は》らずば、国乃ち滅亡す。令を下すこと流水の原《みなもと》の如く、令《れい》民心に順《したが》う。」と。故に論卑《ひく》く行い易し。俗の欲《ほっ》する所は、因《よ》りて之を予《あた》う。俗の否《いな》む所は、因りて之を去る。

○故其称曰　この一文は『管子』牧民《ぼくみん》篇に見える。　○六親　父母兄弟妻子、つまり近い親族のこと。　○四維　礼・義・廉《れん》・恥《ち》の四つの綱領。

管仲は政治を委任されて斉国で相となり、狭い海辺の斉国にいながら、物品を交易して財産を蓄積し、国を富ませて軍隊を強くし、民衆と好き嫌いを同じくした。だから「倉庫が一杯になると礼儀と節度を知り、衣食が十分になると名誉と恥辱を知り、上の服に節度があれば親族が安定する。（礼・義・廉・恥）の四つの綱領がなければ、国は滅亡する。命令を下すのは流れる水に源のあるようであり、命令は民の思いに従うのである。」というのである。だからその理論は卑近で行いやすかった。民衆が欲しがることは、そのまま与えた。民衆がいやがることはその通り取り去った。

其為レ政也、善因レ禍而為レ福、転レ敗而為レ功。貴二軽重一、慎二権衡一。桓公実怒二少姫一、南襲レ蔡、管仲因而伐レ楚、責二包茅不レ入三貢於周室一。桓公実北征二山戎一、而管仲因而令三燕修二召公之政一。於二柯之会一、桓公欲レ背二曹沫之約一、管仲因而信レ之、諸侯由レ是帰レ斉。故曰、「知二与之為レ取、政之宝也。」

其の政を為すや、善《よ》く禍《わざわい》に因りて福を為し、敗を転じて功を為す。軽重《けいちょう》を貴びて、権衡《けんこう》を慎む。桓公実《じつ》は少姫《しょうき》を怒り、南のかた蔡《さい》を襲い、管仲因りて楚を伐ち、包茅《ほうぼう》の周室に入貢《にゅうこう》せざるを責む。桓公実は北のかた山戎《さんじゅう》を征して、管仲因りて燕《えん》をして召公《しょうこう》の政を修めしむ。柯《か》の会に於ける、桓公 曹沫《そうばつ》の約に背《そむ》かんと欲して、管仲因りて之を信《まこと》にし、諸侯是《これ》に由《よ》りて斉に帰《き》す。故に曰く、「与うるの取ると為《な》るを知るは、政の宝なり。」と。

○貴軽重、慎権衡　『管子』に軽重《けいちょう》篇があるが、ここは、次の「慎権衡」と合わせて、単に物事の軽重をたっとんだことをいうのである。　○怒少姫　『史記』斉世家・『左伝』僖公《きこう》三年にこれに関する記事が見える。　○蔡　周代、武王の弟の蔡叔《さいしゅく》が封建され、河南《かなん》省にあった国。春秋末から戦国初に楚に滅ぼされた。　◯楚　周代、もと湖北《こほく》省にあった国。やがて南方一帯に勢力を拡大し、春秋時代から戦国時代にかけて王を称して大国となったが、戦国時代末期に秦に滅ぼされた。　◯包茅　祭祀《さいし》用の束ねた茅《ちがや》。祭祀の際に箱に入れ、酒を注いで供えた。この事件は『左伝』僖公四年にも見える。　◯山戎　燕の周辺に存在した部族。戎とは、中原とは異なる文化を持つと中原側から認識された人々のこと。　◯燕　周の武王の弟である召公奭《せき》を始祖とする国。戦国時代に王を称して大国となったが、戦国末、秦に滅ぼされた。　◯修召公之政　召公は召公奭。『史記』燕世家などにもここと類似の記事がある。但し『左伝』荘公《そうこう》三十年では召公の政については書かれていない。　◯曹沫之約　曹沫は魯の人。この事件は『史記』斉世家・魯世家・『公羊伝』荘公十三年などに見える。　◯故曰　この一文は『管子』牧民篇に見える。

管仲が政治を行うにあたっては、災いを福とし、失敗を功績に転じさせた。物事の軽重を重視して、均衡について慎重にした。桓公が少姫について怒ると、南方の蔡を襲撃したが、管仲はそれに乗じて楚国を討伐し、祭祀用の束ねた茅《ちがや》が周の王室に献上されないことを譴責《けんせき》した。桓公が北方の山戎を征伐すると、管仲はそれに乗じて燕に召公（奭）の政治のやり方を行わせた。柯の会盟では、桓公が曹沫と交わした盟約を破ろうとしたが、管仲はそれに乗じてこれを真実の盟約とし、そのために諸侯は斉に帰順した。だから「与えることが取ることになるのを知ることは、政治の宝である。」というのである。

管仲富擬㆓於公室㆒、有㆓三帰・反坫㆒、斉人不㆓以為㆑侈。管仲卒、斉国遵㆓其政㆒、常彊㆓於諸侯㆒。後百余年而有㆓晏子㆒焉。

管仲の富は公室に擬《ぎ》し、三帰《さんき》・反坫《はんてん》有り、斉人以て侈《し》と為さず。管仲卒《しゅっ》して、斉国其の政に遵《したが》い、常に諸侯より彊《つよ》し。後《のち》百余年にして晏子《あんし》有り。

○擬　なぞらえる。　○三帰　三姓の女とも、三箇所の邸ともいう。　○反坫　周代、諸侯の宴会で、献酬《けんしゅう》が終わった杯を伏せる台。　○侈　驕侈《きょうし》、おごり。　○晏子　第14章参照。

管仲の富は公室になぞらえられ、三帰や反坫といった諸侯並みのものを保有したが、斉の人々はそれを驕りとはみなさなかった。管仲が亡くなると、斉国はその政治に従い、いつも諸侯より強大だった。その後百年余りたって晏子が現れた。

参考文献

・水沢利忠『史記八（列伝一）』（新釈漢文大系八八、明治書院、東京、一九九〇年二月）
・小川環樹・今鷹真・福島吉彦訳『史記列伝（一）』（岩波文庫、岩波書店、東京、一九七五年六月）
・『史記（七）』（中華書局、北京、一九五九年九月）
・松丸道雄他編『世界歴史大系　中国史　1』、山川出版社、二〇〇三年八月）

14 歴史書講読（二）

小寺　敦

『春秋左氏伝』昭公十年

《解説》

これは第13章でもとりあげた斉《せい》の国を舞台とし、その内乱を扱った説話である。『春秋左氏《しゅんじゅうさし》伝《でん》』とは、魯《ろ》国の年代記の体裁をとる『春秋』の「伝（＝注釈）」である。「春秋」とはもともと各国の史書をいい、魯以外の国にも春秋があり、また晋《しん》には「乗《じょう》」、楚《そ》には「檮杌《とうこつ》」という名の史書があったとされる。この『春秋』は経書《けいしょ》の一つであり、編年体《へんねんたい》により、魯の隠公《いんこう》から哀公《あいこう》に至る十二代の君主の紀年に基づいて記事が配列されている。記事はいずれも短い文であり、それだけでは意味の分かりにくいものがかなりある。本テキストでとりあげた経文《けいぶん》は「夏斉欒施来奔」と、わずか漢字六文字であり、その年の夏に欒施《らんし》という人物が魯に逃亡してきたことしか分からない。

今日の『春秋』には、全て注釈としての「伝」がついており、『春秋』経文に解説を加える体裁になっている。『春秋』の伝は幾種類もあるが、今日まで残っているのは『春秋左氏伝（左伝）』『春秋公羊伝《くようでん》』『春秋穀梁伝《こくりょうでん》』のいわゆる春秋三伝《さんでん》である。『公羊伝』は前漢半ばにまず盛んとなり、『穀梁伝』は前漢宣帝《せんてい》期（位前七四〜四八年）に流行した今文《きんぶん》の（隷書《れいしょ》で書かれた）テキストで、いかにも注釈らしいスタイルをとる。『公羊伝』は前漢景帝《けいてい》期（位前一五七～前一四一年）の公羊寿《くようじゅ》ら、『穀梁伝』は前漢の穀梁子《こくりょうし》によって筆写されたともされ、いずれも孔子の弟子の子夏《しか》（春秋末～戦国初）にその起源が結びつけられた。『左伝』は『公羊伝』『穀梁伝』に遅れて前漢末に突如として発見された古文《こぶん》の（戦国時代の古い文字で書かれた）テキストであり、『公羊伝』『穀梁伝』より古い春秋末の左丘明《さきゅうめい》の作とされ、『公羊伝』『穀梁伝』とは異なり、説話記事の集合体である。『左伝』は前漢末に「発見」された際、王莽《おうもう》の新朝樹立に利用されたこともあって、王莽のブレーンだった劉歆《りゅうきん》による偽作説が古来議論されてきた。しかし、近年では他の文献や出土資料との比較検討、また『左伝』そのものの内容分析などから、戦国時代に成立したと考える研究者が多くなっている。

『春秋』は魯の隠公元年（前七二二年）から哀公十四年（前四八一年）（『春秋公羊伝』『春秋穀梁伝』）または十六年（前四七九年）（『春秋左氏伝』）まで、魯の国君の事績などを記録する。哀公十四年は「獲麟《かくりん》」の記事、哀公十六年は孔子の死が末年の指標となる。『春秋左氏伝』は他の二伝よりも扱う年代が広く、隠公の先代の恵公《けいこう》から説き起こし、哀公二十七年（前四六八年）の哀公出奔まで伝がついており、その末尾では前四五三年の晋の知《ち》氏滅亡にまで話が及ぶ。本テキストで扱う昭公《しょうこう》十年とは、『左伝』では後半部分、魯の昭公の治世十年目、前五三二年にあたる。『左伝』そのものにも注釈があり、西晋《せいしん》の杜預《どよ》による注釈のついた『春秋左氏伝集解《しっかい》（集解）』、いわゆる杜《と》注《ちゅう》が早く、唐の孔穎達《くようだつ》がこれに疏《そ》（注に対する注釈）を付した『春秋左氏伝正義（正義）』、いわゆる孔疏《くそ》が公定テキストとなった。以来多くの学者が『左伝』を研究している。我が国では明治期の竹添進一郎《たけぞえしんいちろう》（光鴻《こうこう》）『左氏会箋《かいせん》』がよく知られている。

本テキストでは、わずか六文字からなる昭公十年（前五三二年）の経文の注釈として、伝文の部分において春秋後期における斉の大夫《たいふ》間の権力闘争の一つが描かれる。欒《らん》・高《こう》氏は斉の恵公元（位前六〇八～前五九九年、桓公の子）の子孫であり、公室と同姓《どうせい》だが、陳《ちん》（田《でん》）氏は嬀《ぎ》姓、鮑《ほう》氏は姒《じ》姓で、姜《きょう》姓の公室とは異姓《いせい》の氏族である。鮑氏は第13章に現れた鮑叔《ほうしゅく》の子孫でもある。春秋時代の斉では、もともと他の諸国同様、公室と同姓の氏族が執政《しっせい》やそれに準ずる要職を担当し、また有力な異姓氏族もそういった職に関わる体制になっていた。ここでの欒・高氏も公室の子孫であるから、そういった周王朝の支配秩序の常識に沿って政権を担当していたわけである。しかし時代が降ると、陳氏や鮑氏といった異姓氏族がここに見えるように公室と同姓の氏族を排除していき、邑《ゆう》を含む滅ぼした氏族の家産を吸収しながら政治的・経済的に力を強め、最終的には陳氏が姜姓の公室にかわって斉の君主となった。その過程で、従来自立性の高かった邑がこうした権力に対して従属の度を深めていき、また邑の外部である広大な「野《や》」も開発が進められ、陳氏のような勢力を更に強化していくことになった。戦国時代の斉王は陳氏の子孫である。

この時の君主は恵公の曾孫の景公杵臼《けいこうしょきゅう》で、兄の荘公光《そうこうこう》（位前五五三～前五四八年）が執政の崔杼《さいちょ》に弑《しい》された後に擁立された。荘公殺害直後、斉の大史《たいし》が「崔杼、其の君を弑す。」と記録したので崔杼が彼を殺し、その弟二人も続いて同じことを記録したために殺され、四人目の兄弟も同様に記したが、崔杼は殺さなかったという、史官の責務を示す有名な説話が『左伝』襄公《じょうこう》二十五年や『史記』斉世家にある。景公の治世は五〇年以上の長きにわたるが、その間には本テキストにあるように、有力氏族の勢力が拡大し、相互の権力闘争が激しく、君主の実力は限られたものだった。ただ本テキストでも紛争の当事者が景公を奪い合っているように、国君には国内の権力の正当性を表す権威があった。この点、諸侯の役割は周王のそれをスケールダウンさせたものになっているといえる。景公が前四九〇年に亡くなると斉の君位が安定せず、その死の翌年には斉の名門で執政だった国《こく》・高《こう》氏が、陳桓子《かんし》の後継者である陳僖子《きし》（陳乞《きつ》）と陳氏と並ぶ勢力を有する鮑氏の当主であった鮑牧《ほうぼく》とによって追放され、その二年後に鮑牧が殺害され、前四八一年に簡公壬《かんこうじん》が陳恒《こう》（陳成子《せいし》）に殺害されると（この時、孔子が魯の哀公に斉を討つよう進言した有名なエピソードがある）、斉の国内には陳氏のライバルがいなくなり、陳氏は斉の統治者と等しくなった。前三九一年、陳和《か》（田和《でんか》、太公）が姜姓最後の斉の君主である康公《こうこう》を追放し、自ら君位に即いて斉公と名乗り、続いて前三八六年に周王から諸侯として正式に承認された。これ以前と以後との斉を区別して、姜姓を君主とする斉を姜斉《きょうせい》、陳氏（田氏）を君主とする斉を田斉《でんせい》ともいう。

春秋から戦国にかけては、上は周王から諸侯、大夫、士を経て下は庶人に至るまで、下克上の風潮が強まり、実力主義が浸透していく時代であった。だがいかにそうした風潮があるとはいえ、大夫、しかも公室とは異姓であった陳氏が斉の君主に成り上がるには、単なる経済力や軍事力以外の、それ相応の理由づけが必要となる。その一つとして、徳や賢といった君主として備えるべき高い道徳性が強調された。本テキストで晏嬰《あんえい》が陳桓子に説いているのもそれである。晏嬰はここでは賢人の役割を与えられている。『左伝』の編者は陳氏が後に斉の国君にとってかわることを明らかに知っているので、そのやりとりがこういった文章に表現されることによって、陳氏がやがて諸侯となるべき正当性が示されているともいえる。ただ陳氏は血縁においても、『左伝』では陳の君主の子孫であることが書かれており、諸侯の血筋であることが示されている。道徳性を含む本人の能力面のみではなく、春秋末から戦国初に至っても、血縁原理がいまだに重要性を失っていなかったことが分かる。但し金文では斉の陳氏の「陳」と陳国の「陳」とは別の字形であり、祖先が陳の君主というのは捏造である可能性も排除できない。同様のことは、大夫だった韓・魏《ぎ》・趙《ちょう》の三氏が公室にとってかわった晋の場合にも見られる。韓氏は晋の公室の子孫で姫姓、魏氏は西周の文王の子である畢公高《ひっこうこう》の子孫で姫姓、趙氏は異姓であるが西周の穆王《ぼくおう》の馭者だったとされる伝説的人物である造父《ぞうほ》の子孫で嬴《えい》姓ということになっており、魏氏・趙氏の先祖は晋の文公《ぶんこう》の亡命期に付き従っており、韓氏はそれより前から国君の側近として文献に描かれる。こうした勢力が君主に成り上がる際は周王の権威が存分に活用され、仰々しい儀式を行い、そのお墨付きを得る形で諸侯として承認されるという手続きを踏んでいる。これらの勢力は戦国中期になると王を称することになる。王を称することも儀礼を通して行っており、こうした儀礼の背後にある周王朝の権威というものがしぶとく生き続け、成り上がった勢力がその権威を自らのものとして取り込んでいったことが分かる。

本テキストには『史記』管晏《かんあん》列伝のもう一方の主人公である晏嬰（晏平仲《へいちゅう》）が登場する。管仲が春秋前期の人物であるのに対して、晏嬰は春秋後期を生きた。管仲は桓公の執政であったが、晏嬰の地位は決して低くはないものの景公の執政ではなかった。晏嬰の子、晏圉《ぎょ》は先に触れた『左伝』哀公六年（前四八九年）における国氏・高氏追放の際、一緒に魯に亡命しており、晏氏はそれまでの斉における地位を失ったとみられる。管仲の『管子』におけると同様、晏嬰についても『晏《あん》子《し》春秋』という文献が伝わっている。『晏子春秋』は『晏子』ともいい、やはり晏嬰の作に仮託されるが、実際のところ、主要部分は戦国のころに成立したと考えられる。今日まで伝わったテキストは、内篇《ないへん》六、外篇《がいへん》二、全二一五章からなる。その内容は晏嬰と斉の景公との問答からなり、基本的に晏嬰が景公を諫めるスタイルであるが、景公は暗君としてのみ描かれず、時として賢君としても表現される。そこに見られる思想は、儒家・墨家や経済思想など、『管子』同様に様々である。かつては六朝期の偽作説もあったが、一九七二年に山東《さんとう》省臨沂《りんぎ》県の銀雀山漢墓《ぎんじゃくざんかんぼ》から『晏子』の一部とみられる竹簡《ちくかん》が出土しており、前漢前半には既に『晏子』という文献が存在していたことがほぼ確実となった。

《本文》

『春秋左氏伝』昭公十年

経文：

夏、斉欒施来奔。

夏、斉《せい》の欒施来奔《らんしらいほん》す。

夏、斉の欒施が出奔してきた。

伝文：

斉恵欒・高氏皆耆レ酒、信レ内多レ怨、彊二於陳・鮑氏一而悪レ之。

斉の恵欒《けいらん》・高《こう》氏皆酒を耆《たしな》み、内《うち》を信じて怨み多く、陳《ちん》・鮑《ほう》氏より彊《つよ》くして之を悪《にく》む。

○斉恵欒高氏　斉の恵公を先祖とする欒・高氏。斉には別に国氏と並称される、斉の文公の子孫である名門の高氏がある。　○内　妻や妾。　○陳・鮑氏　陳氏は、陳の桓公の子の公子完《かん》（敬《けい》仲《ちゅう》）が斉に逃れて始祖となったとされる一族。また田氏とも書かれる。鮑氏は鮑牙《ほうが》（鮑叔）の子孫の一族。

斉の恵公から派出した欒・高氏は、みな酒飲みで、妻や妾ばかり信用して多くの人に恨まれ、陳氏・鮑氏より強大だったのに、彼らを憎んだ。

夏、有レ告二陳桓子一曰、「子旗・子良将レ攻二陳・鮑一。」亦告二鮑氏一。桓子授レ甲而如二鮑氏一。遭二子良酔而騁一、遂見二文子一、則亦授レ甲矣。使レ視二二子一、則皆将レ飲レ酒。桓子曰、「彼雖レ不レ信、聞二我授レ甲、則必逐レ我。及二其飲レ酒也、先伐レ諸。」陳・鮑方睦、遂伐二欒・高氏一。子良曰、「先得レ公、陳・鮑焉往。」遂伐二虎門一。

夏、陳桓子《かんし》に告ぐる有りて曰く、「子旗《しき》・子良《しりょう》将に陳・鮑を攻めんとす。」と。亦《ま》た鮑氏に告ぐ。桓子　甲《こう》を授けて鮑氏に如《ゆ》く。子良酔《え》いて騁《は》するに遭い、遂に文子を見れば、則ち亦た甲を授く。二子《にし》を視《み》しむれば、則ち皆将《みなまさ》に酒を飲まんとす。桓子曰く、「彼信《しん》ならずと雖も、我甲を授くを聞かば、則ち必ず我を逐《お》わん。其の酒を飲むに及ぶや、先ず諸《これ》を伐《う》たん。」と。陳・鮑方《まさ》に睦《むつ》まじく、遂に欒・高氏を伐つ。子良曰く、「先ず公を得《え》ば、陳・鮑焉《いずく》にか往《ゆ》かん。」と。遂に虎門《こもん》を伐つ。

○陳桓子　陳無宇《むう》。桓子は称号。　○子旗・子良　子旗は欒施、子良は高彊《こうきょう》の字。　○遭子良酔而騁　杜注は「子良の酔に遭いて騁せ」と読むが、ここは通説に従う。　○文子　鮑文子《ぶんし》（鮑国《こく》）。文子は称号。　○彼雖不信　「彼」を欒・高氏のこととする説もあるが、ここは陳桓子に情報をもたらした者として解釈しておく。　○先伐諸　楊伯峻は「諸」を「之乎」の合音《ごうおん》字（複数の字の音が合わさって一つになった字）とする。　○虎門　斉の都である臨淄《りんし》の門の一つ。臨淄は今の山東《さんとう》省淄博《しはく》市臨淄区。

夏、陳桓子に、「子旗・子良が陳氏・鮑氏を攻めようとしております。」と告げる者がいた。鮑氏にもそのように報告した。桓子は鎧を（陳氏の者共に）渡して鮑氏の邸に赴いた。子良が酔っぱらって訪問するところに遭遇し、それから文子に会うと、そちらも鎧を（鮑氏の者共に）渡していた。（子旗・子良の）二人を観察させると、皆が酒を飲もうとするところであった。桓子は、「先の者の報告は信用できないが、私が鎧を渡したことを聞けば、必ずや私を追放するだろう。酒を飲んでいるのに乗じて、先に彼らを攻めよう。」と言った。陳氏・鮑氏はちょうど関係が良く、そこで欒氏・高氏を攻撃した。子良は「先に主君（景公）を手に入れれば、陳氏・鮑氏はどこへ行くことになろうか。」と言った。そこで虎門を攻めた。

晏平仲端委立二于虎門之外一、四族召レ之、無レ所レ往。其徒曰、「助二陳・鮑一乎。」曰、「何善焉。」「助二欒・高一乎。」曰、「庸愈乎。」「然則帰乎。」曰、「君伐、焉帰。」公召レ之、而後入。公卜レ使下王黒以二霊姑銔一率上、吉。請下断二三尺焉一而用上レ之。五月庚辰、戦二于稷一、欒・高敗、又敗二諸荘一。国人追レ之、又敗二諸鹿門一。欒施・高彊来奔。陳・鮑分二其室一。

晏平仲《あんへいちゅう》　端委《たんい》して虎門の外に立ち、四族《しぞく》之を召し、往く所無し。其の徒《と》曰く、「陳・鮑を助けんか。」と。曰く、「何ぞ善《よ》からんや。」と。「欒・高を助けんか。」と。曰く、「庸《なん》ぞ愈《まさ》れるや。」と。「然らば則ち帰らんか。」と。曰く、「君伐たる、焉《いずくん》ぞ帰らんや。」と。公 之を召して、而る後に入る。公 王黒《おうこく》をして霊姑銔《れいこひ》を以て率《ひき》いしめんことを卜《ぼく》せしめ、吉《きつ》なり。三尺《せき》を焉《ここ》に断ちて之を用いんことを請う。五月庚辰《かのえたつ》、稷《しょく》に戦い、欒・高敗れ、又《ま》た荘《そう》に敗る。国人《こくじん》之を追い、又た鹿門《ろくもん》に敗る。欒施・高彊　来奔す。陳・鮑　其の室《しつ》を分《わか》つ。

○端委　朝廷の礼服。　○四族　欒・高・陳・鮑の四氏。　○何善焉　陳・鮑氏が良いわけではないこと。　○庸愈乎　欒・高氏が陳・鮑氏よりまさっているわけではないこと。　○公　斉の景公《けいこう》杵臼《しょきゅう》（位前五四七～前四九〇年）。　○霊姑銔　国君が保有する旗の名称。　○稷　斉の国都である臨淄の中にある地名。　○敗諸荘　楊伯峻の説に従い、ここの「諸」を前置詞の「於」に解する。次の「敗諸鹿門」も同様。　○荘　稷と同様、臨淄内部の地名。　○鹿門　臨淄の都城《とじょう》の東南にある門。

晏平仲は礼服を着用して虎門の外に立っており、（欒・高・陳・鮑）の四族は彼を勧誘したが、どこへも行かなかった。その配下が「陳氏・鮑氏を助けましょうか。」と言った。「どこが良いのか。」「欒氏・高氏を助けましょうか。」「どうして優れているのか。」「それでしたら帰りましょうか。」「主君が攻撃されているのに、どうして帰ろうか。」景公が彼を呼び寄せてから（公宮に）入った。景公は王黒に霊姑銔の旗を持たせて（兵を）率いさせることを卜わせると、吉だった。（王黒は旗を）三尺に切断して用いたいと願い出た。五月庚辰の日、稷で戦い、欒氏・高氏が敗れ、更に荘で敗北した。国人がこれを追撃し、鹿門で撃破した。欒施・高彊が（魯に）逃亡してきた。陳氏・鮑氏は彼らの家産を分割した。

晏子謂㆓桓子㆒、「必致㆓諸公㆒。譲、徳之主也。譲之謂㆓懿徳㆒。凡有㆓血気㆒、皆有㆓争心㆒、故利不㆑可㆑強。思㆑義為㆑愈。義、利之本也。蘊㆑利生㆑孽。姑使㆑無㆑蘊乎。可㆓以滋長㆒。」桓子尽致㆓諸公㆒、而請㆑老㆓于莒㆒。

晏子《あんし》桓子に謂う、「必ず諸《これ》を公に致《いた》せ。譲《じょう》は、徳の主《しゅ》なり。譲を之れ懿徳《いとく》と謂う。凡《およ》そ血気《けつき》有れば、皆争心《そうしん》有り、故に利《り》は強《し》うべからず。義を思うを愈《ゆ》と為す。義は、利の本《もと》なり。利を蘊《つ》めば孽《わざわ》いを生ず。姑《しばら》く蘊むこと無からしめんか。以て滋長《じちょう》すべし。」と。桓子尽《ことごと》く諸を公に致して、莒《きょ》に老《ろう》せんことを請う。

○不可強　取り過ぎてはならないとする解釈もあるが、ここは杜注に従っておく。　○滋長　草木が育つように利が増えること。　○莒　斉の邑。

晏子が桓子に、「是非それらを主君に献上しなさい。譲は徳のあるじです。譲を懿徳といいます。そもそも血気があると、必ず争う心があるので、利は無理矢理に取ってはなりません。義を思うほうがまさっています。義は利の根本です。利を蓄積すれば災厄が起こります。しばらくの間は蓄積することをおやめなさい。繁茂するようにさせるとよいでしょう。」と言った。桓子はそれら全てを景公に差し出し、莒に隠退することを願い出た。

桓子召㆓子山㆒、私具㆓幄幕・器用・従者之衣屨㆒、而反㆑棘焉。子商亦如㆑之、而反㆓其邑㆒。子周亦如㆑之、而与㆓之夫于㆒。反㆓子城・子公・公孫捷㆒、而皆益㆓其禄㆒。凡公子・公孫之無㆑禄者、私分㆓之邑㆒。国之貧約孤寡者、私与㆓之粟㆒。曰、「詩云㆓『陳錫載㆑周』㆒、能施也。桓公是以覇。」公与㆓桓子莒之旁邑㆒、辞。穆孟姫為㆑之請㆓高唐㆒、陳氏始大。

桓子　子山《しざん》を召し、私《ひそか》に幄幕《あくばく》・器用《きよう》・従者の衣屨《いく》を具《そな》えて、棘《きょく》を反《かえ》す。子商《ししょう》も亦た之《かく》の如くして、其の邑を反す。子周《ししゅう》も亦た之の如くして、之に夫于《ふうう》を与《あた》う。子城《しじょう》・子公《しこう》・公孫捷《こうそんしょう》を反して、皆其の禄《ろく》を益《ま》す。凡そ公子《こうし》・公孫の禄無き者は、私に之に邑を分つ。国の貧約孤寡《ひんやくこか》なる者は、私に之に粟《ぞく》を与う。曰く、「詩に『陳錫《ちんせき》して周を載《な》す』と云うは、能《よ》く施すなり。桓公　是《ここ》を以て覇たり。」と。公　桓子に莒の旁邑《ぼうゆう》を与え、辞す。穆孟姫《ぼくもうき》　之が為《た》めに高唐《こうとう》を請い、陳氏始めて大《だい》なり。

○子山・子商・子周　斉の大夫《たいふ》。杜注は、襄公《じょうこう》三十一年に子尾によって国外に追放された公子達《こうしたつ》らのこととする。　○棘　斉の邑。臨淄の西北にあった。　○夫于　斉の邑。臨淄の西方にあった。　○私　内々に。　○貧約孤寡　貧困者や独り身の者。　○詩云陳錫載周　『毛詩《もうし》』大雅文王《たいがぶんおう》篇には「陳錫哉周（錫《たまもの》を周に陳《かさ》ぬ）」とある。『左伝』の引用文と詩の意味が異なることに注意。
○高唐 斉の邑。今の山東省徳州《とくしゅう》市内の禹城《うじょう》市にあった。

桓子は子山を呼び寄せ、内々に幄幕、器物、従者の衣服や履物を準備して、棘を返還した。子商にもそのようにして、彼の邑を返還した。子周にも同様にして、彼に夫于を与えた。子城・子公・公孫捷も呼び戻して、全員の俸禄を増やした。公子・公孫で俸禄のない者には、内々に邑を分け与えた。国内の貧困者や独り身の者には、内々に穀物を与えた。そして「詩に『陳錫して周を載す』とあるのは、（周の文王が）施したことをいう。桓公はそれによって覇者となったのである。」と言った。景公は桓子に莒の近隣の邑を与えたが、辞退した。穆孟姫は陳桓子に高唐を与えるよう願い、それから陳氏が強大になり始めた。

参考文献

・鎌田正『春秋左氏伝（三）』（新釈漢文大系三二、明治書院、東京、一九七七年十二月）
・小倉芳彦訳『春秋左氏伝（下）』（岩波文庫、岩波書店、東京、一九八九年五月）
・楊伯峻『春秋左伝注（四）』（修訂本、中華書局、北京、一九九〇年五月）
・松丸道雄他編『世界歴史大系 中国史 1』（山川出版社、二〇〇三年八月）

15 漢文の座標

松江　崇

本章では、漢文・漢籍の時空間における広がりと、その受容のされ方について、我が国における漢文の受容のされ方に焦点をあてつつ概観する。

第一節　漢文・漢籍の広がりと漢字文化圏

一．漢字文化圏と奈良以前の日本における漢文受容

中国で生み出された漢字・漢籍は周辺地域へと伝播し、それを受容した地域により「漢字文化圏」が形成されていった。漢文は漢字文化圏における共通の書記言語となり、中国の文化的優位を背景として、ヨーロッパにおけるラテン語にも比すべき重要な役割を果たし、長きにわたり権威的な地位を保った。漢文の受容の過程は、地域ごとに各様であったが、日本・朝鮮・ベトナム・琉球といった漢字文化圏を構成する主要な地域では、漢籍が書写あるいは印刷術によって再生産され（初期の印刷物は琉球を除いて仏教文献が多かった）、さらに漢文を用いて文章が紡がれた。自国語にも大量の漢文由来の語彙がもたらされ、大きく変容することとなった。

漢字文化圏のなかでも、「訓読」という漢文受容の方法を高度に発展させたという点で、日本は

重要な位置をしめる。漢字の日本への伝来は「漢委奴国王《かんのわのなのこくおう》」と刻まれた金印が伝来した後漢以前にまで遡るが、中国の思想・文学が漢籍という書物の形式をとり一定規模で伝来したのはこれより遅れる。『古事記』には、百済の「和邇吉師《わにきし》」が『千字文』と『論語』をもたらしたとの伝承が見え、『日本書紀』の同様の記載（『書記』は「和邇吉師」を「王仁《わに》」とする）が応神十六年とされるのを信ずれば、漢籍伝来は三世紀末だったことになる（ただし『書記』の記載を五世紀初頭に比定する考えもある）。この伝承の真偽はともかく、遅くとも百済から五経博士が渡来し、仏教が伝来したとされる六世紀には、漢籍の受容が本格化していた。奈良朝以前における漢文の読まれ方の実態は詳らかではないが、奈良時代には、すでに漢文の語句をある程度、固定的に和語の語句に当てて読む「訓読」が行われていたらしい。訓読に由来すると思われる表現が『万葉集』に少なからずみられるし（漢文の副詞「極」の訓読から生まれたと疑われる「きはまりて」等。和語は「いと」）、後世の訓読文に奈良時代の和文文法の残存と思しい表現が伝承されているからである（動詞に「ク」を後接して「〜する（には）」の意となるク語法による「イハク」、「ベシ」の古い未然形「ベケ」に推量の助動詞「ン」（撥音化した「ム」）がついた「ベケン（ヤ）」、使役の助動詞「シム」、場所を問う疑問詞「イヅク」、「及ぶ」意味の動詞「シク」など）。また『古事記』は「変体漢文《へんたいかんぶん》」で書かれているが、これは万葉仮名で固有の和語を書きまじえた漢文——和文文法の影響を受けた非規範的なものであるが——であり、このことも背景に漢文訓読の蓄積があったことを窺わせる。さらに変体漢文をいっそう和文に近づけた「宣命書《せんみょうがき》」も生み出され、変体漢文とともに後世の文章形式に大きな影響を与えることとなった。日本における平安以降の漢文受容については、第二節以降にみていく。

二、朝鮮半島における受容

古代の朝鮮半島の民族は複雑であったらしい。一説には、そのなかで半島南部の言語群に属する新羅《しらぎ》系の言語が土台となり、さらに北部の言語群に属する高句麗《こうくり》系の言語の要素も参入して、十世紀にはじまる高麗《こうらい》時代の朝鮮語となり、現代の朝鮮語の源流が形成されたとされる（李基文『国語史概説』一九六一年、民衆書館）。いずれにせよ新羅系言語は、日本語と同じく文法関係や用言の活用を助詞や語尾の添加で示すタイプの言語であった可能性が高い。朝鮮半島と中国との接触は早く、伝説的な色彩のある箕氏朝鮮《きしちょうせん》（殷の箕氏が一族を率いて立てたとされる）は置くとしても、漢代初頭に燕の衛満《えいまん》がこの地に衛氏朝鮮《えいしちょうせん》を立てたところまで遡る。衛氏朝鮮は漢に亡ぼされたが、その漢は紀元前一〇七年までに楽浪郡《らくろうぐん》などの四郡を設置した。四郡のうち帯方郡《たいほうぐん》は四世紀初頭まで存続するなど、半島の一部は直接的に漢民族の支配を受けることとなった。漢代の揚雄《ようゆう》が中国語諸方言を調査した辞書『方言』には、当時の「朝鮮」方言の語彙が記録されている。三十二の語彙項目に言及があるが、他の中国文献に見られない語彙も含まれる一方（「叱る」意味の「魏盈（*ŋwai leŋ）」等）、中国語方言の語彙とみなし得るものの方が多い。『方言』はかの地の漢人官僚の話す語彙を収録したものだからであろう。いずれにしても、元来は言語的には中国語と無縁であった古代朝鮮の人々は、政治・社会的要因により、中国語の話し手と直接的に関係を持つようになり、漢文は長らくこの地での正式な書面言語としての地位を保った。例えば四・五世紀に強大になった高句麗はその王・広開土王《こうかいどおう》を記念した「広開土王碑《こうかいどおうひ》」（四一四年）を遺したが、そこに刻まれた文章は漢文である。科挙《かきょ》の実施と官僚制の実施はやや遅れ、本格的な科挙制度は十世紀の高麗になって実施されたのであるが（それ以前にも一部は導入されていた）、「朝鮮漢字音」の主要な層が十一世紀の中国北方方言音の特徴の一部を反映するのは科挙制度の整備と関連するであろう。十二世紀に至ると、朝鮮の歴史を漢文で記した『三国史記《さんごくしき》』も編まれることとなった。

朝鮮半島における漢文の自国語化に関しては、大凡、高句麗・百済・新羅が並立した三国時代から朝鮮王朝（李《り》氏《し》朝鮮《ちょうせん》）までの時期に、下級官吏などに用いられた「吏読《りと》」という助詞・語尾を表す漢字を漢文に交えていく方法が重要である。ほぼ同時期に用いられた「口訣《こうけつ》」という方法もあり、これは助詞・語尾を表す漢字（略体漢字も使われる）を漢文の脇に記すものである。とりわけ注目されるのは、古く八世紀の新羅写本に、「角筆《かくひつ》」（象牙・木・竹などで紙面を凹ませて書く筆記具）によって送り仮名や振り仮名にあたるものが書き込まれたものが発見されたことである。統一新羅時代には日本の訓読に近い方法で漢文が読まれていた可能性もある。その後、十五世紀に『訓《くん》民正音《みんせいおん》』が制定され、「諺文《オンモン》」（今日のハングル）による自国語表記が可能となったのだが、それでも十九世紀の開化期までは漢文が規範的な文章と意識されていたようである。

三、ベトナムにおける受容

ベトナムは統一王朝の成り立ちの段階から、中国との密接な関係が存在した。中国の秦は、桂林《けいりん》（広西チワン自治区）・南海《なんかい》（広東省一帯）・象郡《しょうぐん》（ベトナム北部一帯）をおいて、その兵士や罪人を土着の人々のなかに移住させたという。秦の滅亡後、趙佗《ちょうだ》が番禺《ばんぐう》（現在の広州市）に都をおき南越《なんえつ》（紀元前二〇三～紀元前一一一）を立て、現在の広東省・広西チワン自治区・貴州省・湖南省・福建省そしてベトナム北部などを含む広大な地域を、九十余年のあいだ支配した。南越はその民衆は様々な非漢族の民族が主であったと考えられるが、支配階級は漢族或いはその影響を強く受けた人々であったようだ。揚雄『方言』には「南楚之外」「南楚以南」などの南越地域に分布するとされた語彙が二十一項目登録されており、中国語とはみなせない語彙もある一方（但しベトナム語との関係は不明。「大型の鳴くヤモリ」の意の「蛤解（*kə̂p krə̂ʔ）」など）、多くは中国語方言の一種とみなし得る。これは『方言』が南越の官吏の言語に取材したものだからであろう。南越は漢に亡ぼされ、その後もベトナム北部は中国の影響下におかれ続けたが、李朝《りちょう》（一〇一〇〜一二二五）のような長期独立政権が生まれ、科挙が実施されることとなった（科挙は二十世紀の一九一九年まで存続）。ここにおいて漢文はベトナムの官僚にとって必須の知識となったと言える。ベトナムで漢文の発音に用いられる越南漢字音《えつなんかんじおん》は、李朝の時代に受け入れた中国の北宋代頃の漢字音に由来している。この他、陳朝《チャンちょう》（一二二五〜一四〇〇）において漢文で書かれたベトナム人によるベトナムの歴史書『大越史記《だいえつしき》』が編まれたことも重要である。

　ベトナムは古くから漢文を受容してきたが、日本のように訓読を高度に発展させることはなかった。ベトナム語が、中国語と同じく単語が形態変化しない孤立語と呼ばれるタイプの言語で、語順も修飾語が被修飾語に後置される点を除けば、中国語と共通する面が多いことが一因であろう。ただし、字喃《チュノム》という漢字の造字法を応用した独自の文字が作られ（一説には陳朝の頃）、ベトナム語の文章が記されるようになった。字喃はベトナム固有語（或いは早期の漢語からの借用語）の表記に、漢字は漢語からの借用語の表記に用いられたのであった。また、十九世紀までは、「解音」と呼ばれる、漢文からの直訳体のベトナム語が（漢字と字喃で表記される）、漢文に対する割注の形式でつけられることがあった。解音のベトナム語は同時代の話し言葉とは機能語の用法に違いが見られるという（鷲澤拓也（二〇一七）「漢文―古ベトナム語対訳資料における虚詞 chu'ng の用法の拡張――14世紀の『禅宗課虚語録』を中心に」『アジア・アフリカ言語文化研究』94参照)。

ベトナムにおける漢文の読まれ方は、越南漢字音で音読される――実際に発音されたかは置くとして――のが原則であったと推測される。ただし、漢文の漢字一字に対して字喃一字が注釈としてつけられた逐語的な形式をとるものもあり、その場合は「ベトナムの漢文読解がただ越南漢字音だけでなく、その漢字の意味に対応する何らかの非漢字(つまり「訓」)をも意識に浮かべつつ行われたことを示唆している」(岩月純一「ベトナムの「訓読」と日本の「訓読」)との見方もあり、そうであれば、理解のプロセスの上では広義の訓読が行われていたと考えることも可能だということになる。

第二節　日本における訓読の発生と訓読文の出現―平安・室町の漢文受容

一．訓読の起源と平安初期の訓読

○漢文の音読

官僚の養成のために遅くとも八世紀には設立されていた大学寮では、儒家経典を学ぶ「明経道《みょうぎょうどう》」が設けられた。そこでは儒家経典が音読(原文の語順通りの音読)によって学ばれたと推定され、「音博士《おんはかせ・こえのはかせ》」が教官として指導し、初期には遣唐使に対する送使として天平七年(七三五年)に渡来した「袁晋卿《えんしんけい》」のような中国人が任官していた。袁晋卿は音読で用いられていた呉音を矯正して、「両京」すなわち長安と洛陽の音に変えようとしたというから、音読の際に用いる漢字を漢音(唐代長安音に基づく)に改めることに力を尽くしたのであろう。なお、主に寺院で読まれた漢訳仏典などの仏教文献は、呉音のまま読み継がれていった。

○訓読の起源

漢文の訓読がいつ・どのように発生したのかについては諸説有る。和文もしくは書き下し文から推測すると、万葉集の漢詩文には訓読に由来する語句がみられるとされることから、遅くとも八世紀までには訓読が行われていたようである（小林芳規氏は近年発掘された飛鳥池遺跡出土の木簡の用語から七世紀後半にはすでに行われていたとする）。訓読の発生は、漢文につけられた訓点から判断するのが確実であるが、訓点の起源については、主に三系統の説がある。（一）日本で独自に創案されたとする説、（二）新羅で行われた語順符の加点等に由来を求める説、（三）中国の四声点《しせいてん》（漢字の声調の違いを示した点）或いは区切り点・破音点《はおんてん》（漢字に派生義がある場合に付ける点）の影響を受けて生じたとする説である。近年、小林芳規氏によって、八世紀に書写された日本所蔵の新羅写経に「角筆《かくひつ》」で加点がつけられていることが指摘されたこともあり、（二）が有力視されている。

なお、初期の訓読と切り離せないものに「ヲコト点」がある。これは漢文を訓読する際、助詞や活用語尾・補読する語句などを示すために、漢字の四周や中央などの特定の位置に付された点・符号を言う。ヲコト点は、奈良朝末期ごろに仏教の学僧の間で考案された後、博士家に伝わったものと推定され、平安時代を通じて盛んに行われた（【図15－1】は博士家点法の「経点」と「紀点」）。具体的な加点の方法は、宗派・流派によって多様であるが、中田祝夫氏の研究によれば、すべて一貫した系譜に位置づけられるという（中田祝夫『古訓点の国語学的研究・総論篇』講談社、一九五四年）。このヲコト点は、室町時代以降は衰えていったが、片仮名の発達によりヲコト点の機能が代替されたことに因ると考えられる。

【図15－1】ヲコト点の例：経点（上図）・紀点（下図）

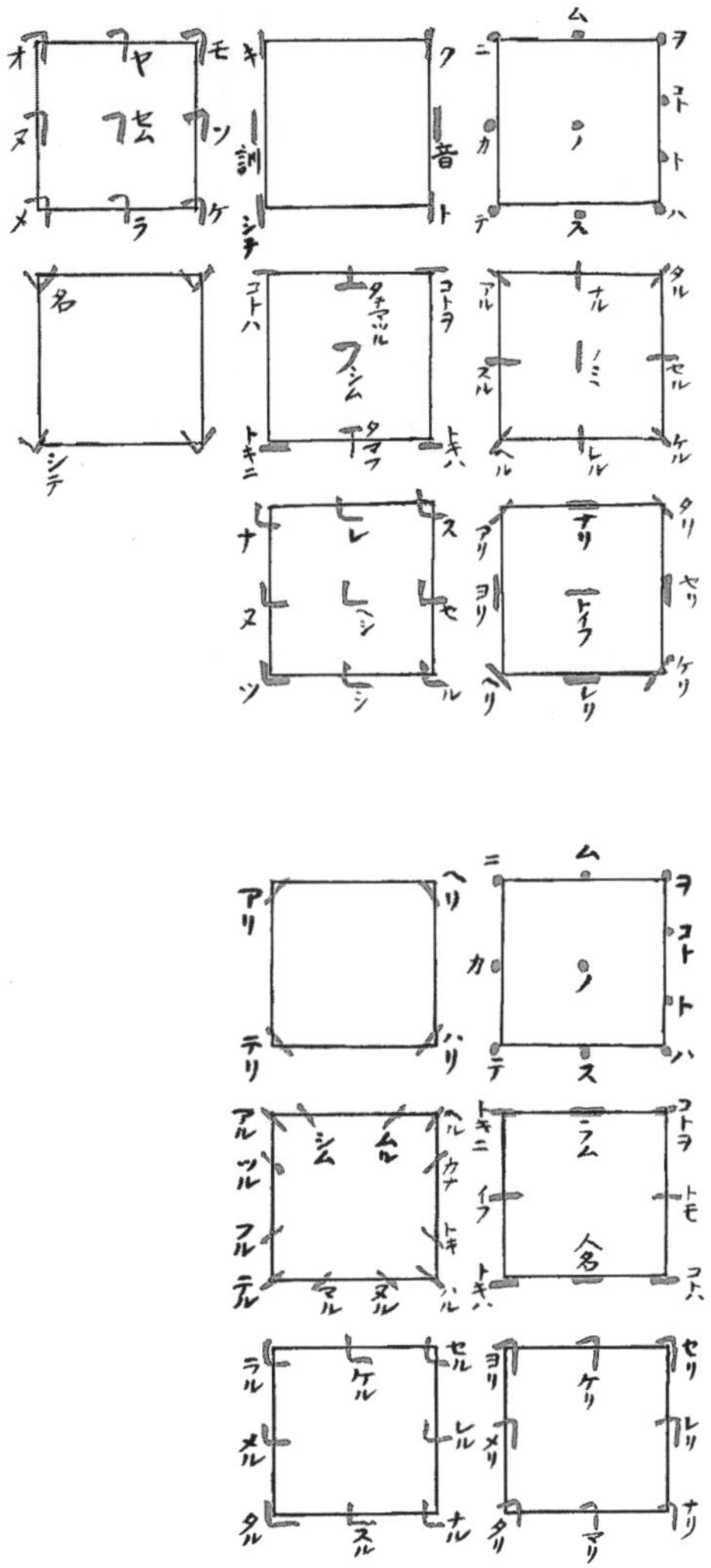

＊『国語学大辞典』付録・口絵「ヲコト点図一覧」（国語学会編、一九八〇年。築島裕氏の整理による）

○平安初期の訓読の特徴

漢籍の受容後、まず仏典が広く普及したために、現存する平安初期の訓読資料は仏典が多い。早期の仏典の訓読文が単なる翻訳文でないことは、和文と比べた場合、（一）係り結び・「かも」「らむ」「まし」がほとんど用いられないなど文法がより簡略化されており、（二）前述したように、奈良時代以前の和文文法が部分的に保存されている、ことなどから窺われる。これらの現象は、純粋な和文から、訓読文が独自の文体として分離し始めたことを示すものである。

ただし、訓読文の史的変遷をみた場合、平安初期の訓読文は後世のものより当時の和文に近い特徴を備えていた。例えば、(一)「欲」「為」を文脈に応じて様々に訓ずるように、漢字と訓の固定化の程度が低いこと、(二)主語が仏であった場合は「処」を「ミモト」、「言」を「ノタマフ」のように敬語で訓ずるなど、後世の訓読文よりも頻繁に敬語が用いられていたこと、(三)時制・推量に関わる助動詞を豊富に使用していたこと、などである。(三)について時制に関わるものを例に補足すると、後世では完了・過去の助動詞「リ」「タリ」「キ」、未来の助動詞「ム」以外の時制に関わる助動詞は省略される傾向が強まっていくが、平安初期では「非男非女」〔男ニモ非ズ女ニモ非ズナリヌ〕(『金光明最勝王経注釈』巻五)のように、「ヌ」「ツ」「ケリ」など他の時制助動詞も使われた。以上の他、平安初期の訓読文を漢文の原文と比べた場合、後世の訓読文よりも「置き字」が多く、漢文の原文との距離が相対的に大きかったことも指摘できる。平安初期以降、訓読文は平安中期から室町時代に盛んになった音便の影響を強く受けることとなり、平安初期の訓読文とそれ以降ではある種の断絶がみられることとなった。

二、平安中期から室町までの漢文受容と訓読の発達

○平安中期の訓読：博士家訓点の発達

平安中期以降、官職の世襲化が進み、大学寮の教官も特定の氏族から任官するようになる。「明経道」の博士は、十一世紀の寛仁《かんにん》年間以降は、清原・中原の両家に限定されるようになった。平安

末期に至る間に、両家では独自の訓読法が形成されていったが、これら博士家の訓読法の特徴は、音読に代わるものとしての訓読が捉えられていた点にある。清原家の建武本『論語』を例に、それ以前の訓読法と比べると、(一) 字訓の固定化が一層進展し、「将」を「まさニ～ムトす」と読むなど再読文字が成熟したこと（平安初期の仏典でも再読の読みはあるが、「ムトす」とだけ訓ずることも多い）、(二)「邦分崩離析」（『論語』「季氏」）を「邦ブンホウリセキシテ」と読むように、訓読の際に語句を字音で読む傾向があったこと、(三) 音便をより豊富に反映していること、といった特徴を指摘できる。(三) の音便は、イ音便（「於」オイテ←おキテ）・ウ音便（「而」シカウシテ←シカクシテ）・促音便（「以」モッテ←モチテ）・撥音便（「如何」イカンセン←イカニセン）のような音韻変化を指す。平安初期の九世紀中葉以降からみられるが、平安中期から室町時代にかけて発達した。この音便を引き起こした要因の一つに漢字音の影響を考える説もある。なお、この他、平安時代（初期も含む）には、「文選読み」という音読した後に重ねて訓読する方法が行われ、室町・江戸初期に継承された。「関々雎鳩」（『詩経』）を「関《くわん》々《くわん》トヤワラギナケル雎鳩《しよきゆう》ノミサゴハ」のように読むものであり、主に美辞麗句の多い文学作品の訓読に用いられた。

そして鎌倉時代になると、当時の中世日本語に由来する表現が、訓読文に取り入れられるという変化がみられるようになった。

三．室町時代の訓読

平安末期の治承《じしよう》元年（一一七七年）に大学寮は大火で消失し、復興されないまま消滅した。室町以降になると、中国との公的な交流は途絶えていたものの、民間では、宋との交易が盛んになり、中国に渡る禅僧が増え、宋元明の文物が新たにもたらされた。彼らの文学活動は「五山文学《ござんぶんがく》」として知られる。彼らは禅僧であったけれども、当時、中国で新興の朱子学に触れることとなり、朱子の四書に対する「新注《しんちゅう》」に触れ、その解釈を日本にもたらすこととなった（平安以来の博士家は漢代・唐代の「古注《こちゅう》」に依拠）。そして禅僧の中には高い中国語会話・漢文表現の能力を備えた者もいた。

訓読法に関して重要なのは、臨済宗の僧であった桂庵玄樹《けいあんげんじゅ》（一四二七～一五〇八）である。桂庵は入明し、朱子学を学んだ経験があり、当時の中国語音たる「唐音」にも通じていた。博士家の訓読法に対して、（一）逐字的な訓読を提案し（「学而時習之」の「而」についても「シカウシテ」も読むべきと主張）、（二）当時の和文から乖離した特殊な読み方を改めることを主張した（「曰」は清原家建武本では「ノタウバク」であるが、「ノタマハク」と読むべきと主張）。博士家の読み方は、平安末期の口語に基礎を置くため、当時の通常の表現に変えることを主張したのである。桂庵の訓読法は、南浦文之《なんぽぶんし》がそれに基づいて『四書集注』に訓点をつけ（「文之点」と呼ばれる）、門人によって刊行され強い影響力を持った。

【コラム】訓読における字音の読み方

訓読における音読みは歴史的には表記されないことが多く、当該の訓読の音読みが、どの日本漢字音で読まれたのかは複雑な問題である。従来は、清原家の訓読の音読みには規範的な漢音が用いられたとする認識が強かったが、佐藤進氏によれば、『大学聴塵』仮名字音注に呉音読みも少なからずみられること、鎌倉初期の高山寺本『論語集解』ではk入声字（入声字という短く子音終わりの音節グループのうち音節末子音がkであるもの）に促音便のカナ注がつけられる（「篤敬」＝トッケイ）のは口語の発音を反映したと推定されることなどを指摘している。そして清原家の訓読における字音を検討すると、『論語』は和語「ロンゴ」と読んでいたのだが、『類聚名義抄』などの古字書の利用により、建武本『論語』（一三三七年）では『論語』に「リンギョ」と漢音がつけられるなど、規範的字音表記にかわったということである（佐藤進〔「四書の訓読における字音の諸問題―口語的字音から規範的字音へ―」『日本漢文学研究』八）。

【コラム】入唐僧の中国語

遣唐使以降、多くの僧侶が求法巡礼のために直接に中国に赴いたが、彼らが現地で接した中国語は、漢文の基礎となった先秦時代の中国語とは異なるものであった。なかには当時の中国語を高い水準で習得し、多くの文章を残した僧もいる。例えば天台宗の僧侶・円仁（七九四～八六四）は、最後の遣唐使に参加し、九年七ヶ月のあいだ中国に滞在し、その間の見聞を中国語で記した。『入唐求法巡礼行記』として残る日記形式の文献がそれであり、当時の中国語を知る貴重な資料となっている。ただし古今を問わず中国語では「自ずと目に入る」という意味の「見」を、「主体的に見る」意味で使うなど（「令人登桅子見山嶋」〔ある者に帆柱を上らせ山か島などを探させた〕）、日本語の影響を受けたと覚しき表現も散見される。

第三節　訓読文の多様化―江戸以降の漢文受容

一．江戸初期の漢文受容と訓読文

江戸初期の訓読法において重要なのは、林《はやし》羅山《らざん》（出家後の号は道春《どうしゅん》、一五八三～一六五七）である。「道春点」として知られる羅山の訓読法は、後に林家が昌平黌《しょうへいこう》を世襲することになったこともあり、江戸期を通じて権威を持ち続けた（【図15-2】）。この道春点の影響の拡大には、寛永《かんえい》年間（一六二四～一六四五）の頃から訓点付き漢籍の刊行が盛んになったことも関係していよう。羅山の訓読法は、桂庵の影響も受けてはいるが、同じく藤原惺窩《ふじわらせいか》の門人であった鵜飼石斎《うかいせきさい》ほど顕著ではなく、清原家の訓読法に従う点も少なくない。

江戸期には、訓読法だけでなく、漢学あるいは漢文の受容の仕方にも変化があったとみるべきである。漢・唐の古注、宋代の新注に依拠するだけでなく、儒家経典の原典を直接に解釈しようとする動きが現れた。伊藤仁斎《いとうじんさい》（一六二七～一七〇五）の堀河学派《ほりかわがくは》、荻生徂徠《おぎゅうそらい》（字は茂卿、一六六六～一七二八）の蘐園学派《けんえんがくは》などがそれである。徂徠の弟子の太宰春台《だざいしゅんだい》の『倭読要領《わどくようりょう》』は、徂徠の思想を背景に、外国語として唐話（中国語）を返読せずに直接的に学ぶことの重視性を主張し、便宜的な方法としての訓読を説いた。また春台の『論語古訓正文《ろんごこくんせいぶん》』では「子曰」を「子イハク」と敬語の読み添えを行わずに読んでいるが、これも原文重視の姿勢を示すものであろう。

貝原益軒《かいばらえきけん》（一六三〇～一七一四）の『点例《てんれい》』の訓読法は、春台とは対照的であり、和文としての自然さ・理解のしやすさを重んじた。仮定を表す接続詞「苟」は、道春点では字の定訓に従って「いやしクモ」と読むが、益軒は仮定の意味に則して「もシ」と読んだ。

【図15－2】承応二年（一六五三）道春点・官版『詩経大全』（佐藤進氏提供）

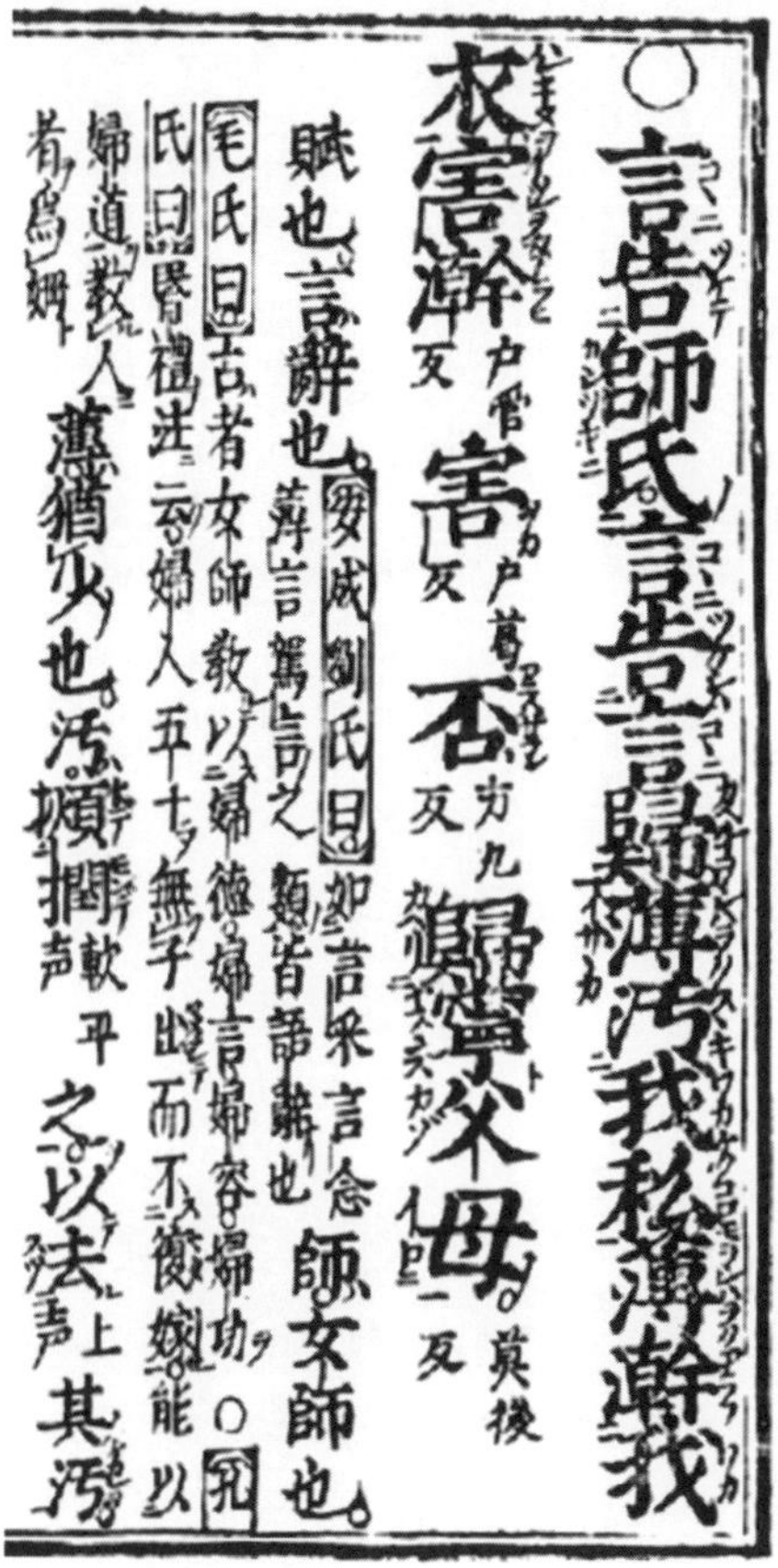

二．江戸後期の漢文受容と訓読文

江戸中期以降、羅山の林家の家塾で学び、その流れを受け継ぐ後藤芝山《ごとうしざん》（一七二二～一七八二）の「後藤点」が広く用いられた。後藤点の訓読法は、春台の影響もみられ、字音読みを多く用いる一方、訓読文に残る難解な上代文法を改めたり、読み添える字を簡略にするなどの工夫もみられる。

佐藤一斎《さとういっさい》（一七七二～一八五九）は昌平黌の儒官となり、多くの門下生を集めた儒学者である。その訓読法は、原文尊重の態度が明確であり、置き字を減らし、読み添えを簡略にした点に特徴がある。置き字を減らすあまり、前置詞の「於」までも「ニ」「ヲ」などと直接読むこととし、また接続詞「而」については、これがあれば前の語句に「テ」という送り仮名をつけ、これがない場合には何も送らないという巧妙な方法で「而」の有無を表現した。一斎の訓読法は、いわば原文の復元を指向したものであり、漢学を志す人に尊重されたようである。

その他、訓読文を和文よりに引き戻そうとする動きもあり、日尾荊山《ひおけいざん》（一七八九～一八五九）は一斎の訓読法が助詞を多く省略することを批判し、和文としての理解のし易さの重要性を強調した。ただし日尾は当時の口語へ引き寄せるのではなく、羅山の訓読法への復古を唱えたのであった。

三. 明治時代以降の訓読文

江戸時代に多様化した漢文訓読法であったが、明治以降には規範化の動きも見られるようになった。文部省が服部宇之吉《はっとりうのきち》らに調査を委嘱し、その結果を「漢文教授ニ関スル調査報告」（明治四十五年・一九一二年）として公示し、基準案を提示した。使役を表す「使」、前置詞「於」「乎」の訓読法などは、現代に繋がるものである。のち昭和三年（一九二八年）にやはり服部宇之吉を委員長とする「論語国訳委員会」によって『斯文会訓点・論語』が発行された。これは「調査報告」の基準に則ったものであり、（一）敬語を極力排していること（「子曰」は「子イハク」）、（二）時制に関する助動詞等を簡略化していること、（三）置き字とされてきたものを読む傾向を維持していること（「之」は読み、「而」「焉」「矣」は置き字とする。「動詞・形容詞＋也」のように一定していないものもある）などが特徴だと言える。（二）について補足すると、原文に時制に関する機能語がなくても清原家の訓点では「ン」「リ」「ヌ」「タリ」「キ」等を読み添えることが多かったが、後藤点では簡略化され、「一斎点」では「ン」の他は用いられていない。「斯文会訓点」では「一斎点」ほどではないが、「後藤点」よりも少なくなっているのである。現在の高校教科書の訓読法も、基本的には「斯文会訓点」と同様の枠組みに従っている。ただし高校教科書の訓読法は完全に規範化されているわけではなく、それぞれに異同がみられることもある点は、注意を要する。

四．訓読の史的展開に関わった要因

以上みてきた漢文訓読の史的展開に関わった要因を整理しておきたい。巨視的にみれば、訓読法は意訳的な翻訳文に近いものから、原文の字句に忠実な逐語的な直訳文へと変化してきたと言える。逐語的な直訳体は原文字句の記憶に有利であり、やはり原文の字句を如何に正確に記憶するかが大きな課題と捉えられてきたことを物語る。佐藤一斎の訓読法は、逐語的な直訳文を徹底させたものとみなせよう。ただし、室町の桂庵のように、一方では「置き字」を少なくして訓読法の逐語・直訳化を推進しながら、他方では特殊な訓読文体を改めて通常の和文に近づけようとした人もいる。平安中期の口語を母体とした訓読文が、時代の流れとともに同時代の和文との差異を広げていったことが背景として考えられる。このような和文の時代的変遷も訓読の史的展開に関わった要因であると言える。ただし、ここで言う和文は、文章語としてのそれである。江戸時代にも訓読文を和文に接近させることを唱えた貝原益軒や日尾荊山らがいたが、彼らの言う和文とは典雅な文語文のことであった。

【付記】本章執筆時には、佐藤進先生・佐野宏先生・清水政明先生からご教示を賜りました。記して謝意を表します。

参考文献

・大槻信「古代日本語のうつりかわり―読むことと書くこと―」、京都大学文学研究科編『日本語の起源と古代日本語』、臨川書店、二〇一五年
・伊藤英人「朝鮮半島の書記史―不可避の自己としての漢語―」、中村春作・市來津由彦・田尻祐一郎・前田勉編『続訓読論』（東アジア漢文世界形成）、勉誠出版、二〇一〇年
・岩月純一「ベトナムの「訓読」と日本の「訓読」」、中村春作・市來津由彦・田尻祐一郎・前田勉編『訓読論』（東アジア漢文世界と日本語）、勉誠出版、二〇〇八年
・大西克也・宮本徹『アジアと漢字文化』、放送大学教育振興会、二〇〇九年
・春日政治『西大寺本　金光明最勝王経古点の国語学的研究』（春日政治著作集・別巻）、勉誠社、一九八五年
・小林芳規『平安時代の仏書に基づく　漢文訓読史の研究Ⅱ訓点の起源』、汲古書院、二〇一七年
・佐藤進・濱口富士雄（編）「訓読語とその由来」、『全訳　漢辞海』（第四版）、三省堂、二〇一六年
・鈴木直治『中国語と漢文』（中国語研究学習双書十二）、光生館、一九七五年
・藤堂明保『漢語と日本語』、秀英出版、一九六九年
・福井玲「韓国・朝鮮の漢字」、大西克也・宮本徹『アジアと漢字文化』、放送大学教育振興会、二〇〇九年

もって　以（接続詞）　25, 106〜107, 109〜111, 209
もって　目的語＋以　86, 157
もって〜となす　以＋Ａ＋為＋Ｂ　183
もって…あり／なし　有／無＋以　86, 181
もって…かたし　難以　113, 117〜118
もって…たる　足以　113, 117
もって…べし　可以　113〜114, 237
もって…やすし　易以　113, 117〜118
もっとも　最　137
もっとも　尤　137
もとより　素　137
もとより　固　137, 183
もの　者　91〜94
もの　動詞句・形容詞句＋者　61, 91〜92, 222
もの　（語句・節＋）者　24, 92〜94, 220

●や　行

や　乎（疑問文末助詞）　23, 69, 101〜102, 209
や　乎哉　104
や　与（歟）　24, 27, 101〜102, 172
や　邪　101〜102
ヤ　也　24, 96〜98, 225
ヤ　主語＋名詞述語＋也　76, 96, 220
やすし　易　113, 117〜118, 224
やや　略　137
やや　稍　137
やや　少　137
ユ　愈　137
ユイ　唯　137, 212
ユウ　由　82, 225
ユウ　尤　137
ユウ　有　23, 153〜154
ユウ／ム＋イ　有／無＋以　86, 181
ゆえに　故　107, 224
ゆえん　所以　90
ヨ　予　15, 119
ヨ　余　119
ヨ　与（歟）　24, 27, 101〜102, 172
ヨ　与（接続詞）　106, 181, 212
ヨ　与（前置詞）　82, 204
ヨ　於（于）　27, 69, 82〜84, 155〜156, 204, 226
ヨ　他動詞＋於／乎＋〈仕手〉　160, 209
ヨウ　用　82
ヨウ　庸　137, 235
よく　克　113
ヨク　欲　113, 116, 183, 225
ヨク　抑　27, 107
よく　良　137
よく（あたう）　能　113〜114, 193, 212
ヨシ　於＋之　122〜123
よって　因　82, 225
より　自（前置詞）　82, 212
より　従　82
より　由　82, 225
よろしく…べし　宜　113, 114〜116, 200

●ら　行

ら　等　125
（ら）る　見　138, 143〜144
（ら）る　見＋他動詞　160〜161, 222
（ら）る　被＋〈仕手〉＋他動詞　161〜162
リャク　略　137
リョウ　良　137
レイ　令　152〜153, 225
ワイ　猥　138
ワク　或　75, 119, 124
わし　儂　119
わずかに　微　137
わずかに　僅　137
われ　我　119〜120
われ　吾　25, 119〜120

はなはだ　絶　137
はなはだ　孔　137
ハン　凡　137, 237
ハン　反　137
ヒ　彼　128, 130, 172, 212
ヒ　非（副詞）　137, 140, 198
ヒ　被＋〈仕手〉＋他動詞　161～162
ヒ　俾　15
ビ　未　24, 137, 139, 183
ビ　微　137
ビ　弥　137
ひそかに　窃　137, 143
ヒツ　畢　137
ヒツ　必　26, 62, 137
ひとり　独　137, 196
ひなり　非（形容詞）　169
フ　夫（感嘆文末助詞）　103～104
フ　夫（遠称代詞）　128, 130, 212
フ　夫（助詞）　169
フ　不（疑問文末助詞）　102～103
フ　不（副詞）　137, 138～139, 157
ブ　毋　137, 139～140
フウシ　夫子　125～126
フク　伏　137
フコク　不穀　125～126
ふして　伏　137
フツ　弗　72, 137, 140
ブツ　勿　137, 140
ヘイカ　陛下　125～126
べし　可　61, 113～114, 237
ホウ　方　137, 234
ボク　僕　125～126
ほっす　欲　113, 116, 183, 225
ほとんど　殆　137

●ま　行

まことに　誠　137
まことに　実　64, 137
まことに　良　137
まことに　信　137
まさに　正　137
まさに　方　137, 234
まさに…す　将（副詞）　137, 141, 197,249
まさに…す　且（副詞）　137, 141, 172
まさに…べし　応　113, 114～116
まさに…べし　当（助動詞）　113, 114～116, 196, 198
ますます　加　137
ますます　益　137
ますます　滋　137
また　亦　23, 183
みずから　自（再帰代詞）　119, 123～124, 221
みずから　自（副詞）　63, 138
みだりに　猥　138
みな　皆　137, 212
みな　咸　137
みな　挙　76, 137, 142～143
ミン　民　125～126
ム　無　26, 137
むかいて　向（前置詞）　82
むかし　昔者　93～94
むかし　曩者　93～94
めぐんで　恵　138
もし　且（接続詞）　180
もし　如（接続詞）　107
もし　若（接続詞）　107, 172
もし　即（接続詞）　107
もし　将（接続詞）　212
もし　儻　107
もし　設　107
もし　向使　107
もし　仮令　107
もしくは　如（接続詞）　107
もしくは　若（接続詞）　107
もって　用　82
もって　以（前置詞）　28, 82, 84～86, 224

194
ともがら　属　125
ともがら　曹　125
ともがら　輩　125
ともに　与（前置詞）　82, 204
ともに　倶　137
ともに　共　137, 212

●な　行

なかれ　莫（副詞）　137, 139〜140, 157
なし　莫（人称代詞）　119, 124
なし　毋　137, 139〜140
なし　無　26, 137
なし　勿　137, 140
なし　微　137
なす　為（判断動詞）　155
なに　曷　131
なに　胡　131
なに（なんぞ）　何　76, 131, 132〜133, 212
なに（なんぞ）　奚　131, 132〜133
なにもの　何者　131
なにゆえに　何故　131
なにをか（Xを）もってなさん　何＋以（＋X）＋為　134, 135〜136
なにをか（Xを）もってなさん　何＋用（＋X）＋為　135〜136
なにをもって　何以　75, 131
なにをもって　以何　131
なり　也　24, 96〜98, 225
なり　主語＋名詞述語＋也　76, 96, 220
…なる　為＋〈仕手〉＋所＋他動詞　161, 194
ナン　難　113, 117〜118
ナンイ　難以　113, 117〜118
なんじ　汝　119, 120〜121
なんじ　女　18, 119, 120〜121
なんじ　爾（二人称代詞）　15, 119, 120〜121
なんじ　若（二人称代詞）　119
なんじ　而（二人称代詞）　119, 120〜121
なんじ　乃（二人称代詞）　119
なんすれぞ　何為　131, 209
なんすれぞ　胡為　131
なんぞ　寧　137
なんぞ　庸　137, 235
なんぞ　詎　137
なんぞ　蓋　137
なんの　何＋X　131, 132〜133
なんら　何等　132〜133
に　乎（前置詞）　82〜84
に…（ら）る　他動詞＋於／乎＋〈仕手〉　160, 209
にわかに　俄　137
ニン　忍　113
ネイ　寧　137
ねがわくは　願　113, 198
の　之（構造助詞）　24, 94〜95, 192
の　主語＋之＋述語　27, 30, 94〜95
ノウ　能　113〜114, 193, 212
ノウシャ　曩者　93〜94
のみ　而已　100〜101, 196
のみ　耳　100〜101, 196
のみ　已（叙述文末助詞）　29, 100〜101

●は　行

ハ　頗　137, 142
ハイ　輩　125
ハイゼン　沛然　130
バク　莫（人称代詞）　119, 124
バク　莫（副詞）　137, 139〜140, 157
はた　且（接続詞）　107
はた　将（接続詞）　64, 212
はたして　果　137
はなはだ　太　137
はなはだ　甚　137, 192

ソウ　曹　125
ソク　足　61, 113, 117
ソク　則（副詞）　112, 137
ソク　則（接続詞）　25, 106〜107, 111〜112, 200
ソク　即（接続詞）　107
ソク　即（副詞）　137
ゾク　属　125
ソクイ　足以　113, 117
ソツ　率　137, 196
ソッカ　足下　125〜126
その　其（遠称代詞）　128
その　其（二人称代詞）　74, 119, 121〜123, 220
その　厥　15, 119
そもそも　抑　27, 107
そもそも　意　107
そもそも　夫（助詞）　169
それ　夫（助詞）　169
それ　其（副詞）　137

●た　行

タ　多　153, 171
タイ　太　137
タイ　殆　137
ダイ　乃（状態指示代詞）　129
ダイ　乃（二人称代詞）　119
ダイ　乃（副詞）　17, 137, 169, 224
ダイ　大　137
ダイ　第　137
ダイカ　奈＋（X＋）何　134〜135
タイして　対　82
タショウ　多少　131
ただ　但（接続詞）　106
ただ　但（副詞）　137
ただ　只　137
ただ　止　137
ただ　第　137
ただ　徒　137
ただ　唯　137, 212
ただ　特　137
ただ　直　137
たとい　縦　107
たとい　就　107
たみ　民　125〜126
ために　為　82, 87, 221
たる　足　61, 113, 117
たれ　誰　70, 131, 133
たれ　孰　131, 133
タン　但（接続詞）　106
タン　但（副詞）　137
チョク　直　137
チン　朕　119〜120
ついで　尋　137
ついで　旋　137
つつしんで　謹　137
つつしんで　敬　137
つねに　常　137, 169
つねに　雅　137
テイ　定　137
テン　忝　137
と　与（接続詞）　106, 181, 212
と　及　15, 106
ト　都　137
ト　徒　137
トウ　当（前置詞）　82
トウ　当（助動詞）　113, 114〜116, 196, 198
トウ　儻　107
トウ　等　125
ドウ　儂　119
トク　得　113〜114
トク（に）　特　137
ドク　独　137, 196
ところ　所　88〜91
ところ　所＋動詞句　28, 89〜90, 196
ところ　所＋前置詞＋動詞　90〜91, 194
…ところのもの　所＋動詞＋者　70, 93,

ジャク　若（二人称代詞）119
ジャク　若（動詞）29
ジャクカ　若＋（X＋）何　134～135
シュ　殊　137
シュウ　就　107
ジュウ　縦　107
ジュウ　従　82
シュク　孰　131, 133～134
シュクヨ　X＋孰与＋Y（＋之）（＋形容詞）136
ジュン　苟　107, 200
シヨ　之＋於　122～123
ショ　所　88～91
ショ　所＋前置詞＋動詞　90～91, 194
ショ　所＋動詞句　28, 89～90, 196
ショ…シャ　所＋動詞＋者　70, 93, 194
ショ　諸　119, 122～123
ショ　諸(之＋於／乎)　122～123, 234, 237
ジョ　如（動詞）196, 224
ジョ　如（接続詞）107
ジョ　汝　119, 120～121
ジョ　女　18, 119, 120～121
ショイ　所以　90
ショウ　嘗　74, 137, 195
ショウ　将（副詞）137, 141, 197, 249
ショウ　将（接続詞）64, 212
ショウ　稍　137
ショウ　少　137
ジョウ　常　137, 169
ジョカ　如＋（X＋）何　134～135
ジョク　辱　138, 143
シン　臣　125～126
シン　矧　106
シン　信　137
ジン　尋　137
ジン　甚　137, 192
ジン　尽　137, 198
ス　須　113, 114～116
ず　不（副詞）137, 138～139, 157
ず　弗　72, 137, 140
スイ　誰　70, 131, 133
スイ　雖　26, 107
スイ…エキ…　雖＋A＋亦＋B　183
すこぶる　頗　137, 142
すでに　既　137, 141, 214
すでに　已（時間副詞）137, 141, 220
すなわち　乃（副詞）17, 137, 169, 224
すなわち　即（副詞）137
すなわち　則（副詞）112, 137
すなわち　則（接続詞）25, 106～107, 111～112, 200
すなわち　曽　212
すなわち　斯（接続詞）183
すべからく…べし　須　113, 114～116
すべて　都　137
ゼ　是（近称代詞）27, 128～130, 225
ゼ　是（判断動詞）155
セイ　正　137
セイ　誠　137
ゼイ　是以　86, 157, 238
セキシャ　昔者　93～94
ゼコ　是故　107
セツ　設　107
セツ　窃　137, 143
ゼツ　絶　137
ぜなり　是（形容詞）169
セン　旋　137
ゼン　然（状態指示代詞）129, 130～131, 169
ゼン　然（接続詞）106, 183
ゼン　然（形容詞接尾辞）130
ゼンゴ　然後　66, 195
センセイ　先生　125～126
ソ　素　137
ソウ　曽　137, 212
ソウ　相　67, 138, 143～144

これ／この／ここ／かく　是（近称代詞）　27, 128～130, 225
これ／この／ここ／かく　斯（近称代詞）　29, 128～130, 212

●さ　行
サイ　哉　15, 103
サイ　最　137
さいわいに　幸　138
さきに　向（副詞）　137
さだめて　定　137
さらに　更　137
ザン　暫　137
シ　子　125～126
シ　此　128～130, 172, 175
シ　斯（近称代詞）　29, 128～130, 212
シ　斯（接続詞）　183
シ　至　137
シ　只　137
シ　止　137
シ　使　152～153, 196, 234
シ　之（構造助詞）　24, 94～95, 192
シ　之（三人称代詞）　72, 119, 121～123, 238
シ　之（近称代詞）　74, 128, 129～130
シ　主語＋之＋述語　27, 30, 94～95
ジ　爾（状態指示代詞）　129, 130～131
ジ　爾（二人称代詞）　15, 119, 120～121
ジ　而(接続詞)　23, 24, 70, 106, 107～109, 200
ジ　而（二人称代詞）　119, 120～121
ジ　自（前置詞）　82, 212
ジ　自（副詞）　63, 138
ジ　自（再帰代詞）　119, 123～124, 221
ジ　茲　128
ジ　滋　137
ジ　耳　100～101, 196
ジイ　而已　100～101, 196
しかも　而（接続詞）　106, 107～109, 200
しかり　然（状態指示代詞）　129, 130～131, 169
しかり（しかく）　爾（状態指示代詞）　129, 130～131
しかるに　然（接続詞）　106, 183
しかるのちに　然後　66, 195
しかれども　而（接続詞）　24, 70, 106, 107～109
しく　若（動詞）　29
シコ　之＋乎　122～123
しこうして　而（接続詞）　23, 106, 107～109
シツ　悉　137, 142～143
ジツ　実　64, 137
シツジ　執事　125～126
しのぶ　忍　113
しばらく　暫　137
しばらく　姑　137, 237
しむ　使　152～153, 196, 234
しむ　令　152～153, 225
しむ　俾　15
シャ　者　91～94
シャ　動詞句・形容詞句＋者　61, 91～92, 222
シャ　（語句・節＋）者　24, 92～94, 220
シャ　且（接続詞）　106, 107, 180, 198
シャ　且（副詞）　137, 141, 172
シャ　且（助詞）　172
ジャ　邪　101～102
ジャク　若（状態指示代詞）　129
ジャク　若（接続詞）　107, 172

キ　其（副詞）　137
キ　既　137, 141, 214
キ　豈　137, 200
ギ　宜　113, 114〜116, 200
キカ　幾何　131
きみ　君　125〜126
キュウ　及　15, 106
キョ　渠　119
キョ　挙　76, 137, 142〜143
キョ　詎　137
キョウ　況　106, 209
キョウ　共　137, 212
キョク　極　137
きわめて　極　137
キン　僅　137
キン　謹　137
キンシャ　今者　93〜94
グ　倶　137
クン　君　125〜126
ケイ　兮　103〜104
ケイ　奚　131, 132〜133
ケイ　卿　125〜126
ケイ　敬　137
ケイ　恵　138
けだし　蓋　212
ケツ　厥　15, 119
ケン　見　138, 143〜144
ケン　見＋他動詞　160〜161, 222
コ　胡　131
コ　孤　125〜126
コ　故　107, 224
コ　己　119
コ　姑　137, 237
コ　固　137, 183
コ　顧　137
コ　乎（前置詞）　82〜84
コ　乎（疑問文末助詞）　23, 69, 101〜102, 209
コ　動詞＋於／乎＋〈仕手〉　160, 209
ゴ　吾　25, 119〜120
コイ　胡為　131
コウ　公　125〜126
コウ　向（前置詞）　82
コウ　向（副詞）　137
コウ　肯　113, 116〜117
コウ　卬　119
コウ　孔　137
コウ　更　137
コウ　幸　138
コウシ　向使　107
ここに　焉（於＋之）　122〜123, 235
ここに　於＋之　122〜123
ここをもって　是以　86, 157, 238
コサイ　乎哉　104
ゴシ　吾子　125〜126
ことごとく　尽　137, 198
ことごとく　悉　137, 142〜143
ことごとく　畢　137
ごとし　如（動詞）　196, 224
ことに　殊　137
この　之（近称代詞）　74, 128, 129〜130
このゆえ　是故　107
これ　茲　128
これ　焉（三人称代詞）　119, 122〜123
これ　諸　119, 122〜123
これ　是（判断動詞）　155
これ　之（三人称代詞）　72, 119, 121〜123, 238
これ…か　之＋乎　122〜123
これ…に　之＋於　122〜123
これ…に／か　諸（之＋於／乎）　122〜123, 234, 237
これ…や　之＋乎　122〜123
これ／この／ここ／かく　此　128〜130, 172, 175

エン　　　焉（疑問代詞）　131, 133, 234
オ　　　　悪　131
おいて　　於（于）　27, 69, 82〜84, 155〜156, 204, 226
オウ　　　応　113, 114〜116
おおい　　多　153, 169
おおいに　大　137
おおむね　率　137, 196
おのれ　　己　119
およそ　　凡　137, 237
および　　及　15, 106

●か　行
カ　　　　何　76, 131, 132〜133, 212
カ　　　　何＋X　131, 132〜133
カ　　　　可　61, 113〜114, 237
カ　　　　加　137
カ　　　　果　137
か　　　　乎（疑問文末助詞）　23, 69, 101〜102, 209
か　　　　与（歟）　24, 27, 101〜102, 172
か　　　　邪　101〜102
ガ　　　　我　119〜120
ガ　　　　俄　137
ガ　　　　雅　137
カイ　　　何以　75, 131
カイ　　　何為　131, 209
カイ　　　可以　113〜114, 237
カイ　　　皆　137, 212
ガイ　　　蓋　137, 212
カイイ　何＋以（＋X）＋為　134, 135〜136
かえって　反　137, 200
かえって　顧　137
かかる　　若（状態指示代詞）　129
かく　　　乃（状態指示代詞）　129
カク　　　獲　113
カコ　　　何故　131
カシャ　　何者　131
カジャク　何若　135
カショ　　何処　133
カジョ　　何如　75, 135
カジョ　　X＋何如＋Y（＋形容詞）　136
カジン　　寡人　125〜126
かたし　　難　113, 117〜118
かたじけなくも　忝　137
かたじけなくも　辱　138, 143
カツ　　　曷　131
カツ　　　克　113
かつ　　　且（接続詞）　106, 198
かつ　　　且（助詞）　172
かつて　　嘗　74, 137, 195
かつて　　曽　137
カトウ　　何等　132〜133
かな　　　哉　15, 103
かな　　　夫（感嘆文末助詞）　103〜104
かな　　　焉（感嘆文末助詞）　103〜104, 227
かな　　　矣乎　104
かな　　　矣哉　90, 104
かならず　必　26, 62, 137
かの　　　夫（遠称代詞）　128, 130, 212
カヨウイ　何＋用（＋X）＋為　135〜136
かりに　　仮令　107
かれ　　　伊　119
かれ　　　渠　119
かれ／かの／かしこ　彼　128, 130, 172, 212
カレイ　　仮令　107
カン　　　敢（助動詞）　113, 116〜117
カン　　　敢（副詞）　137
カン　　　咸　137
ガン　　　願　113, 198
カンフ　　敢不　116
キ　　　　幾　131
キ　　　　其（三人称代詞）　74, 119, 121〜123, 220
キ　　　　其（遠称代詞）　128

語彙索引

◎主として機能語を掲げる。第５～８章において解説が加えられているものについては，該当するページ数に下線を付す。

●あ　行

ああ　鳴呼　200
あい　相　67, 138, 143～144
あえて　敢（助動詞）　113, 116～117
あえて　敢（副詞）　137
あえて　肯　113, 116～117
あえて…ず　敢不　116
あたう　能　113～114, 198, 212
あたって　当（前置詞）　82
あに　豈　137, 200
あらず　非（副詞）　137, 140, 198
ある　有　23, 153～154
あるいは　或　75, 119, 124, 169
アン　安　131, 133
イ　矣　24, 29, 98～100
イ　已（叙述文末助詞）　29, 100～101
イ　已（時間副詞）　137, 141, 220
イ　易　113, 117～118, 224
イ　意　107
イ　為　82, 87, 221
イ　伊　119
イ　以（接続詞）　25, 106～107, 109～111, 209
イ　以（前置詞）　28, 82, 84～86, 224
イ　目的語＋以　86, 157
イ　為（判断動詞）　155
イ　為＋〈仕手〉＋所＋他動詞　161, 194
イ…イ…　以＋Ａ＋為＋Ｂ　183
イイ　易以　113, 117～118
いえども　雖　26, 107
いえどもまた…　雖＋Ａ＋亦＋Ｂ　183
イカ　以何　131
いかん　何如　75, 135
いかん　何若　135
いかん（Ｘをいかんせん）　如＋（Ｘ＋）何　134～135
いかん（Ｘをいかんせん）　若＋（Ｘ＋）何　134～135
いかん（Ｘをいかんせん）　奈＋（Ｘ＋）何　134～135
いく　幾　131
いくばく　幾何　131
イコ　矣乎　104
イサイ　矣哉　90, 104
いずくに　焉（疑問代詞）　131, 133, 234
いずくに　安　131, 133
いずくに　悪　131
いずこ　何処　133
いずれ　孰　131, 133～134
いずれぞ　Ｘ＋孰与＋Ｙ（＋之）（＋形容詞）　136
いずれぞ　Ｘ＋何如＋Ｙ（＋形容詞）　136
いたって　至　137
いなや　不（疑問文末助詞）　102～103
いま　今者　93～94
いまだ…ず　未　24, 137, 139, 183, 195, 212
いやしくも　苟　107, 200
いよいよ　愈　137
いよいよ　弥　137
いわんや　況　106, 209
いわんや　矧　106
イン　因　82, 225
う　得　113～114
う　獲　113
ウ　于→於
エキ　益　137
エキ　亦　23, 183
エン　焉（感嘆文末助詞）　103～104, 227
エン　焉（三人称代詞）　119, 122～123
エン　焉（於＋之）　122～123, 235

●ま　行

●な　行

●は　行

●た　行

●さ　行

事項索引

◎配列は五十音順。＊は人名を示す。

分担執筆者紹介

（執筆の章順）

近藤　浩之（こんどう　ひろゆき）

◎執筆章→9・10

一九六六年　鳥取県鳥取市に生まれる
一九九一年　東京大学文学部第1類（文化學）卒業
一九九三年　東京大学大学院人文社会系研究科修士課程（中国哲学専攻）修了
一九九九年　東京大学大学院人文社会系研究科博士課程（アジア文化研究専攻）単位取得退学
現　在　北海道大学大学院文学研究院教授
専　攻　中国思想
主な編著書　『易学哲学史（全四巻）』（共訳主編、朋友書店、二〇〇九年）
『中国古典の解釈と分析——日本・台湾の学術交流』（共著、北海道大学出版会、二〇一二年）
『中国伝統社会における術数と思想』（共著、汲古書院、二〇一六年）
『悩める人間——人文学の処方箋』（共著、北海道大学出版会、二〇一七年）

和田　英信（わだ　ひでのぶ）

◎執筆章→11・12

一九六〇年　富山県に生まれる
一九八五年　東北大学文学部文学科中国文学専攻卒業
一九九〇年　東北大学大学院文学研究科博士後期課程単位取得退学
現　在　お茶の水女子大学教授
専　攻　中国古典文学
主な編著書　『中国古典文学の思考様式』（研文出版）
『文選』（共著、岩波文庫）
『王安石及び宋詩別裁 五言絶句訳注』（共著、お茶の水女子大学附属図書館）

小寺　敦（こてら　あつし）

◎執筆章→13・14

一九六九年　滋賀県に生まれる
一九九六年　東京大学文学部東洋史学科卒業
二〇〇三年　東京大学大学院人文社会系研究科博士課程修了
現　在　東京大学東洋文化研究所教授、博士（文学）（東京大学）
専　攻　中国古代史
主な編著書　『先秦家族関係史料の新研究』（汲古書院）
『アジア学の明日にむけて』（共著、白峰社）
『地下からの贈り物―新出土資料が語るいにしえの中国』（共著、東方書店）

編著者紹介

宮本　徹（みやもと　とおる）

◎執筆章→1・2・3・4

一九七〇年　京都市に生まれる
二〇〇一年　東京大学大学院人文社会系研究科博士課程単位取得退学
現　在　放送大学准教授
専　攻　中国語学
主な編著書　『アジアと漢字文化』（共著、放送大学教育振興会、二〇〇九年）
『ことばとメディア―情報伝達の系譜―』（共著、放送大学教育振興会、二〇一三年）

松江　崇（まつえ　たかし）
◎執筆章↓5・6・7・8・15

一九七一年　愛知県生まれ
二〇〇二年　東京都立大学大学院人文科学研究科博士課程単位取得退学
現　在　京都大学大学院人間・環境学研究科教授
専　攻　古代中国語
主な編著書
『古漢語疑問賓語詞序變化機制研究』（好文出版）
『誤解の世界——楽しみ、学び、防ぐために——』（共著、北大文学研究科ライブラリ6）（北海道大学出版会）
『佛經音義研究—第三屆佛經音義研究國際學術研討會論文集』（共編、上海辭書出版社）

放送大学教材　1740105-1-1911（ラジオ）

漢文の読み方

発　行　　2019年3月20日　第1刷
　　　　　2022年7月20日　第3刷
編著者　　宮本　徹・松江　崇
発行所　　一般財団法人　放送大学教育振興会
　　　　　〒105-0001　東京都港区虎ノ門1-14-1　郵政福祉琴平ビル
　　　　　電話　03（3502）2750

市販用は放送大学教材と同じ内容です。定価はカバーに表示してあります。
落丁本・乱丁本はお取り替えいたします。

Printed in Japan　ISBN978-4-595-31926-6　C1398